JN200867

自爆検事&号泣刑事

金泳春

Single Cut Publishing House

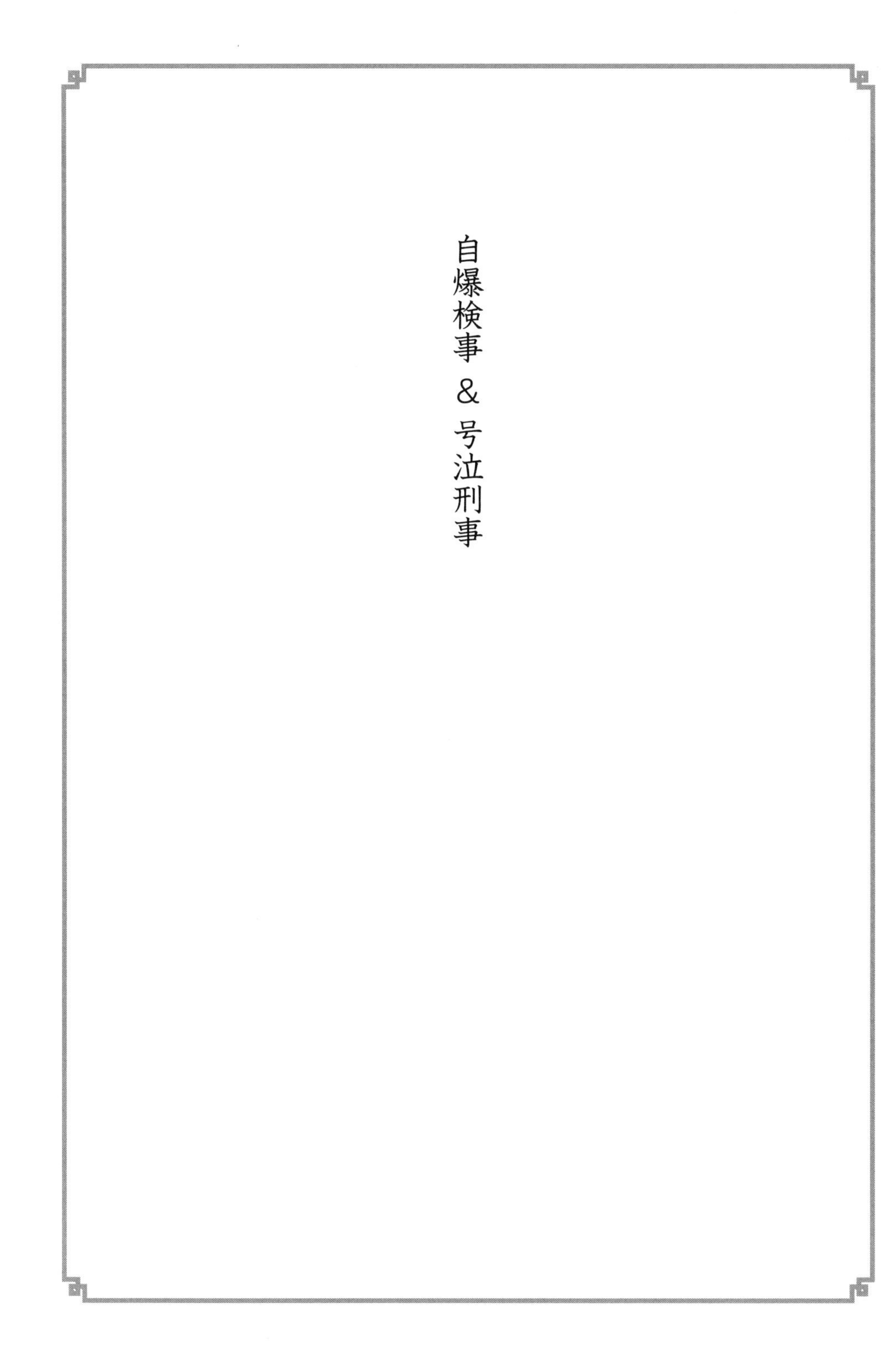

自爆検事 ＆ 号泣刑事

はじめに

これは、日本人に恋心を抱き、愛され、しかし強固な日本教の権力に陵辱された、老いた在日二世の実録である。ここで書き残したいことは、人間の奥深くに潜む本質の逆光に目が眩み、忙然と立ち竦む私の体験、即ち受難歴である。

単なる告発本ではない。そんな自己満足で終わりたくはない、ケジメをつけなければ地獄にも行けないという、覚悟の書である。

特に、小学五年生だった一九四九年以降六十余年の間に私の身辺に絡みついてきた事象は、善し悪しを超えた、「事実は小説よりも奇なり」の連続であった。そのため台風が過ぎ去った後の惨状に身を置くが如き日々を送る今日このごろである。

傷痕の癒えぬ日々であり、これを解消する手立てを何としても手中にしなければならぬ。その思いは、時とともに強固になっている。官憲の権力・組織には屠られ貪られたが、反対にそういう日本社会を構成する個々人とは、合掌したくなるようないくつもの出会いに恵まれた。これが私にも不思議で、心の隅でよく折りあえずにいるのが実相である。

それらの出会い、出来事を検証・整理し、関わった敵・味方を可能な限り正確に詳述する。

まず、降り懸ってきた刑事事件である。

一、詐欺破産事件

二、銃刀法違反事件

である。断言するが、両事件ともまったくの濡れ衣である。官憲は事件をでっち上げ、システム化された権力の牙を剝いてきたのである。

結果は、詐欺破産事件は不起訴を勝ち取り、銃刀法違反事件も検察官が法廷において度々「未必の○○」であったと陳述し、私があえて所持してはいなかったことを認める異例の論告であった。

権力側のシステムとは、指揮・命令機関、実働隊、下請隊、民間の協力隊など段階ごとの分担があり、多彩である。これらの事件に関わった組織、集団の役回りは以下の構成である。

一、詐欺、強奪グループ——それは銀行である。

二、故買品(窩主買い)洗浄機関——それは整理回収機構と預金保険機構である。

三、抹殺司令グループ——それは法を盾にした裁判所である。

四、実行部隊——それは裁判所のお墨付きの利権を得た特殊弁護士集団の中の管財人である。

五、抹殺死体の処理部隊——それは検察と下請の警察である。

なお、文中では、この一~五は順不同である。彼の強権を具有する者どもとの対峙は、想像を絶する珍事の連続であり、有能なフィクション作家でも想定し得ない光景であったと断言できる。彼の者らとの遣り取りの一幕だけで、悠に一冊の本が仕上がる情景であった。

特に検察官の川平省二（仮名）の落魄ぶりは特筆ものであり、喜劇を超えた痛劇、痴劇であった。国家の柱の一角を占める司法、検察の立場からはあり得べからざるぶざまであった。それでも、この検察官を背負っている権力の図体は大きく、その甲羅も頑丈で、ねじ伏せるのに手間どったのである。

彼の者どもに負けはしなかったが、私も浅からぬ傷を負い、未だに人生の迷路から抜け出せず、「納得」の扉は鍵がかかったままである。これを解錠するために、私に罠を仕掛けた悪党どもそれぞれの裏の裏を暴き出し、後世に残すため、その一念で原稿を書いている。

この本の底流にもう一つあるのは、反権力、反宗教である。反日、嫌韓の刷り込みは自然発生的に起こっているように見えるが、外部要因によって知らない空間で意図的に作られたものに皆が煽られてはいまいか？

残念ながら自制するどころか、互いに競っている現実がある。それらに拍車を掛け、かつ、それを思想どころかビジネスにして弄ぶ卑しい連中が跋扈している事実を、多くの人は知らないのが現実である。不幸にして、私はそれらをビジネスにしている人たちを永年見てきた。じつに巧妙なトリックを駆使している人たちである。宗教化するまでに狂い出した反日、嫌韓に強い警鐘を鳴らすものである。

二〇一九年五月五日付けの韓国最大の日刊紙『朝鮮日報』に、反日現象を衝いて正鵠を射る社説が掲載された。

「反日なる原理主義的教理を振り回す宗教のように、暴走している権力者が売国している」と糾弾しているのである。本書での主張を裏づける論旨である。

そして、サムスンの創業者イ・ビョンチョルは、「日本を師匠のように仰ぎ見ていた」とも書いているのである。これは『朝鮮日報』の社説である。

自爆検事&号泣刑事【目次】

序章　在日の視座から

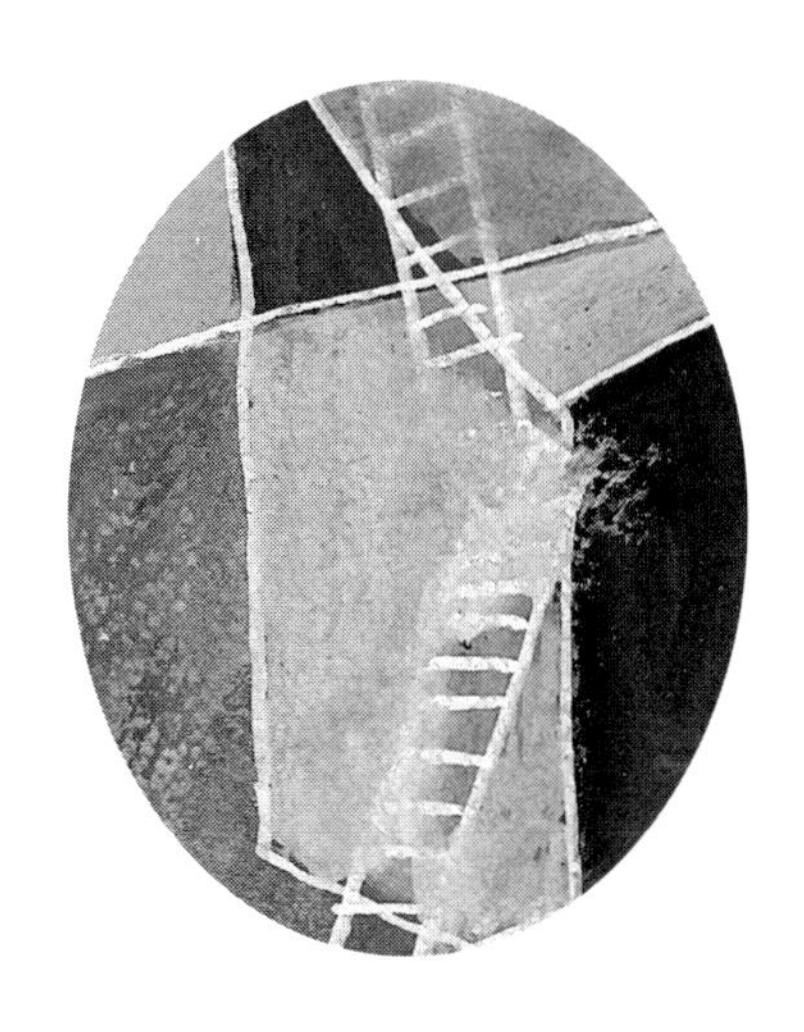

序章から

私のいう日本教とは、うまく言い表せないが、次のようなものである。

八百万の神を信仰する精神と、農耕社会の横並び的な連帯意識をベースに生まれた世界観と一体感、それが特定の集団から逸脱することの恐怖のようなものと結び付くことで、唯我独尊、排他的な思考に陥りがちになる。そうした価値観であり、ひいては宗教観である。

何故、そのような信仰心を抱くことになったのか? 日本は四季の妙、海の幸、山の幸と自然に恵まれている。その一方で、時に荒れ狂う自然は、神の怒り、悪魔のイタズラと怖れられた。人々は、人知の及ばぬ領域と自然に畏敬の念を抱き、それを鎮めんとするのは当然の成り行きであった。

自然が荒れ狂うとき共同作業で対処せねば自己を守れなかった一方で、島国の日本は外敵に脅かされなかったという背景もあった。さらに、古代宗教を基礎とした皇統が保たれたことも、日本人が一つの考え方に染まり易い素地となった。そういうものが重層的に絡みあって、私が日本教と呼ぶ価値観、宗教観を形成し、見えない糸で列島を繋いでいる。それが、日本人の安心感に繋がっていた。

深層の無意識の総意、集合的無意識として深く日本人の心に染み込んでいる以上、これからも列島からなくなることはないであろう。

傷痕の瘡蓋(かさぶた)をゆっくり剝がすが如く、権力塊(かい)のどす黒い瘡蓋を一枚一枚剝がす作業に入る。浄土か地獄か判らぬが、今生にオサラバする前に書き綴っておきたいのである。

現世のカオスのなかでも、連綿として黄金の輝きを放つのは権力の魔性であり、その争奪戦ほど邪悪なものはない。世界のどこにおいても、その邪悪な権力を獲得する行為には、さらに卑陋(ひろう)で飾り立てた宗教が背後に潜んでいるのが実情である。もちろん日本も例外ではない。

古より権力の背骨は宗教である

権力に痛めつけられた私にとって、宗教こそ真の敵である。私は非宗教者であり、無宗教者である。ここで言う宗教というのは多様である。

ヘイト・デモ（民族差別を扇動するデモ）に見られる頑愚な排外主義も、立派な宗派である。美しい日本の再建と誇りある国づくりを謳う民間団体「日本会議」の国体論、皇国史観は完全な戦前回帰であり、一億玉砕に繋がる立派な一宗派である。

五五年体制崩壊後は権力に擦り寄り、異臭を放つ公明党、人の弱味につけ込み、ルサンチマン（強者に対して抱く怨恨・憎悪などの感情）を操り、それを臆面もなく表舞台に押し出して踊っている創価学会は言うまでもない。

　私は非宗教的人間と述べたが、正確には無神論者である。百歩譲って他人の信仰心まで否定しないまでも、宗教は強迫観念や現実の悩み苦しみからの逃避、それへ導く詐術(さじゅつ)で成り立っているものであり、その基礎には神がある、これを認めることは寸分もできないからである。

　今に始まったことではない。小学生のころから迷信、占いの類に強い反発、疑念を抱いていた。家では時に応じて太鼓を叩いてお祓いをすることがあった。私は生理的にこれを疎んじていた。

　日本でもことあるごとにお祓いを行い、おみくじ、正月参賀は風物詩として定着している。祇園祭は疫病退治から今に到ると聞いたことがある。太鼓叩きはその家庭版であることくらいは判る。日本も家庭によってはドンツク、ドンツク太鼓を叩いて何やら呪文を唱えたり踊ったりと、かまびすしい宗派もある。

　私はその行為にどうしても馴染(なじ)めなかった。そして、長ずるにつれて色々な書物に出会い、宗教に疑問を抱くようになったのである。さらに、ある事件を契機に確信的に忌避するようになった。その事件とは、母が某新興宗教に引きずり込まれたことにある。私が結婚して間もなくのことである。その団体は今では政党を持ち、日本を動かしていると言っても過言ではない地位にいる。

　母は、その折伏(しゃくぶく)に遭い、仏壇が母の部屋に持ち込まれた事態を見て私は驚愕(きょうがく)し、激しく母を責めたのである。私が家を出るか、母が別に暮らすかくらいの厳しさであった。

　母は私の説得に折れ、仏壇を返却するとの約束で決着がついた。仏壇は件(くだん)の宗教団体に返したのであるが、その後が大変な事態となった。件の団体から猛烈に反撃を食らう羽目となったのである。連日十人以上の信者が母の許を訪れ、翻意(ほんい)を迫った。断わり続ける母に対して罵詈雑言(ばりぞうごん)、果ては罰が当たり、無間地獄に落ちると捨てゼリフを吐いたのである。

このザマが、衆生の救済を標榜する者たちの真の姿である。私は、考え方が相容れない敵性のメディアをあえて読み聞きする。「カラスは白いものだ」と恥ずかし気もなく牽強付会に教える論調にも、人が生きる糧を得るための哀れな心根と割り切っている。

そんな野次馬根性のため、宗教を批判するからには相手を知らねばと思い、高い受講料を払い、ひととおりの宗教の触りだけは聞いた。故なく批判し、無闇に毛嫌いするのは私の意に沿わないからである。

ざっくり私の感想を述べれば、印象的なことはまず、どの講師も話している間に感極まって声を詰まらせる姿である。

イエスの信仰を前提にした神学とか教学の門をくぐったことはないが、キリスト教の『聖書』はレトリックに溢れた散文である。小説家を目指す人にとっては、大いに参考になる類である。しかしイエスが演出した数々の奇跡は非科学的である。ところが、アメリカ人は半数以上がこれを信じているという。

イスラム教に到っては、誠に退屈な条文の羅列である。司法、行政、立法がごちゃ混ぜになった条文を頭を揺らしながら叩き込むのである。あくびをしながら聞いていたが、一つだけ目の覚める一節があった。それは、「この世のなかで一番価値のある行為は、人々の顔に微笑を浮かべさせることである」とのフレーズである。

仏教も科学を微かに掠っているかに見えるが、先述した如くカルト的、時には恐喝的手段で心弱き者、貧しき者を術中に落とすのである。

本来の宗教は、少なくとも衆生の救済が使命のはずである。その宗教が政治にも介入し、権力という化け物になり、人々を誘導し、意に沿わないと排除する。権力に好き勝手に切り刻まれ、何よりも権力を嫌悪してきた私にとって、彼の者たちの行動原理は身にまとわりつく糞蠅(フンバエ)である。先に述べたように、個々人が神に救いを求め、信仰心を持つことはともかくも、その神や信仰心を利用し、時に国家をも左右する宗教的権力は恐ろしい。したがって声を大にして糾弾したいのである。

評論家の佐高信氏も、「『中庸』や『寛容』などクソクラエ!」(「日刊ゲンダイ」二〇一八年九月一〇日付け)でみごとな公明党批判を展開している。その後半の一部を抜粋して引用することにする。

……「真ん中」を装いながら、貧乏人を裏切って、権力、つまり安倍政権にベタッと奉仕しているのが公明党だろう。

例によってカジノ法に最初は反対し、結局は賛成してしまった。いつものパターンだが、だいぶ前にその変節を批判したら、当時の同党書記長の市川雄一が「変わったのではなく、成長したのだと御理解いただきたい」と開き直ったのが忘れられない。それで私は、こう皮肉ったのである。「コウモリも成長はするだろう。しかし、成長してもコウモリはコウモリだ」(中略)……。

私はいま、右でも左でもないと中庸を気取る人間や、公明党および創価学会を支持する人間に、憎悪に近い憎しみを抱いている。……

宗教は、排他であらねば己の支柱が揺ぎかねない。疑心暗鬼は必然であり、そこからは相互不信しか生まれ得ない。戦争を誘発し、飢餓まで招く。

その独善性に触れて疑いを持ち、忌避するようになった私は、無神論の先人たちに共鳴し、宗教否定の哲学に出会った。

動物行動学者リチャード・ドーキンスの、誰にでも抵抗なく腑に落ちるダーウィニズム（進化と自然選択を基盤とするダーウィン主義）に基づいた著書を読み返して、より確信に到った。宗教的原理主義が如何に有害か。垂水雄二訳のドーキンスの『神は妄想である』は、説得力満点である。権力の妖しげな影がはっきり映ると考えるからである。

無神論者のフリードリヒ・ニーチェも、宗教の基盤は人々のルサンチマンであると強烈に皮肉り、「宗教は、大衆の弱みにつけ込んでいる」と喝破している。

またこのところ世界的ベストセラーとなったイスラエルの若き学者、ユヴァル・ノア・ハラリの『サピエンス全史』では、人類種を基盤に人類史を説き、神の存在など完全にスルーして論を進めている。ハラリはユダヤ人であるが、自身の信仰について尋ねられたとき、「無宗教」と答えたそうである。ハラリの言説は、回りくどくなく実に端的である。ヒト属の一つ、ネアンデルタール人が滅び、なぜホモ・サピエンスのみが「現世人類」として生き残ったのか。三～七万年前に突然変異、脳内の配線が変わることで、認知革命が起こったと主張している。言語の獲得により、認知能力が跳躍したと結論づけている。

高度な言語によって、現実に存在しない虚構や物語までも表現・伝播拡散を可能にし、体系的な伝達装置を構築したのである。この装置は人間社会の多方面に有効に機能したが、宗教の発現にも大いに役立ったのである。

翻（ひるがえ）って考えてみるに、太平洋戦争も宗教戦争ではなかったか。大東亜共栄圏、八紘一宇などと大ブロシキに包んだ天皇＝神の国の「日本教」と、白人優位の「キリスト教」とが戦争をしたのである。キリスト教の大国が、日本教ののさばりに鼻持ちならず、己の侵略、例えば先住民殲滅（せんめつ）は正義とし、日本による満州国の成立は認めなかった。

北アメリカの先住民を殲滅したのが、ピューリタン（清教徒）なる集団である。南アメリカは、目も当てられない残酷さで文明ごと抹殺されてしまった。マヤしかり、インカしかり。そのうえで原住民をみごとに改宗させたのである。現在に到り、胸で十字を切る原住民族の人々を見るにつけ、私は宗教の罪深さを感じるのである。

封建時代を脱却して近代主義が浸透するとともに、民主主義が唯一正義の規矩（きく）であるが如く滲み渡ったかに見える。とは言え、その間にも型を変えた宗教戦争が続き、現在に到るも進行中である。正義はいつもオノレの側にありと、数限りない正義が存在する。

その正義の下での利害・宗旨の対立、その結果の戦争である。日本においても明治以降、内戦も含めて数多くの戦争に明け暮れた。そろそろ腕がむずむずし、胸騒ぎのする時代に差しかかってきた感がある。戦雲は低く垂れ込み、胸苦しさを吹き飛ばしたい雰囲気である。

アメリカに目を転ずれば、トランプはナラズ者国家北朝鮮に怒り狂って戦争を仕掛けかねない。ナラズ者に劣らない狼藉者の登場である。アメリカ・ファーストで、世界の秩序、慣例は眼中にあらずである。

しかし、国家間の約束事は破られるために存在すると言っても過言でない。日本も破ってきたし、破られた歴史もある。ましてやアメリカ、相手は北朝鮮である。

一九九四年のクリントンとの核開発抑止・凍結に向けての米朝枠組み合意（ジュネーブ合意）、二〇〇五年のブッシュとの第四回六者会合に関する九・一九共同声明の協定破りと、騙しの悪業は周知のとおりである。

アメリカも疎放と過信が北朝鮮政策の徹底の欠如を招いたが、まさか三度目の正直を試すほど馬鹿ではあるまい。アメリカは北の核とミサイルを許さない。一方で北は、核とミサイルは放さないであろう。クモの糸から手を放せば地獄が待っている。それ以前に朝鮮人の民族性もある。

朝鮮族の民族性と金王朝

西暦六〇〇年前後に、三次に亘って高句麗に侵入してきた隋の煬帝（ようだい）の六十万もの軍隊を、高句麗軍は知略を用いてわずか三万で破ったのである。それが遠因で隋は二代で滅亡している。唐の太宗（たいそう）も攻め込んだが、右眼を射抜かれて命からがら逃げ帰った。結局、高句麗も内紛で滅びたが、その後は渤海（ぼっかい）国を建国し、興亡を繰り返したのである。

仮に負けると判っていても虚勢を張る、よく言えば誇りを捨てない見栄っ張りな民族性が朝鮮族にはある。アメリカは大きな反撃はないとの前提で、「斬首作戦」とか「鼻血作戦」とか好き勝手に言っているが、北が反撃しないというのはあり得ない妄想だ。金正恩（キムジョンウン）が絶対に引かないのは、朝鮮族のDNAが深く関わっているからだ。

朝鮮族は何度も国土を脅かされたが、しぶとく生き残ってきた。とはいえ盛者必衰、有為転変は世の常である。金正恩の姿も、この国が限界であることを示している。歩く姿、表情で判るように心身共に息を切らしている。

精神的負担の背景には、正恩自身の出自の秘密がある。それ故、より強く出ざるを得ず、周りの者を信じることもできず、薄氷の上状態である。正恩の母親は元在日であり、白頭山の血脈の虚構とは著しく背反する。父親の正日（ジョンイル）は白頭山のパルチザンの野営中に生まれたことになっているが、実はソ連のハバロフスクで生まれている。幼名はユーラと呼ばれていたのである。

祖父の金日成（キムイルソン）に到っては、反日独立運動の伝説の英雄、金日成将軍の名前をそっくり盗んだ偽者であるとの説が有力であり、私が事実と見るところである。偽者の金日成の本名は、金成柱（キムソンジュ）である。終戦時、本物の金日成は六十歳代であるはずにも拘わらず、偽物が大衆の前に現れたときは三十四歳であり、あまりの若さにどよめいたのである。

三代に亘り、虚妄の毒を撒き散らしてきたのが金王朝である。

虚妄は、あらゆる形で流布し続けた。人民共和国とか民主主義を騙（かた）る偽装一族は、人類種としてホモ・サピエンスが獲得した特性の一つである言語を操り、プロパガンダを最大限に活かして徹底的に悪用した。

トランプと金正恩の似た者同士のパッチギ（頭突き）は、アメリカとの蜃気楼同盟を信じている日本には気が気ではないが、互いに折れることはあり得ないであろう。

金王朝の手練手管（てれんてくだ）のほんの一部を紹介する。

出発点は共産主義であり、科学的唯物思想の下に徹底して宗教を弾圧した。

韓国の元大統領、文在寅（ムンジェイン）はクリスチャンであり、父の代に脱北した一家である。ところが、北朝鮮の現実は完全な一神教である。どのような天変地異、人災が起ころうとも、「金日成の御真影は己の命より大切」と洗脳されている。

北朝鮮は忌々（いまいま）しいが、特段目新しい独裁政治のかたちでもなく、唯その徹底ぶりが異常なだけである。金日成がそのような一神教を獲得するには並々ならぬ非情があり、無数の有為の命が犠牲になったという語るも憚（はばか）る事実がある。お定まりの、政敵の粛清の嵐が何度も吹き荒れた。

金一族は、なぜか血の匂いが好きであるが、金日成は孫の正恩と好みを異にしていた。陰でこっそり覗いて楽しむ人であった。まず目をつけたのが、自分より年長で最も人望のある朴憲永（パクホニョン）であった。朴は終始、国内で共産革命を指導した闘士であった。

金日成は、その一統を一網打尽にすべく、朴の部下で文部大臣であった林和（イムファ）を締め上げた。当時、林和は結核を患っており、その薬が米軍由来であることに着目し、アメリカのスパイに仕立て上げたのである。北に送り込まれたアメリカのスパイが存在するという作り話を拷問で引き出し、朴憲永他の一党をすべて粛清、つまり虐殺することに成功したのである。この件（くだり）は、松本清張の『北の詩人』のなかで詳しく著述されている。

次の血祭りのターゲットは、中国の延安派、つまり毛沢東派である。さらにソ連派という宗派も闇に葬ったのである。これらはすべて秘密裡に行われ、サイレント・アサシネーション（静寂の暗殺）と言われた。孫の子豚ロケットマン、金正恩の好みと大きな違いである。重機関銃を束ねた高射砲での趣味の悪い公開処刑、「人間ミンチ切り」は周知のとおりである。

このようにして金王朝の一神教は完成したのである。金日成の傑出した演出力は海を越えて伝播し、日本の同胞も完全にその術中に嵌まったのである。表の顔は笑みを絶やさない、穏やかで心優しい慈父であった。

主体思想(チュチェ)なる一神教を打ち立てたのは英雄金日成の名を騙った金成柱で、終戦時にはソ連軍の一介の将校であった。しかし、金日成の一神教は在日にも甚大な後遺症を遺した。その先導役となったのが朝鮮総連（在日本朝鮮人総連合会）である。南北問わず、在日の八十パーセント以上を糾合した妄信ぶりであった。今にして思えば滑稽であるが、終戦間もない当時は皆が熱病を患って判断力を奪われていた。（こういうことが私たちの身の回りにも、実は起こっていることなのである。）

日本では国立大出の在日知識人までもが金日成の一神教の魔法に罹り、思慮は消え失せ、プロパガンダに嵌まった。「彼（金日成）が十四歳のとき、ピストルを懐に家族に見送られて抗日運動に旅立った」とのあり得るはずのない作り話に、大の大人が涙を流して感動していたのである。先輩たちのそうした姿を、私は不思議な気持ちで眺めていたことを、はっきりと覚えている。彼らは、金日成を心底信じ切っていた。ある若者が宴席で古くから愛唱されてきた流行歌『番地のない酒場』を歌ったとき、「反動的だ！」と指弾されるありさまも見てきた。

ブリキの勲章を授与されたいがために、莫大な寄附金を皆が率先して上納した。戦後の帰国事業で騙されて北に渡った人たちは人質に取られて、朝鮮総連に好きなようにお金をむしり取られたのである。「北朝鮮は地上の楽園」なる大嘘に、熱病に冒されたが如く幻のロマンを求めて海を渡った人たちである。貧乏人はそれなりに、富豪は全財産を処分して、知識人も無学の者も挙って資産を北に持ち帰った。

私の近い縁者である老人は、妻と孫一人を連れて北に渡った。老人は若いときに勉学のために自ら日本に来たのであり、単なる帰国ではなかった。所謂、貴族（両班）の出身であったが、巡り合わせの結果、日本で農業を営んでいた。

農業は順調で、収穫期になると納屋に米俵を積んで誇らしく、そして楽しんでいたのである。食うことにはまったく困らず暮らしていた。しかし、何をトチ狂ったのか、息子五人、娘三人、もちろん老妻も大反対したのだが、それらを押し切って北に渡ったのである。

若い時代の夢——挫折もあったであろうが、夢が現実の目を奪ったのである。朝鮮総連の甥の影響も大きかったようだ。しかし、北朝鮮の「地上の楽園」は、地獄以外の何物でもなかったのである。子どもたちは生活必需品などをセッセと送ったが、本人の手許に届くことはなかった。家族が再会することはあり得ない悲劇であった。孫も、生きていれば七十歳を越した老人である。

夢を見た老人は後日、精一杯の皮肉と恨みを込めて手紙を送ってきた。「甥に、北に送られてありがたいと宜しく伝えてくれ」と。因みに、甥自身が北に渡ることはなかった。

史上最悪の騙し事業の目的は、労働力と金づるの確保以外の何物でもなかった。

北朝鮮は唯物論に基づいて、人民を細胞とか成分と呼ぶ。細胞は出自によって階層化され、成分の善し悪しとして区分される。帰国者の大部分は成分の悪い要注意人種に区分けされ、辺境に追いやられ、移動の自由を奪われて一生を終えるのである。理想を求めて北に渡った著名人も、多くが処刑または行方知れずである。

このような悲しい、悔しい現実を作り出したのは、大国の米・ソ・中・日である。朝鮮人が自彊に努めるべきことは自明であるが、如何せん地政学上も大国の責任は大きい。この結果として、誰も手に負えない「金日成一神教」を武器に、揺るぎない破壊型カルト集団を完成させてしまったの脳にインプットすることに成功した権力の中の権力である。

この地獄の国は、先鋭化した独善のシステムを構築することに成功し、あらん限りの偽妄を人民のである。

欺瞞と横暴に満ちた国家が生む権力

移民などによって多様な人種・民族、宗教が入り交じって、融けあったが如く見えるモザイク国家のアメリカですら、牢固たる福音派によって国家の中枢が牛耳られている。キリスト教原理主義とも言われ、他を排斥し、他者と意思疎通する気がまるでない連中。彼らがトランプを担ぎ、我が物顔で大手を振って世界を動かそうとしている。この横暴な振る舞いは、すでに病膏肓に入る状態である。その横暴に対峙する似合いの相手が北朝鮮である。

日本の蜃気楼同盟はさておき、トランプはキリスト教ファンダメンタリスト（原理主義者）の後光を背負い、一神教の金王朝を潰しにかかるであろう。

ただし、トランプが真のアメリカ・ファーストであるならばよいが、真の姿はトランプ・ファーストである。トランプが金正恩に会うこと自体が、北朝鮮を核保有国として認めるも同然である。

金正恩はもちろんであるが、北の人民（在日総連系を含め）は、対立国のアメリカが核を持っているのに我々が核を持ってなぜ悪いのか、理屈が通らないというのが偽らざる主張である。核拡散防止条約から脱退しているのだから、何らの文句も言われる筋合いはないという理屈である。

戦争での謀略を巡らすことを「戦略を立てる」と言う。朝鮮戦争の休戦協定は、米軍を中心に韓国を支援する国連軍、北朝鮮の朝鮮人民軍、北朝鮮を支援する中国人民義勇軍の三者が結んだ協定であるが、韓国は休戦に反対して調印していない。それでも、この協定に従って南北の境界は、北緯三十八度線から当時の前線に沿った軍事境界線と、南北それぞれ約二キロメートルの非武装地帯（DMZ）に変更された。しかも、国際法上は現在も戦争状態が続いているのが現実である。嘘、騙しの謀略は、「引っかかった側が甘いだけ」の単純な図式と彼らは考えている。

最近、私の近辺で、「文在寅と会った金正恩は、ほんとうに嬉しそうだったね」と肯定的に捉える人たちが増えてきた。鼻白む思いで聞き流しているが、一方の現実である。昨日まで、「あの白豚ヤロー」と罵った人たちがである。韓国では、「金正恩は可愛い」の声まであるというから、何をか言わんやである。

金正恩が人々を無防備にさせる術は、祖父金日成が練りに練って編み出したものである。既述の如く、金日成は慈悲深く思わせるあの微笑みの陰で戦争を仕掛け、三百五十万人の犠牲者を出し、それが終わると次々と政敵を闇に葬り、さらに十万人の在日をも「北朝鮮は地上の楽園」なる甘言のペテンで地獄に落としたのである。

その孫・金正恩は、仰(の)け反(ぞ)りたくなる微笑みで、あたかも祖父・金日成の如くに文在寅に芝居をやってのけたのである。狡猾の術は、祖父の失策も肥やしにして完成に近づいている。

それにしても、トランプがこれほど判り易い人間とは。二〇一八年六月のシンガポールでの米朝会談である。

彼が売りにしていたのは、予測不能な行動・判断であったはずである。ところが、誠に判り易い男であることが、世界に披瀝(ひれき)されたのである。斯様な男と波長の合う同類がいることが、これまた不思議である。

最強硬な、摑みかからんばかりに口角泡を飛ばして自説を主張し、周囲を説得してきたトランプを支えるポンペオやボルトンが、権力ほしさに容易に落ちることもよく判った。

マキャベリ、韓非子に尋ねなくとも、人間の性悪が浮き彫りになっている。この歳になって人間の浅はかさをここまで見せつけられると、目の前の物すべてが灰色に見えてしまう。これまで曲りなりにも仰ぎ見る対象であったことまでも、飛沫(しぶき)を浴びせられた気分である。こんなはずじゃなかったと。

シンガポールでの会談は、金正恩の圧勝と映った。

毛沢東はアメリカ帝国主義を「張り子の虎」になぞらえたが、トランプは「吠える張り子の虎」である。トランプの生来の無能に加え、年齢からくる判断力の壊れ方から見て、セルフ・コントロールがまるでできていない男ではないか。

正恩とトランプ、双方ともに一神教であるが、トランプに神のご加護はなかったようだ。曲りなりにも、正恩は教祖の直系である。

教祖様の金日成は、一九六〇年代から核ミサイルを持つ意思を最下部の細胞（人民）にまで徹底させていたことを、若かった私もよく耳にした。朝鮮総連の幹部であった私の長兄が、家にいろいろな人を呼んでは垂訓していたのをよく覚えている。アメリカ全土にＩＣＢＭを打ち込むことも。

その金王朝の悲願のため、虚仮(こけ)の一念、信念の魔術で正恩がトランプを押し切った。北朝鮮には、笑いの止まらない祝杯ものである。踊り狂って全員二日酔い状態だったのではないか？

アメリカは今になって「核廃棄は一年以内だ」と、拡声器を通じて方々に寝言を言っている。北朝鮮が流した、「軍の将軍たちが核廃絶に反対している」がごとき偽情報――まるで正恩本人は核を廃絶したがっているような謀略に、「したり顔」で嵌まっている。幇間の文在寅が北との関係に前のめりになっている姿に、トランプは事あるごとに口を挟むが、そもそもシンガポールまで出掛けて金正恩に会ったのは誰か。金正恩を「恋人」と言ったのは誰か。

事の発端は、グアム島にミサイルをブチ込むと凄まれ、そしてアメリカ本土にＥＭＰ（電磁パルス）爆弾をブチ込むと脅されたことである。この危険は回避し、己のレガシーを刻みたい一心でトランプは金正恩と会談したのである。

米韓の軍事演習を中止するなど、すべてアメリカが率先垂範してきたにも拘わらず、文在寅が北と協調するたびにアメリカは米韓関係に遮断機を下ろしている。己が蒔いた種が育ってくると、それを摘み取っているのである。

トランプは、アメリカは、いったい全体何を望んでいるのか。

北朝鮮の蛮行は数知れず、北朝鮮工作員による韓国大統領官邸襲撃未遂事件、ビルマを訪れた全斗煥大統領一行の暗殺を狙って二十一名を爆死させたラングーン事件、死者百十五人を出した大韓航空機爆破、「北朝鮮は地上の楽園」と騙して在日十万人の拉致、韓国や日本などから五百人以上を拉致、「ソウルを火の海にする」とのプロパガンダ映像の公開、正恩による異母兄の金正男殺し、叔父の張成沢殺し……。そういう犯罪集団の体制を保証し、誉め讃えるトランプ。これは妥協にあらず、屈服である。

かつてのチェコスロバキアは、ズデーテン地方をヒトラーのドイツに割譲することを認めたが、ヒトラーを誉め讃えることはしなかった。チャーチルが、「悪党はどこまで行っても悪党、クソはあくまでもクソ」と毒づいたのが九十年近く前の一九三八年であった。

トランプは、アメリカ・ファースト ならぬ、自分ファースト。白人・お金が絶対で、同盟、友誼の繋がりは一切関係なし。

安倍総理は、口先では拉致問題が最重要と事あるごとに煽っているが、総理のファーストは政権の延命と改憲の野望と映る。

空のダンボールのような連中が、ここまで国の中枢を牛耳って大手を振ってまかり通る現実。こんな日常に出くわすと、私に振り下ろされた一連の組織権力の悪逆非道も、宜(むべ)なるかなと言うべきか。

なお、朝鮮総連に在籍している友人によると、「朝鮮統一」と韓国では浮かれ騒いでいるが、北朝鮮では既に統一したときに備えて、韓国内の反動分子の粛清対象者の名簿ができあがっているという。その数、百三十万以上とのことである。これからさらに細かく精査されるが、増えることはあっても減ることはないだろうとの観測である。粛清の内容が、強制収容所行きなのか処刑なのか、その割合までは判らないとのことである。

朝鮮戦争時も、処刑・北への連行はおびただしい数に及んだ。このたびは、腰を落ち着けて歴史に残る粛清を徹底的にするという。金王朝を永遠に確固不動の体制にする意気込みとのことである。

そこにヘイトの根っこがありはしないか

私がこれを上梓する目的は、私の受難歴を吐き出すことであることは既述のとおりである。それにしては話が拡がりすぎたことに、違和感を持たれるであろうことも承知している。それにはわけがある。私の受難の歴史の発火点は、ヘイトだからである。この言葉が行きすぎであったにせよ、救いがたき僻見（へきけん）があったことに疑問の余地はない。この僻見が発火点であり、かつ私の後身に止（とど）めを刺す事件となったのである。

転落の引き金を引いたのは、東京国税局の強制査察であった。

「在日は、脱税の常習者である！」との強固な固着した観念は、日本に古くから広く喧伝（けんでん）されてきた都市伝説である。私の指摘する「日本教」においても、在日を蔑視し、優越感に浸るツールの一つである。

約百七十年前に鎖国を解くことで始まった日本教には、時代によって強弱の差はあるが、大別して自己優越と他者蔑視観がある。在日の脱税云々は、後者の最たるものである。

私のいう日本教とは、うまく言い表せないが、次のようなものである。

八百万の神を信仰する精神と、農耕社会の横並び的な連帯意識をベースに生まれた世界観と一体感、それが特定の集団から逸脱することの恐怖のようなものと結び付くことで、唯我独尊、排他的な思考に陥りがちになる。そうした価値観であり、ひいては宗教観である。

何故、そのような信仰心を抱くことになったのか？　日本は四季の妙、海の幸、山の幸と自然に恵まれている。その一方で、時に荒れ狂う自然は、神の怒り、悪魔のイタズラと怖れられた。人々は、人知の及ばぬ領域と自然に畏敬の念を抱き、それを鎮めんとするのは当然の成り行きであった。

自然が荒れ狂うとき共同作業で対処せねば自己を守れなかった一方で、島国の日本は外敵に脅かされなかったという背景もあった。さらに、古代宗教を基礎とした皇統が保たれたことも、日本人が一つの考え方に染まり易い素地となった。そういうものが重層的に絡みあって、私が日本教と呼ぶ価値観、宗教観を形成し、見えない糸で列島を繋いでいる。それが、日本人の安心感に繋がっていた。

深層の無意識の総意、集合的無意識として深く日本人の心に染み込んでいる以上、これからも列島からなくなることはないであろう。

毒のない、凡庸な表現をしたからと言って、日本教を肯定的に捉えているわけではない。石や木を八百万の神とする宗教なんぞ、荒唐無稽であることは言うまでもない。

一般的ではないが、日本には今も皇紀二千六百八十一年（令和三年）という時代表記がある。日本の暦は、西暦よりも六百六十年ほど古くにスタートしていることになる。しかし、日本に文字を伝えたのは、古墳時代の日本に百済から渡来した伝承の人物王仁（わに）（『日本書紀』では王仁、『古事記』では和邇吉師（わにきし））であると記紀は伝えている。王仁は、冶工、醸酒人、呉服師を率いて日本を訪れ、『千字文（せんじもん）』一巻と『論語』十巻を献上したという。応神天皇の治世の西暦三〇〇年ころのことである。

『千字文』は子どもに漢字を教える、あるいは書の手本になるようにと、一千もの異なる文字が使われている漢文の長詩である。ただし、『千字文』は六世紀前半に中国の南朝の梁の武帝が作らせたものとの説も有力で、真偽には諸説ある。ともあれ、紀元前六六〇年ころから紀元三〇〇年までのほぼ千年に亘り、誰が如何に文字なしに事実を伝えたか、これをどう説明できるのかである。これでは、北朝鮮の偽装金王朝と何ら変らないではないか。

万世一系というが、南北朝の後継の正当性は如何？　桓武天皇の生母は百済人であるが、それは如何？

日出（い）ずる国、日の本といった国家観念は、ナショナリズムを点火させやすい特性がある。一神教と違って、日本には荘厳な山への山岳信仰とか、茨城県の鹿島神宮などの磐座（いわくら）信仰、日本の到るところで見かける大樹信仰など多様な信仰がある。一神教から見れば、それらに神仏をみる日本人は滑稽（こっけい）に映るであろうが、日本人は超健康な腎臓を持った人体の如く異物を排除し、栄養分はちゃっかり自家薬籠中（じかやくろうちゅう）のものにする。アレンジの天才で、平仮名、片仮名を駆使して、迷路のような流派の仏教・神道を難なく交通整理してのける。

そんな風土にあって「天皇は万世一系である」やら「攘夷（じょうい）」やらを喚（わめ）いて、結束バンドの如く、天皇を利用する連中が現れた。

それまでは、神祇官（じんぎかん）を用いて神社を支配していたに過ぎない天皇が、明治の御代（みよ）、現人神（あらひとがみ）として出現して八百万の神の仲間入りをしたのである。つまり、倒幕・維新を成し遂げた者たちが、手っ取り早く富国強兵を成し遂げるために、天皇を神に仕立て上げたのである。

この宗教的刷り込みは、戦争ですら霊力で勝てると信じさせた。日露戦争での二〇三高地の乃木希典大将の無謀、真珠湾攻撃の初戦に一撃を与えるも、勝てるとは断言していなかった連合艦隊司令長官の山本五十六。ストラテジーも示していない。それでも一か八かの戦いに挑んだのは、絶対の霊力を信じたからに相違（そうい）ない。

ほんの八十年前の一九四四年に、牟田口廉也中将はインパール作戦の成功を祈願して、神棚に祈り続けたとのことである。ご利益（りやく）はさぞ絶大であったと察せられる。

ところがさにあらず、インパール作戦は史上最悪、杜撰（ずさん）にして超無謀な作戦であった。出ばなの渡河作戦で空から攻撃を受け、物資の運搬を兼ねて食糧にすべく引き連れていた三万頭もの家畜のほとんどを失い、解体した戦車を担いで峻険（しゅんけん）な山々を進軍した。しかも、インパール近郊まで軍を進めたところで連合国軍の激しい攻撃を受け、程なくして撤退を余儀なくされたのである。

撤退時も連合国軍の攻撃を受け、またマラリアなどの感染症にかかる者が相次いだ。結果、戦死や病死による兵士の死体が道を埋め尽くし、退却路は「白骨街道」となったのである。

司令官の牟田口廉也中将は、支那駐屯歩兵第一連隊の連隊長として中国軍と戦闘を行った盧溝橋事件の主犯でもある。しかも、インパール作戦で七万人以上もの死傷者を出しながら内地に呼び戻され、戦後も「あれは私のせいではなく、部下の無能さのせいで失敗した」と主張するなど、のうのうと生き永らえたのである。

そのような無責任が、日本は神の国との観念、信仰の本質であり、成れの果てである。インパール作戦までもが神通力で勝てるとの信念は見上げたものである。

しかし一方で他者蔑視、即ち私が被害を蒙った差別の如き拭いがたい侮辱がある。歴史的に多くの文化を朝鮮半島から教わり敬まってきたにも拘わらず、朝鮮民族を劣等民族と刻印。言葉の訛り・濁音の使い方、食生活、風俗などの面での他者蔑視の癖は、数え上げたらキリがない。自らを美化するために他を貶めるのは欺瞞である。

そうした差別意識や、古典的な権力を利用しようとする連中は、ある種の日本人に反日の烙印を押して萎縮せしめ、それとともに嫌韓と愛国を美味しいビジネスに早変わりさせる。政治家は正義の旗を振って権力を握り、識者は知識と憎悪を容易にビジネスにする。それを目のあたりにした経験がある。

Ｙという男であるが、日本人に珍しくユーモアのセンスに長け、社交的な男であった。私は波長が合い、親しい付きあいであった。彼の生業は、人を糾合して集まりをつくり、その会費で成り立っていた。コンセプトは、愛国心の高揚であった。

私には、彼が身命を投げ打ってまで志を貫徹するとはとても思えなかった。それでも彼は人脈を駆使して、ビジネスとして成り立たせていたのである。面白い生き方の男であった。

彼の主宰する団体は、皇族殿下のお一人を名誉総裁に戴いていた。その他にも国際問題の評論家加瀬英明氏、台湾の李登輝元総統、日本の政治家小沢一郎氏ほか多数の政界人、財界の著名人などを講師として招いた。名誉総裁の名前を戴いたゴルフコンペも毎年催していた。その筋の人たちを巻き込んで、愛国心の高揚をビジネスとして成り立たせていたのである。

一つの実体験を披瀝したが、巷には同様のビジネスが花盛りである。こういう事実は、少し冷静に日本社会を外の目から客観的に見れば、到るところに溢れている。この現実も、日本教の一断面である。

韓国における反日教育

私は、韓国において反日を生業にする一部の従北・容共主義者を一種の宗教とみている。唐突感を持つ人もいるであろうが、確信を持って主張する。

日本でいうところの韓国の知日派を、韓国では親日派（チニルパ）という。

本来は、大日本帝国主義の協力者を指した。しかし、今日では日本と手を携えんとする者全てをその範疇で捉えて攻撃の対象にしている。

本稿の背骨に反宗教があり、畢竟（ひっきょう）、宗教の邪悪さが私の脳裡を離れないことは否めない。宗教の定義は学者の数だけあり、統一した見解はないとの言説もある。宗教を社会運動、イデオロギー、道徳、哲学と規定する考え方もある。

大宗教の一つ、イスラム教の開祖とされるムハンマドも、元来は行政、立法、軍事、その他全般に指導力を発揮した有能な社会運動家であったと、中東・イスラーム研究者、元東大教授山内昌之氏は述べている。「ゴルフが彼の宗教である」と趣味が宗教化するアイロニーさえある。

自国を神聖化する歪んだナショナリズムで情緒的緊張を解きほぐし、安らぎを得るテコにしているのが反日教勢力である。

余談であるが、最近話題の「徴用工」訴訟に関係して、元徴用工に「お金を払えば賠償金を勝ち取ってやる」と持ち掛け、金銭を騙し取る詐欺事件が韓国で発生した。これも日本教ビジネスとよく似た形の、いわば「反日ビジネス」と言える。

韓国の最高裁で、日帝時代の徴用工の賃金などの補償についての判決があったが、もういい加減にせよ！　の一言である。これはすべて、我々の前世代の韓国の為政者のヌカリと、焦りに起因している。

当時の政府の正当性に関しては、朝鮮半島の同族の問題であり、日韓併合は国際的にも認知されていて、如何ともしがたい事実がある。

一九六五年の韓日条約を「民衆の支持を得ていなかったから」としてご破算にするという論法は通用する話ではない。文在寅大統領の「司法の判断を尊重する。未来志向で知恵を出しあおう」とか、「敵対感情を刺激せぬようにしよう」は、もっともらしいセリフであるが、誠に情けない。

慰安婦問題での、「真実性の謝罪を求める」も然りであり、単なる言葉遊びには、私などは辟易している。韓国の国会議長が慰安婦問題で天皇に謝罪を求めたが、一九九三年の「河野談話」、一九九五年の「村山談話」で、日本は謝罪を尽くしたのである。

一九九〇年には、今上上皇は盧泰愚大統領との晩餐会のスピーチで、桓武天皇の生母が百済の出であることに言寄せて、何事においても近接していることをお述べになられた。韓国の被害者意識は際限がない。

海賊倭寇の暴虐、文禄・慶長の役での数万に上る朝鮮人の拉致、そして併合なる侵略はあってはならないことである。しかし、秀吉の野望を政争の具にして時局を見誤る愚、私利に走って国ごと日本に差し出して併合させた売国奴と、朝鮮側も底の抜けたところ大である。

ここは一番、名誉挽回すべしである。物乞いじゃあるまいし、財団設立など間の抜けたことを言わず、「司法の判断は尊重する。しかし、被害者は我が国が責任もって救済する」と、屹然と見得を切れなかったのか?! これでは、ネジの山が磨り減った者たちに、絶好の反撃の口実を与えたも同然である。いくら力を込めて回しても、所詮ネジは空転するだけである。

日本では、明治の御代に担ぎ出された「臨時雇用」の神様が七十七年の間崇め奉られ、多くの戦争、事変、侵略を主導した。その結果、人命の損失は甚大であった。しかしマッカーサーにより、敢えなく人間に戻されたのである。私が「神様なんぞくそ食らえ」とする所以（ゆえん）の一つであるが、それでも、この過去を継ぐ者たちは連綿として息づいているのである。

臨時雇用の神様を復職させるわけにもいかず、次の一手は歴史に手をつける手段である。先の大戦の体験者は在庫一掃の体であり、戦争の惨禍（さんか）はなかったも同然としている連中が多数派となったのである。日本人の自虐史観がどうの、侵略かどうかに関しては後世にゆだねるなどと言葉遊びではぐらかしている。

衆愚であるほど心の隙間が大きく、そういう人の多くは愚昧（ぐまい）な虚構を受け入れ易いのが実態である。最近では、かつての皇国観を懐かしむ少し頭のネジがゆるんだ連中が、ＳＮＳで、また街頭で騒ぎ立てている。それをゆるりと頼もしげに眺めているのが、昭和の妖怪・岸信介の孫であり平成の権力者安倍晋三である。同様に安全圏にいる者どもは、それらの事象を活用してビジネスとして精を出し、心の隙間（すきま）に感染症を撒き散らしているのである。

「良薬は口に苦し」を知らない者に言いたい。愚者は空間で考え、賢者は時間で考える。今は、愚者の典型が幅を利かせる時代である。人は、時として忘れることによって救われるとも言うから、それらの者は忘れたフリをしているのであろう。

一億玉砕の現人神を喪（うしな）って八十年、日本人は新たな拠り所、心の支柱を遮二無二（しゃにむに）に拵えようとしているが如く私には映るが、ピントがずれているのであろうか？

翻（ひるがえ）って、我が朝鮮半島の宗教事情はというと、惨状と言うべきであろう。

一三九二年に李成桂（イソンゲ）はクーデターで政権を奪取して廃仏毀釈（はいぶつきしゃく）を進め、儒教を国教とした。なかでも「仁」と「中庸」の美名の下に、民・百姓の主体的精神を骨抜きにし、王権と宗教者は五百年もの間人民を搾取し続け、人々の活力を停滞せしめた。

この反動として、近代は急速にキリスト教が跋扈（ばっこ）し、儒教と生き残った仏教とが三つ巴の様を呈している。雑穀に砂を混ぜたような事態を招いたのである。調和と一貫性を欠いて、とてもじゃないが食えない状態である。

そこに岩盤のような金日成の一神教が割り込んできたのである。キリスト教を弾圧する北の一神教に、キリスト教徒の文在寅が帰依するありさまはいかにも出鱈目と映るが、少し彼の境遇を慮ってみると複雑すぎて胸苦しい。

因みに、韓国で大統領府等の各種機関、団体などへの信頼度を調査したところ、宗教界は最下位に近い信頼度しかないことが明らかにされた。

人生最高の師、塚本達夫先生に賜った恩義

一九三八年愛知県に生まれた私が、千葉市に「千成レストラン」を開店したのは一九六九年のことであった。それから約二十年、東京国税局による強制査察を受けた当時の私はなお働き盛りで、一心不乱に事業に専念し、多角経営に成功していた。査察の入る七年前の一九八二年に、私の生涯の大恩人、塚本達夫先生から望外の助力を得ていたことが成功の要因だった。

塚本先生は元来医者であった。分家の甥に請われて、実業の世界に入ったのである。面立ちは、俳優の市川右太衛門と片岡千恵蔵を足して二で割ったような気品のある方であった。加えて、長谷

川一夫の男の色香も漂わせていた。野太い声であった。財界の有力者を次々に紹介していただき、親交を深めることができた。

若いころはナナハン（七五〇ccのバイク）に乗っていたと、面白可笑しく語っていた。因みに、大腿部で車体を締めつける如く乗るのがコツだとおっしゃっていたのを覚えている。剛気にして繊細な心の持ち主であった。

塚本先生と初めてお会いしたのは一九八二年であったが、そのきっかけは国道十六号線の拡幅工事のために「千成レストラン」を取り壊さざるを得なくなったことである。レストランの移転に伴う補償には、二年以内に代替地を取得することが義務づけられていた。しかし、その期限が迫ってきたものの、これぞという候補地は見つからなかったのである。そこで、後述の島田信夫先生に相談したところ、その道のプロとして紹介してくださったのが塚本先生であった。

初対面の塚本先生はそのとき、「友だちの友だちは、友だち」とおっしゃり、その結果、七億円以上もの恩顧を受けることになった。しかも、先生がお亡くなりになった通夜の席で未亡人から、「俺の大切な三人の友人のうちの一人が金さんだよ」と先生がおっしゃっていたと聞かされた。私には何よりも胸に迫りくる、言い知れぬ申しわけなさが残る言葉となった。

先生が、如何に友誼に厚い方であったのか、その思い出を話すことにしよう。

一九八六年一二月に「千葉健康ランド」を開業したときは、あまりにも大勢の人々が押し寄せ、捌き切れずに混乱状態にあった。その状況を打開すべく、即座に増築を決断した。規模は、既設の二倍であった。しかも超突貫工事で、翌年一二月には再オープンを果たしたのである。

突貫工事のうえ、増築部分と既設部分の設備等の連結には若干の不安を抱えながらのオープンであった。その不安は、選りに選ってオープンの記念セレモニーで現実のものとなった。セレモニーの進行中に全館が停電したのである。

止むを得ず、非常灯のみでセレモニーを進行し、早めに切り上げざるを得なかったのである。来賓の方々は早々と帰ってしまうという不体裁を起こしたのである。

しかし、塚本先生には、連れてこられた大勢の贔屓の綺麗どころとともども、最後まで付きあっていただいたのである。「友だちが苦しいときには、友に寄り添うのが当然だ」と。ほんとうのサムライであった。

この塚本先生の恩顧を元に、事業は否が応にも発展し続けていた。多角事業の中核は、健康をテーマにした温浴施設であった。スベリ台のあるプール付きの健康ランドは日本初であり、同様の施設を作りたいとする全国からの見学者が私の会社を続々と訪ねてきたものである。その盛況ぶりは、言葉では表現できぬほどであった。

その後、日本各地に同業施設が開業し、協同組合を作るまでに発展したのである。その第一回と第二回の総会は私の会社で開催し、営業ノウハウの研鑽に努めもした。その業界では先駆的役割を果たしてきたのである。今では中国にまで進出する一大ブームを巻き起こした業態である。私は、講師として日本各地に指導に出かけるよう、随分要請されたものである。

ここに到るまで、幾多もの辛酸を舐め尽くしたことは言うまでもない。それでも、会社は超絶に順調であり、脱税どころか節税も頭の隅になかったばかりか、その必要もない利益が上がっていたころである。

いかに凄い盛況ぶりであったかの一端を示すと、正月、ゴールデンウィーク、お盆の期間は、入館に三時間待ちの状態であった。もう一つの例に、館内に設置した自動販売機がある。この売上げだけで、一日百万円以上もあったのである。入館待ちのお客様の忍耐も、対応する社員の奮闘も驚異的であり、この業界の伝説となったと言ってよいであろう。

その施設は、千葉市内を抜ける高速道路のインターチェンジの入口近くに立地し、誰が見ても突出した環境にあり、莫大な利益を窺わせるに充分な様相であった。

私の会社の会計事務所は国税局出身者の経営であり、かつ決算税務処理を永年任せていたので自らは心配もなく、脱税など思いもよらぬことであった。国税局出身の彼らなりの不文律があり、邪(よこしま)なことは相談すらできぬ会計事務所であった。このことは、世間の常識である。

税務署も信頼してか、十年以上何一つ指摘がなかったのである。本来、数年に一度は必ず税務当局から呼び出しがあり、そういう機会に企業などを指導するのが税務署の使命であるはずである。ところが、そういう公認会計士の永年の監査に基づいて申告してきたにも拘わらず、いきなりの強制査察である。

この事件は、当時の東京国税局長K氏が部下の統括官O氏他二名を私の会社に差し向け、謝罪したことで決着した。このとき同席したのが友人の五十嵐芳良氏であった。それでも、査察の際、友人の会社も含む取引先には大変な迷惑をかけ、そして私は著しく信用を傷つけられたことに変わりはなかった。

当時の私の会社は盛業であったので、この事件で傷つきながらも持ち堪えることができた。ところが、それから十年たったころ、憎っくき三菱銀行は、自分たちに関わりのない事案であったにも拘わらず、この事件があったことを三和銀行に密告し、融資実行当日にこれを破談にさせられるという事態が起こったのである。この事件の国税局、及び三菱銀行との顛末は本編で詳述するが、この書を上梓するに当たっても、そうして被った辛い思いが蘇ってくる。真実に正面から向き合ったときに、あまりの怒り、無念、切なさ、辛さに、いっそ消え入りたい心境に屡々襲われたのであった。すべてを強奪され、明日の目標もない、音も聞きたくない、画像も見たくない、私の人生は生息する価値がない、斯様な日々である。

過日、東京国税局の正面玄関で、脱税嫌疑での強制査察に対して抗議の割腹自殺をした埼玉県の中小企業の経営者がいた。自ら命を断つことは容易である。しかし、その行為は権力に膝を屈したことに他ならない。無駄死にである。反面教師に他ならない。

抗議の死を斯様に軽く扱うべきでないと確信するが故に、「無駄死に」と断ずるのである。

これから記述する長い痴劇の第一幕は、私を屠り、貪った組織であり、死体の検死、解体、焼却処分部隊である検察と警察から始めることにする。

第一章

検事との闘い

第一章から

撃沈状態の被捕食者たる川平検事をこれ以上責めたところで無意味と考え、私も暫時沈黙に付きあった。そして、時を見計らって「俺は帰るぞ！」と一喝し、護送の警察官ともども、川平検事の部屋を去ることにした。

そのまま部屋を出たが、誰も引き留めなかった。護送の警官が私の後についてきた。廊下で警官が、「今日は検事が悪いよ」と呟いた。これには私も驚いた。警官は検事に反感を持っているのかもしれないな、と感じた。

そうして私は千葉地検の六階を後にした。

検察官の川平省二（仮名）は、被疑者として拘束された腰縄の私の罵声に身動きもせず、金縛りに遭ったかの如く身を硬くして押し黙り、目を逸らしていた。その現場は、千葉地方検察庁六階の、川平検事の取調室。時は二〇〇七年七月一二日、午後二時過ぎであった。

当時、同室には私と川平、他に検察事務官及び護送の警察官が同席していた。部屋では、割れんばかりの私の怒声が、川平検事に絶え間なく浴びせられていた。こんな珍奇な光景は、検察庁開闢（かいびゃく）以来、初めてであろう。それが延々と続いていたのである。

このありさまは川平検事にとっては悲劇であったが、第三者から見れば喜劇であり、痴劇と言うべきものであっただろう。その場に居合わせなかった者にとっては信じがたい情景であり、理解に苦しむところであろう。しかし、爪の垢ほどの誇張もない事実である。

まず、この奇天烈な担当検事・川平省二を俎上に載せて、ありのまま記述する。

「オマエが調書に署名しないからだ」

被疑者である私は、すでに一度、二〇〇七年六月一九日に「詐欺破産容疑」で逮捕されていた。この逮捕については第三章で詳述するが、まず私の会社への破産宣告があった。私がそれに対抗し、再起に備え行なっていた投資が、財産の隠匿であり、詐欺であると断じられたらしいのである。

ところが、その逮捕による身柄拘束の期限直前、七月一〇日に一旦釈放された私はその直後、同じ罪状で二度目の逮捕をされ、件（くだん）の検事の前に引っ張り出されたのである。

そもそも初めの逮捕理由からして疑問があり、同一人を同じ罪状で重ねて逮捕することができないことは憲法が定めるところである。

護送の警察官に誘導されて川平検事の取調室に入室し、着席すると同時に私は尋ねた。

「検事さん、私を再逮捕した理由は何ですか？」

と問い質（ただ）したのである。そうしたところ、予（かね）てから少なからず訝（いぶか）しいと感じていた目の前の川平検事は、躊躇（ちゅうちょ）することもなく、

「オマエが調書に署名しないからだ」

と、まさかの怪答を返してきたのである。怒髪天（どはつてん）を衝くセリフを口から吐き出したのである。

「お前、それを正気で言うか？」

調書に署名しない、これは被疑者の権利である。少なからず怪しげとは思っていたが、その返答に私はぶっ飛んだ。

これほど馬鹿正直な直球を投げてくるとは「見上げた度胸だ」と言ってやりたいが、この絶好球を見逃す手はない。すかさず打ち返した。

「検事さん、貴方は今、『調書に署名しないから再逮捕した』とおっしゃいましたね」

私は奴（やっこ）さんの眼窩（がんか）を射るように、ゆっくりと迫った。

川平検事の目が一瞬、泳いだ。

張り詰めた沈黙が、私の仕掛けた爆弾が炸裂したことを物語っていた。眼光は外さず、間を置い

て私は再び同じ質問をした。

「検事さん、貴方は今、『調書に署名しないから再逮捕した』とおっしゃいましたよね？」

川平は慌てて、

「そ、そんなことは言ってない」

ときたのである。私は間髪を入れず、

「今、面と向かって私の質問に答えたじゃないですか!!」

上体をゆっくり起こしながら睨みつけた。

「今、貴方は、『調書に署名しないから私を逮捕した』とはっきりおっしゃったじゃないですか！何を出まかせを言っているんですか!!」

私の追及に川平検事は固まって、茫然としていた。

「もう一度聞きますよ！」私は怒気を強めて迫った。検事は下を向いたまま無言であった。完全に戦意喪失の態であった。

私は川平検事、否、検察の正体をはっきり摑んだのである。川平検事は、完全に私の獲物に変わっていたのである。周りに第三者も複数人いるだけに、抗えば恥の上塗りとなることから言葉を失い、斯様にぶざまな姿にならざるを得なかったのであろう。

私は口調が段々に厳しくなるのを自覚しながら、検事を責め続けた。この獲物が腐臭を放つ前に、素早く食することが肝要であると、あらためて確信したからである。

私がこの「奇妙」な検事に取調べを受けたのは、この再逮捕のときで五度目であった。

最初は、私が千葉中央署の留置場に拘束されて数日後のこと、彼の方から私の前に現れたのである。検事がわざわざ、留置場の取調室に出張ってきたのである。そして三時間以上に亘ってひたすら、「罪を認めろ」「罪を償え」「社会復帰して社会貢献しろ」の三点セットを挙げてご高説を垂れ流した。

「奇妙」と川平検事のことを言うのは、この男に唯の一度も罪状を告げられることがなかったからである。被疑者の罪科を詳(つまび)らかにすることが検事に課せられた任務であるにも拘わらず、この検事は罪状を示すでもなく、追及するでもなかった。何の罪かを示しもせず、ただ「認めろ」の連呼は雲を摑むような話であった。

腰縄でパイプ椅子に縛りつけられた私は、拝聴のふりをするしかなかった。そうしながら、「俺は聞きたい、何の罪か？　罪状も示さずに償いようがないではないか！」「小僧のテメェなんぞに社会貢献せよなどと言われたくない。俺がこれまで如何に社会貢献してきたかを承知でヌカしているのか？」「何を考えている？　まともに職務を遂行せよ！」と言いたい心境であった。

豪腕検事の触れ込みは、やがてどこかに消え失せていった。口角泡を飛ばし、鼻の穴が波打ち開閉する姿が滑稽であった。外貌からして、若いころからリーダーシップを執るとか、自ら行動して人を引っ張ってきたとはとうてい見えない。どんよりとした性格で、せいぜいガリ勉型のオタクと見て間違いなかった。

そんな男が、自由をもぎ取られた老耄(おいぼれ)の私に、ルシファー（明けの明星＝堕落する前の天使としてのサタン）よろしく実に権威的に挑んできたのである。哲学者であり心理学者のシュプランガーが著書『生の諸形式』で、「権威的人間はどこまでいっても権威的である」と指摘しているとおり、この検事はその典型であった。

留置場での取調べに話を戻せば、内容の薄い、長時間の説法に満腹になったのか、はたまた、老耄の私の殊勝（しゅしょう）な態度がお気に召したのか、検事は説法を終えると私の一言の反論も聞かずに帰ろうとした。被疑者である私は、体の自由は利かぬが口は拘束されていない。

「一言申し上げたいことがあります」

私は言い放った。中腰になって帰ろうとする、検事に放った第一矢であった。

「私に罪はなく、拘束は不法・不当です。罰せられるべきは、日本の巨大金融機関であり、行政機関であります。日本債権信用銀行と三菱銀行等の行為は詐欺、窃盗であり、整理回収機構は故買（こばい）という犯罪集団、預金保険機構も、詐欺銀行の犯罪物件の処理を引き受けたのであります。以上の悪党集団に本来の罪科があるのであって、私は被害者であります」

私はさらに続けた。

「その端的な例は、整理回収機構の中坊公平弁護士に凝縮されているではありませんか。犯罪を平然と実行する輩（やから）の集団にお金・財産を強奪された被害者が私であります。私に何か罪科があるが如く扱う検事さん、あなたは間違っている。何の罪もない私は、彼らに生きたまま食い殺された被害者です。そこの処をよく理解して、私に対処していただきたい」

私は、一呼吸すると、さらに追い打ちを掛けた。

「何の咎もない私と弊社は、虐殺され食い潰されたのであります。債権者を偽装する犯罪者どもに破産宣告を申し立てる権利はなく、斯様な犯罪集団の片棒を担ぐ検事さん、あなたは共犯です。即刻、悔い改めて私を釈放すると同時に、貴方に社会正義の心があるなら、私が示した犯罪集団に徹底的にメスを入れるべきです。さもなければ、あなたの行為は不当・不法にして、法理的に無効の行為であります。したがって、罪科を前提にした私への尋問は容認できません」

それだけ訴えると私は言葉を切った。

川平検事の怒るまいことか!!　顔を真っ赤にして、

「ここまで言っても判らんのか?!」

怒鳴りながら席を蹴り、憤然とした面持ちで帰って行ったのである。

最小限であったが、私の主張は述べた。しかし、正義・正論が必ず勝つ世の中でないことも現実である。最終的に私が勝つには、この検事をこれ以上怒らせるのは得策ではない。実はこの件の担当で同席していた清原（仮名）刑事には、「川平検事にはよしなに執りなしてくれるよう」依頼しておいたのだ。

一見謝罪的なこの態度が、相手の油断を誘い、近くに呼び寄せる「コマセ」（撒き餌）の役目を果たしてくれると信じたからである。

ルシファー気取りの自称豪腕検事は、その後も万能の妖刀たる「権力」を背に、完全優位の立場で立ち塞（ふさが）ってきた。私も一度は言いたいことを捲し立てたが、清原刑事を通してこの検事に謝罪の言葉を伝え、後は殊勝な態度を保ったのである。ふんぞり返る検事の前で、腰縄の老耄の哀れな図であった。

川平検事は私の前では全能気取り、捕食相手を捜し当てたが如く陶然たる態度であった。しかしそれも前回までのこと。この取調べで、形成は逆転したのである。

二度目の逮捕、そして次の取調べを機と見た私は、あらためて検事に逮捕理由を問い、あの「オマエが調書に署名しないからだ」という失言を引き出したのである。

今の川平はルアーに引っかかった魚である。しかも、大物の予感、これまで経験したことのない強い引きであった。

餌を食い逃げされないように、釣り針が喉奥深く食い込むまで用心深く、獲物に全神経を集中した。その喉に針が喰い込むのを確かめながら、力を込めた。

獲物の面は歪み、抵抗の意志が消え、戦闘モードは完全に失せた。受け身に廻ると、実にモロイことを曝け出したのである。

私の優越感を満たす久しぶりの獲物だ。蔑笑を噛み殺し、この獲物を取り逃さぬよう心を配った。これまで散々侵蝕された我が身心を癒すべく、ゆっくりと咀嚼し、消化吸収し尽くすつもりであった。

私の頬は自然に緩み、顎骨の力が抜け、口許に皮肉と軽蔑の入り混った笑みが浮かぶ。これを抑えることはできなかった。

しかし、釣り上げる労力、気力の消耗は激しく、我が人生のなかでも最大限のエネルギーを要したことは確かである。悪戦苦闘の末に釣り上げたのが、人喰鮫にも似た川平検事であった。

この人喰鮫を陥穽に落とすために、被疑者で老耄の私が練りに練った罠に、川平が嵌まった瞬間であった。

仕掛け針に引っかかり、のた打ち回る鮫に、私は如何なる術を用いたか。取り敢えず、この間抜けな人喰鮫を「サメ検」と命名する。サメは凶暴性において、海の生物界の代表格であるからである。しかし、脳みそは体重に反比例して小さい、その代表格でもある。

ノミの心臓、サメの脳ミソと揶揄（やゆ）されたどこぞの総理大臣を思い出す。

サメの凶暴な行動を表現する言葉に、「狂乱索餌（きょうらんさくじ）」がある。サメには、所構わず、相手構わず、時には仲間のサメにすら噛みついて餌にする習性がある。獲物の臭い、音、水流が混在するところでは、サメは最早、どれが何だか判らなくなって、ありとあらゆるものに手当たりしだいに噛みつこうとする。それがサメの狂乱索餌の行為である。サメ検川平も同様の性格を帯びている。したがって、「サメ検」と命名したのである。

いつぞや、「マムシ」と渾名（あだな）された元検事が当時の舛添要一都知事の政治スキャンダルに、「厳しい第三者の目」として盛んにテレビに顔を出し、恥を曝したことがあった。マム検より、サメ検のほうがパロディにははるかに似つかわしい。

もとより、川平検事が私を「詐欺破産罪」なる罪名で再逮捕する根拠にした低劣な判断、司法の番人としての拙劣さには驚きを禁じ得ない。

この愚挙は、川平の単独の判断ではなく当然、上司に報告・諒承を得た結果であろうことは想像に難（かた）くない。しかし、同じ罪名で二度逮捕することの不法性を当然認識していたが故に、私の「私を逮捕した理由は何ですか」の詰問に窮して、腰砕けになった川平は思わず、あの馬鹿発言をしたのであった。

川平本人のこの法外なる頓馬な発言は、法律家の言葉ではない。否、まったくの素人、無知の私でも目が点になる「禁句中の禁句」である。換言すれば、老耄の私がそれだけ甘く見られていたのであろう。

日産コンツェルンの創業者、鮎川義介氏によると、「人間というのは対面した瞬間の直感で、その人物の力量が判るものである」とのことである。

そこまでの眼力はないが、川平検事と最初に会ったときから彼の粗忽な人間である性格は満身から感じられた。この男は稀に見る軽薄者にして、かつ小心者であると。

その予感は、的を外すことなく的中した。その端的な例が既述した如く、私の強い追撃に狼狽し、言葉を失ったことに表われている。


いつ入室しても、異様に広い部屋、大きなデスクを前にふんぞり返る川平検事。これに対するのは腰縄の老耄の情けない図であった。

この部屋に入るたびに、言い知れぬ、到底馴染めない、そしてお金を積まれてもご辞退したい異質の空気が支配していることを意識させられた。浅く短い呼吸を自然に強いられる独特の空間、重金属の粉塵が漂う澱んだ世界である。

異様に大きなデスクに権力のマントを羽織った御主人様。その御主人様の右側に、立会検察事務官が侍るの図である。そして生贄たる被疑者の背後には、距離を置かず護送の警察官。後ろから無言の圧力を加える構えである。

なぶり殺される生贄は、魔王然とした御主人様の正面の肘掛けのないスチール製の椅子に、腰縄をくくりつけられたまま座らされるのである。その五分の一程度の広さでもすみそうな、不必要に広い部屋には一輪の花もなく、すべてが無機質である。

御主人様は、この空気にすっかり馴染んでいる。最早や何の違和感もない自信に満ちた顔つきであった。否、そんな顔つきもまた、被疑者を抑圧するための自己演出であろう。

そこは法の名の下に合理的に被疑者の人格を破壊する舞台装置として、計算し尽くされた空間であった。

人を圧することを生業とする者たちが、威を借るにはそうした舞台装置が必要である。その空間は、威嚇を以って人を委縮せしめ、操り人形の如く意のままに誘導するトリック部屋である。外の景色を完全に遮断している。それは被疑者に思考停止を強制する仕掛けであり、抗(あらが)うことの無意味さを自覚させるに役立つ仕掛けであった。

その舞台装置によって被疑者は、別世界に置かれる。我が身がこれからどうなるかの将来図も描けず、体中の力が抜けたまま、ただ強い重力を感じさせられるのである。

そしてこの顔面威嚇の検事は多面性を具備し、それを余すところなく体現する特技を持っていた。老耄(おいぼれ)の私が最初に逮捕されて、千葉中央署の留置場に放り込まれた数日後に、この検事がのこのこ出張ってきたことは述べた。慢心のうえ、少しぬるく、時間を持て余しているおめでたい「ヒマ検」の渾名を進呈するに相応しい雰囲気だった。

私にとって検事なる人種の印象は、テレビで見かけたヤメ検のコメンテーターである。その代表格は前述の舛添要一元都知事の弁護を担当した元特捜のマムシの善三こと佐々木善三元検事、そして私が留置されていたときの私の代理人らがいる。なかでも佐々木ヤメ検氏は、報道陣の質問に上から目線で対応し、権力臭を撒き散らしたことで、むしろ舛添元都知事の社会的評価を落とした弁護士として記憶に新しい。

ヤメ検は一般弁護士とは明らかに異質であり、独特の臭いを放つ存在である。因みに、私の関係者が手配してくれた当初の私の代理人もヤメ検であったが、やはり権力側の立場に立ち、その態度に立腹した私と紛糾したのである。『ヤメ検－司法エリートが利欲に転ぶとき』や、『反転－闇社会の守護神と呼ばれて』の著者は、「検事の世界はムラ社会と称されるほど狭く、現役検事と検察OB、検察組織内での先輩・後輩、かつての上司・部下などの垣根が極めて低い」と指摘している。したがって、法廷で現役検事と対決するはずのヤメ検は、かつての上下関係や人間関係のまま対応することが珍しくない。こうして、容疑者を有罪に持ち込みたい検事と、依頼人の罪を軽くしたいヤメ検とが妥協することになる。

証券取引法違反の罪で有罪判決を受けたライブドアの堀江貴文元社長は、検察庁が事件をつくり、OBのヤメ検が弁護するというのは「法曹界の仕事マッチポンプ」のようであると指摘したことがある。一度権力に染まると、その行動様式は変わらないのである。

しかし、以上紹介したどのキャラクターにもサメ検は収まらない、異質であった。私の貧弱な表現力では、正確にその真の姿を言葉で伝えることは難しい男であった。

レールの上に乗っかり、思いどおりの筋書で事を運ぼうとするこの検事は、法と検察組織を盾に被疑者を小突き廻し、慰みものにして日頃のストレスを発散させると同時に、ただ時間を浪費して、職責を遂行したが如く振る舞う徒である。定められた独善的なルール、その上でしか発せられない言葉の攻撃は、呪文の如く機械的に進捗する。

検事という職業の特徴として、日頃は九十九・九パーセント反撃に遭う心配はない。反転攻勢を受けるとの前提は端からない。そのために訓練し、技を習得しておく必要もない。このたびの川平検事の如く、反転攻勢をかまされると、脳の神経細胞ニューロンが飛んでしまうのである。

哀れ、このたびのサメ検は、まんまとスッポリ罠に嵌まったのである。もちろんその後は、任を容赦なく解かれ、リリーフが登場してきたのである。検察内部にとっても、この不体裁な事件は、「傷が拡がらぬうちに蓋をせねば」の思いであったのであろう。千葉地検の不祥事ですめばよし、ましてや検事一人の左遷で事がすめば結構なことであった

しかし、このぶざまな事件は遠く六百キロメートルも離れた同業者（同じ穴の狢）の間でも、評判となっていたのである。そのことを私は、十年も後の二〇一七年に、京都地検で同じ穴の狢から直接聞くことになったのである。

サメの種族が棲息する環境は、我々普通人種には窺い知ることは難しい。私の実体験から垣間見えた限りでは、一般人種と何ら変らず、特段磨かれた人種ではなかった。しかし川平の如き人物は、その種の仕事をする人たちにとって使い物にならないはずである。優生学的に有害個体もいれば、頂は検事総長まで玉石混交であろう。ともかく、斯様に珍妙な事件は、仕事上の使命との乖離が大きいぶん、記憶に残り易い。

検事の世界は典型的縦社会であり、同僚間の生存競争は激烈である。優勝劣敗の敗者の典型がこの川平である。選民意識と真の実力が混濁し、無闇矢鱈と出まかせを言い、先の事態を展望・予測する習慣もない。それが、このたびの老耄の私に対する境いのない仕業となったのである。

サメの共食いと同様、検察の世界では川平検事のような失態をやらかすと、仲間から格好の餌食となるのである。

最初の逮捕以降、私を取調べたこの男のことを時系列に思い浮べ、その人間像を露天商よろしくあれこれ並べ立ててみた。

薄っぺらな男のクセして、驕り高ぶる浮薄野郎！　慢心にして小心、驕慢にして手抜き、しかし入れ込みすぎ。卍の如く、攻守目まぐるしく入れ変わると、動転してしまう。

川平がここまで追い込まれたのは、下手な猿芝居の再逮捕が検察の目論見に反して裏目に出たからである。

既述の如く、私は、一度目の逮捕の勾留期限が切れる直前、突然釈放を告げられ、身支度をして廊下を渡り切った所、行く手を十人ほどの男たちに阻まれ、再逮捕された。そのやり方が被疑者を精神的に追い込む手段の一つであることは、巷間よく耳にすることである。私に対してもこの陳腐な猿芝居を打ってきたのである。

そして、哀れ腰縄の老耄は川平検事と五度目のお目通りとなったのである。いつ入室しても感ずる異様に広い部屋、無用に大きなデスクの後ろに鎮座した川平の前に、腰縄の老耄は引っ立てられ、この章の冒頭の場面に到ったのである。

どだい、若僧が己の父親ほどの年長者に一方的訓話、一方的訓戒を垂れるなど、笑止千万である。「罪を償って、社会復帰して頑張れ」とさ。自信があるなら、俺に罪科を問え、尋問しろである。そうしてこそ、「償え」が成立するんじゃありませんか。日本語の使い方がまるでなっていない。文法、文節、文脈が成り立っていない。

川平検事はたった一発のカウンターパンチで脳震盪を起こし、「ヘタレ込んだ」のである。しかし冷静な人間なら、検事ともあろう者が、斯様なぶざまを呈することはないであろう。無理をして、一端のエリートの皮を被り虚勢を張っているだけに、それが重荷となり、いざというときその重みに耐え切れずに頭が凍ってしまうのである。

禅語に、「転処実能幽」（転処実に能く幽なり）というではないか。「心は万境に随って転じ、転処実に能く幽なり。流れに随って性を認得せば、喜も無く亦憂も無し」。そのように、心はそれぞれの環境に随順して転変する。その転変の仕方は何とも秘めやかなものだとの意味である。

攻守所を変えての攻撃と沈黙

粗忽検事の狼狽えたぶざまに、ただごとでない気配が広い取調室に充満した。

私は、釣り上げた獲物を厳重に確保すべく、捕縛逮捕した獲物の両手、両足に手錠を咬ませ、逃亡を完全に不可能にした。一瞬の隙をつき、鉄壁の権力の脳天にクサビを打ち込んだのであった。「寸鉄人を刺す」の類である。

絶対の権力を笠に着て幾多の人々を睥睨、抑圧し続けて感覚が麻痺し、脱線を問題視してこなかったのであろう。否、脱線しているとの意識すらなかったのである。

良識のブレーンが壊れたサメは、暴虐の妖刀を盲滅法振り廻し、私に襲いかかろうと目論んだが空を切り、持て余して自傷の体たらくであった。

この男の最初の取調べ以来、この血塗られた妖刀でこれまで幾度も切りつけられた私の傷口の痛み、疼きを癒す最善の方法は、その妖刀を奪い取ること、即ち、この男を取調べの手法で追い込むことであった。

九十九・九パーセント勝利を特認された川平検事の病巣、その根本切除が必須であり、傷ついた私の魂を癒し、誇りを充足せしめる打ち出の小槌は、川平を追い詰め、激痛を味わってもらうことと確信し、行動に移したのである。

私は川平の言葉、態度、心理を精査し、最大効果は何かを推し測りながら、拳を連続して繰り出した。

ここまで追い込めば、何も焦ることはない。私は心を整えて静かに、しかし対峙する検事の川平を凝視しながら声を上げた。

「川平検事さん、『私の逮捕理由は何ですか？』の問いにあなたははっきり、『調書に署名しないからだ、わかったか‼』と天地がひっくり返るような恫喝（どうかつ）をしましたよね。その返事に呆れた私が、あなたが言ったことをそのまま復唱し、確認したところ、失言を認識したあなたは、『そんなことは言ってない』と翻意したんですよね⁈」

私の質問に、川平検事はまったく答える気力を無くしていた。

以下に、私の川平検事に対する質問と川平の沈黙ぶり、敗残兵ぶりを記す。

老耄「検事さんにあらためてお聞きしますが、私の罪科は何ですか」

川平「…………」（沈黙）

老耄「それでは逮捕理由のない逮捕だったんですか」

川平「…………」

老耄「検事さん、この部屋には二人（検察事務官と護送の警官）もあなたの味方がいるんですよ、彼らに聞いてみてくださいよ！」。やや呆れた口調で私は迫った。

川平「…………」

私は、軽蔑し切った顔で頬を緩ませ、暫く薄笑いのまま川平の泳ぐ目を追っていた。あの権威的な川平が私の陥穽に嵌まり、身動きもできないことは明白であった。釣り針を喉奥深く飲み込み、決して外れることはないと確信したのである。

側にいる検察事務官も護送の警官も、黙ったままだった。検事の川平を援護しようとはしなかった。川平は組織から孤立していると感じた。軍隊に譬えれば、本隊から逸（はぐ）れてしまった兵士だった。それを感じ取って、私はいよいよ強気に出たのである。

これまで不当・不法な扱いをさんざん受け、腰縄で充分に辱めを受け続けた。今日は、この「三太郎（間抜け）」を倍返しで弄（もてあそ）んでやるのが礼儀というものであろう。

此奴には、山ほど言いたいことがある。順々にジャブを繰り出して、完膚無きまで打ちのめすのが道理に叶った行動であろう。

軽い嘲笑を以って問いかけた。

老耄「検事さんよ、俺が逮捕理由を聞いたとき、あんたが言ったセリフを取り消したら、俺はあんたを許してやってもいいよ、どうだ！」

小バカにした提案をしたのである。

川平「…………」（微動だにせず沈黙）

逃げ場がないことを悟ったのであろう。そして、追及者のさらなる逆襲が鋭く、厳しくなることを覚悟したのであろう。

私は、思いのほか容易く、しかも完全に仕留めたことを確信した。私は攻撃のエネルギーを温存するために暫時、沈黙と付きあった。

完全に白旗を揚げ、抵抗する気力も失せて「急性失語症」となった「はぐれサメ」に一切のセリフはなく、ここからは老耄追及者の一方通行の独演会を進めるしかなさそうである。拘束しているサメが突然暴れ出したら、そのときはそれなりに対処する肚（はら）を決めた。長期戦に備え、脳に酸素を充分に補給すべく、丹田（たんでん）に気を集めて息を深く吐いた。

老耄「オマエさん、俺は許してやると言っているんだぞ。なぜ黙っている！　オマエさん耳がないのかい？　声が小さければもっと大きな声で言ってやろうか！」

割れんばかりの声を張り上げた。続けて、

「ふざけるな!!　コノヤロー」

罵声を浴びせた。

検察事務官も警察官も、私に罵倒されている川平検事を傍観している。黙り込んだまま、事の成り行きを見守っていた。完全な傍観者になっていた。同僚、上司を傍観する二人の精神構造も、私には不可解であった。

老耄「オマエさん、これまで随分偉そうな態度で、俺にあれこれ生意気な口を利いてきたが、腰縄の俺にも『口』という便利な道具があるんだ。判ったか、このヤロー！」

もちろん、戦意喪失の検事から反撃はない。

老耄「そこであらためて尋ねるが、回答がないということは俺の主張に一切異議がないと受け取ってもいいんだな。文句があるなら今のうちに言っておけよ。これからが本番だから、その前に念を押しておく。判ったか?!」

川平「……」

老耄「オマエのやっていることは、間の抜けた児戯に等しいんだよ。判るか、ママゴトなんだよ。オマエのやることなすこと、喜劇を通り越して痴劇なんだよ。阿呆の芝居なんだよ。俺の仕掛けたトラップにまんまと引っかかったんだよ。判るかい? オマエの職務執行はしくじりの連続なんだよ、それをこれからじっくり教えてやるよ」

段々激しくなる口調に、なす術もなく萎縮し切った検事の図であった。

老耄「トラップの何たるかを教えてやるよ。よく聞いておけ。俺が逮捕された直後、オマエはわざわざ千葉中央署の留置場まで足を運んできたよな、ご苦労にも。俺は、べつに大物政治家じゃねえよ。見たとおりの老耄だ。オマエが小さいから俺が大きく見えたのかい? オマエは何をトチ狂ってか俺を訪ねてきた。しかも、延々三時間以上も俺に説教を垂れたよな。罪を認めろ、そして償え、社会復帰して貢献しろとな!! ふざけるな、俺が何の罪を犯したと言いたいんだよ、このバカヤロー!!」

「罪? 何の罪かも示さないんだから、答えようにも回答の仕様がない。オマエが俺の罪科を示し、然る後に俺が答えるのが筋立じゃないのかい?! 罪名も判らず、どう償うんだよ。社会貢献せよだと?! テメェに言われる筋合いなんかない」

「ついでに聞くが、テメェは何を社会貢献したんだよ? 言えるなら言ってみろよ。俺が留置場に拘束されているとき、テメェは面白半分に、取調べでもない、面会でもない、教戒師を気取って来やがったんだよな、くだらん説教のために！」

「無駄だよ、時間の無駄ってもんだよ。唯の時間の浪費で、職務のサボタージュってもんだよ。自己満足の単なる長広舌（ちょうこうぜつ）をぶって、したり顔をした頓馬がオマエだよ！　権力を持ったつもりで検事のバッジ付けてりゃあ、凶悪犯だろうがヤクザの親分であろうが多少は畏（おそ）れ入るだろうが、俺には通用しねぇよ!!」

「テメェのやってることは、妄想肥大極まりないよ。何ら根拠のない自信が沸騰してオーバーフローしたまま暴走しているだけだよ！　挙げ句の果てに、赤信号の交差点に突入して炎上したのが今のテメェの姿なんだよ、判るか？」

「テメェは、中央署の留置場に俺に会いにきたんだよな。本来は、斯々然々（かくかくしかじか）と俺に罪科を示し、『然るにその罪を償うべし、そして社会復帰して社会貢献せよ』が本筋じゃねぇのか?!　前段をすっ飛ばして、問題も出さずに回答せよ、は無茶苦茶な話だぜ。判るか、晴天の空で星を探せってえのは土台無理で、夜空でなきゃ星は見えないってのがフツーの常識だよ！」

「あのとき、テメェは俺に何を言ったか覚えているか？　延々三時間に及んでこの俺に、このジジイに、正しく生きよ、罪を認めろと、手を替え品を替えて俺に強要しやがったな。耳にタコができて後遺症まで残ったぜ。損害賠償ものだぜ！　いったい全体、俺に何を言いたいんだよ。尋問というのは字の如く、尋ねることじゃねえのか？　いいかい、尋問は説教じゃねえんだよ！」

「俺が如何なる経験を積んできたか知ってのテメェの態度かよ？　返事してみろよ、このお地蔵さんよ、テメェの頭は回路がショートして、ブレーカーが落ちている状態なんだよ。壊れた頭の回路を修繕しろよ!!　テメェのような奴が世にのさばると世間が迷惑するから、解体屋にでも出して、さっさと廃物にしろ！」

これだけ罵詈雑言を浴びせられ、侮辱されても、固く口を閉ざして一切の反撃もなかった。これが検察官の姿である。

現場は、こんな活字の表現よりももっと激しく、実は飛びかからんばかりの勢いでもあった。

生みの親は韓国でも、育ての親は日本

老耄「ところで、検察官の心構えを最高検が布告しているが、承知か？　この質問に答えろよ！」

瀕死状態の検事川平は、依然急性失語症状態で沈黙のまま。

老耄「これだけ罵倒されても、国家権力を背負った検事たる者が、一老人に反撃はおろか持論も展開できないんじゃ、オマエさん、検事としてはもうお終いだね。若いのに哀れな野郎だよ。ここには検察事務官と警官がいるから、明日からはオマエのことはさぞかし評判になるぜ。裁判所の審問で裁判官に面談するとき、オマエの今のザマをきっちり報告するよ。準抗告して法律的にキサマを追い詰めてみせるよ、よく覚えておけ！」

準抗告というのは、民事訴訟においては、裁判官による裁判に訴えられた当事者が、裁判所に不服を申し立てる異議のことである。刑事訴訟では、裁判官による一定の裁判、また捜査機関による一定の処分に、その取消しまたは変更を求める不服申立ての制度。裁判所の認定に対する抗告手続に準用される制度である。

老耄「耳にタコができるほど、オマエが延々と偉そうに取調べならぬ説教を垂れても、俺は歯を喰

いしばって我慢して殊勝なふりをしていたんだよ。キサマの行為は、無理無体を業にして巷を徘徊している連中と何ら変わらねえんだよ」

「あの日、喋るだけ喋って、糞をたれるだけたれて帰ろうとしたオマエに、俺は一球だけ豪速球を投げたよな。つまり、『検事さん一言だけ述べてもいいですか?! 私は罪に問われることは何一つしてません！』とね。そうしたらオマエが烈火の如く憤りまくったよね。『これほど（殺人的な三時間の説教）言っても、オマエはまだ判らんのか?!』ときたもんだ。そこで、俺が一芝居打ったんだよ。つまり、今日のこの痴劇を演出するためにな」

「その芝居というのは、取調べの清原刑事に、四回目の取り調べが終わった後に、『今日は、私が一言余分なことを言って、検事さんは気分を害したようだから、よしなに伝えてほしい』と言ったのさ。それでオマエさんは俺を甘く見くびって、同罪で再逮捕の大ポカをしたんだよ。そうじゃねぇのか？ 図星だろう。再逮捕すれば、このジジイはギブアップすると踏んでたんだろう？ それが今日のブザマを招いたんだよ、目が醒めたか！」

「豪速球の後の甘いチェンジアップにみごと引っかかった、お目出たい奴なんだよ、テメェは。トリックに目眩(めくら)ましを喰らった唯のチンピラ検事なんだよ、オマエは。オマエが帰る際に放った俺の一発のカウンターパンチがみごと効いて、しかも俺が尻もちをついて、さもダウンしたが如く喰らわせたフェイントにみごと嵌まったの図だよ！」

「オマエの陳腐な説教の細工で俺が容易く落ちるとでも思っていたんであれば、卍(まんじ)検事の異名を授けるよ!! 卍検事というのはな、巴のようによく転がる、つまり強権ぶりとヘッピリ腰の対極を日常的に平気で使う特技の持ち主のことだよ。その特技の持ち主がオマエだよ。ありがたい名前をオマエに進呈するよ、卍検事とな」

因みに、検事という職業に就いて修業すると、面の皮が鉄板の如く特別に厚くなることは間違いない。W不倫疑惑のヤメ検女性国会議員の開き直り。流石は元検事。傍証は真っ黒にも拘わらず、報道を「むき出しの好奇心」と切り捨てる。白を黒と言い切る虚構。検事なる職業は、不条理を磨く機関であることの好例である。

卍検事川平はサンドバッグ状態で、いくら撲(なぐ)りかかっても一向(ひたすら)耐え忍ぶのみであった。撲り続けるのも根気の要るものである。

老耄「六月一九日に逮捕されて以後、留置場で一回、この部屋で今日を含めて五度の取調べを受けたよな？　その間、唯の一度も俺に罪科を問わなかったよな？　答えてくれ!!」

検事「………」（相変わらず沈黙）

老耄「罪科を一度も問わず、摑みどころのない架空の罪を償えと言ったな。社会復帰して社会貢献しろと、このジジイに向かって吐(ぬ)かした。このセリフが俺の一番許せないセリフだよ。俺が如何に日本社会に貢献したか、テメェは知るまい。有形、無形にどれだけ貢献したかを承知のうえでの話かよ?!　ヤロー、耳の穴をかっぽじってよく聞きやがれ！」

「若僧！　テメェは何を日本社会に貢献したのだ。実績を言ってみろよ！　よく聞けよ、俺は一九八六年一〇月一二日には、千葉市と市原市のすべての中学校に、自転車数百台を寄贈しているぞ。それに、千葉市には道路敷地として八百坪の土地、時価十四億円を寄贈しているんだぞ。一九九五年の阪神・淡路大震災時には、ＮＨＫを通じて二百万円の見舞金を寄附させてもらったよ。

千葉市の五千坪の敷地の一部には、数百本の桜の木を植えて、地元に利用してもらうべく提供もしたぞ。その他、数え上げたらキリがない」

環境によかれと思い、数百本の桜を千葉健康ランドの五千坪の敷地に植樹したのである。この件は、後の銃刀法違反の裁判の折、実際に植樹した市原市の株式会社N造園に、社会貢献を行なった証拠として書面で協力していただいた経緯もある。

実は、植樹は環境に寄与するだけでなく、建物の見た目の経年劣化を穏やかに見せる効果もあるのである。古くなった物も、扱い方しだいで価値あるものにすることさえ可能なのである。

天ぷら料理「天一」銀座本店の、地階に降りる階段の縁に使われている真鍮は、毎日磨きをかけているのであろう、経年により擦り減っているが汚れた状態を一度も見たことがない。むしろ独自の美しさや価値さえ感じるところである。

事程左様に、植樹に掛けた莫大な金員は、単に自己満足のためでもなかったのである。私の計算と美意識の賜物でもあった。

「キサマは俺に『社会貢献しろ』と数十回も吐かしやがった。けしからん、身のほど知らずにもほどがある。わけあって、育ての親の日本に貢献する意義があると思って、自発的に日本社会に貢献してきたんだよ。何も格好つけての話じゃねえんだよ」

「産みの親の韓国を裏切るわけにはいかねえから、帰化は考えたことすらねえよ。しかし、育ての親の日本社会には恩義があるんだよ。テメェみたいなヤローには想像つくめえが、足を向けて寝られない塚本達夫先生をはじめとして、大恩ある日本人が数限りなくいるんだよ」

「もちろん子どものころは、学校の一部の教師からイジメに遭ったよ。オマエの手先の中央署の清原刑事に、『日本人を恨んでいるだろう』と追及されたときに、その話をしてやったよ。そしたらどうしたことか清原刑事、部下の刑事がいるにも拘わらず、その場で号泣したぜ、号泣だよ。訝る俺の『どうしたんですか?』の問いに、『感激した』ときたぜ。その理由は、『俺も島出身で、学生のころはイジメに遭ったから』とのことだったよ」

　島というのは奄美大島のことであった。NHK大河ドラマ「西郷どん」では、西郷隆盛が三十三歳で奄美に流謫の身となり、ここで二番目の妻、愛加那を娶る。西郷はここで三年間を過ごし、二人の子ども、菊次郎、菊草を得るが、西郷が帰還するにあたっては、薩摩藩の「島妻制度」の掟によって妻は奄美に留まらざるを得ないこととなる。その背景として奄美大島は、一六〇九年四月に薩摩軍の侵略を受け、やがて琉球から割譲されて薩摩藩の直轄地となっていたという歴史がある。爾来、長く侮蔑的な気の毒な立場に置かれていたのである。

老耄「オマエに聞くが、最初の逮捕理由、詐欺破産の告訴事由の債権者は誰か、承知か?」
検事「…………」(問いを理解しているかも判然とせぬ「忘我」の状態。)
老耄「オマエは、その実体を少しでも精査したことがあるのか? 表に現れた部分だけでは、真の中身は隠されて判らんもんだ。真実を知らねば正しいジャッジはできぬはずで、宝刀は無闇に抜くべきではない。正義を掲げる検察なら当然の義務と考えるが、オマエはどう思うかね?」
老耄「俺は思い出すだけで言い知れぬ怒り——債権者を名乗るどす黒い者どもの企み、俺の人生を弄んで電動ノコギリでメッタ切りにしたあの紳士面をした極悪人ども、表に現れないその真の中身のごく一部を教えてやるからよく聞けよ！　オイ、オマエ!!」

川平検事は、あれほど上から目線で見下し、説教してきた老耄に呪術をかけられたかの如く硬く身を縮こませ、凍りついたままであった。

老耄の私はなお舌鋒鋭く襲いかかった。

「川平、テメェよく聞けよ。いいか?!　今でも思い起こすと憤り（いきどお）が頭のテッペンから爆発しそうな、あり得べからざる、筆舌に尽くしがたい、エセ紳士集団の蛮行。この本質を教えてやるからよく聞け、川平！　キサマの俺に対する『反社会的勢力』と何ら変わらない手法と五十歩百歩の行為だから驚きはすまいが、ようく聞け！」

「取引銀行の一つ、日本債権信用銀行に騙された事件だよ」

逆回転をはじめた人生の歯車

「端的に言うとこうだよ」

そう言って私は、以下の内容を川平検事に語った。

土地バブルが崩壊する二年前の一九八九年（平成元年）のことである。日本債権信用銀行は千葉支店の業績向上のために、土地の売り主を私のところに連れてきた。土地は、「千葉健康ランド」に隣接する約六百坪の農地であった。私は乗り気ではなかったが、大恩人の塚本達夫先生がこの銀行との取引きの紹介者であり、銀行は塚本先生のビルのテナントでもあった。その縁で親切心、恩返しになればの気持ちから買付けに同意したのである。

その後農地転用他の諸問題を乗り越え、翌年の一九九〇年には契約の運びとなった。合意・諒解のもと、五パーセントの手付金五千万円も自己資金で払った。ところがその数か月後、残代金をこの銀行から借り入れる約束で、いざ支払いという段になったとき、この紳士集団は豹変した。

「貸すと言ったが、全額貸すとは言ってない」

と、きたのである。このセリフ、反社会的言動は川平の論理と共通している。

実は、バブル崩壊の引き金となった総量規制に件の銀行が抵触したのである。一九九〇年三月二七日に施行された総量規制は、当時の大蔵省が金融機関に対して行なった行政指導で、不動産向けの融資の伸び率を総貸出しの伸び率以下に抑える指導である。これが一年九か月続くのだが、私の契約と借入れがほんの少しの時間差でこの総量規制に引っかかってしまったのである。

この事件を契機に、レストラン経営、健康ランドの開業、盛業と、順調であった私の人生の歯車が逆転しはじめた。日本は、バブル崩壊とともに商いのモラルまで崩壊させたのである。他の銀行も自らの身を守るために、日本の金融システムを維持することを口実に、同じような強盗的行為をはじめた。

日本信託銀行の嘘つき、ドロボーにはじまり、その親会社の三菱銀行の詐欺。その盗品を盗品と知りながら不良債権として安く買い叩く整理回収機構。この国策のサルベージ会社、整理回収機構の暗躍・策謀により、土地を召し上げられることになったのである。

しかも、この策略に踠き苦しみながらも、懸命に努力して浮上せんとしていた私（会社）に一括融資を提案してくれた三和銀行に、国税局が私に間違いを犯したと謝罪してきた事案であるにも拘わらず、三菱銀行は恰も私の会社に不正があった如く、有りもしない「国税局の査察」事件をデッチ上げて通報していた。その融資話までも破談にさせたのである。

「最後の望みを断たれたんだよ。この悔しさ、月給取のオマエには判るまい。関係した奴らを地獄に落としたいくらい悔しいんだよ。この極悪人どもへの恨みは、俺の骨の髄まで染み込んでいるんだよ！」

「しかも裁判所が任命した管財人の山川康治（仮名）が、どんな不法行為をしたか、どんな狼藉を働いたか承知か？　そういう悪党どもの片棒を担いでいるのがオマエさんなんだよ。汚い手を使いやがって、俺を追い込もうとしたんだよ。極悪人の上を行くのがテメェの所業なんだよ。ありもしない罪をデッチ上げて、テメェには良心のカケラってもんがあるのかよ、返事せい！」

だが川平は呆然とした様子で、反応はなかった。検察官たる者が、逆襲に遭うとこれほど無抵抗になるとは、少々呆れていた。

「俺を舐めやがって、とにかく再逮捕さえすれば俺が恐れ入って、キサマの思いどおりに、自在に解体処理できると踏んでの勇み足だったんだろう！　起訴しても証拠が薄弱だから、嫌がらせでふん縛って、俺を追い込もうとしたんだろう！　しかし、今のテメェは俺のトラップにみごとに引っかかった被捕食者ってところだぜ、判るか?!　そんなに甘くないぜ、世の中は!!」

川平は不思議な検事で、逆襲に馴れていたのかもしれなかった。もちろん皮肉である！

「ところで川平検事よ、今日オマエさんに話したことを整理しておくぞ。まず、再逮捕の理由が調書に署名しなかったから、だったな。次に、これまで五度も俺を取り調べ、接見もしたが、唯の一度も罪科を問うたことはなかったな。唯々、罪を認めろ、償え、社会復帰して貢献しろ、の三点セットだったな。再逮捕の理由を取り消したら許す、との俺の提案にも反応しなかったな。一方で、逮捕理由の詐欺破産の裏事情について、テメェたちは何ら精査してこなかった。つまりは、悪辣債権者どもの背後の泥棒集団を何ら精査してこなかった。だから、以上の事実について俺が確認・証明しても、何の反駁（はんばく）もなかった。こういうことで、いいんだな!!」

それでも川平検事からは何の反論も、反応もなかった。彼が私のすべての主張を認めたと確信を持った。

「事程左様に、表があれば裏があり、真実はそれぞれの事情によって違うってもんだよ。こっちはそれを全部見てきたんだ。見た目はヨボヨボでも、経験という筋骨が一本通っているだよ。若僧が、思い上がるんじゃねえよ。オマエが偉いんじゃねえ、オマエの胸のバッジの力にすぎないことを忘れるな!!」

川平検事は、過呼吸症候群状態かと訝（いぶか）るほど憔悴の様子。武士の情で一息入れることにした。こちらも、この男の不法行為を具体的かつ法的に挙げ、トドメを刺すべき局面にさしかかり、息を整え作戦を吟味した。

包括一罪とは何だ?

老耄「因みに、俺も六法を一通り齧（かじ）ったことはあるが、検事として憲法第三十九条について説明してみろよ」

検事「……」

憲法第三十九条の条文は、こうである。「何人も、実行の時に適法であつた行為又は既に無罪とされた行為については、刑事上の責任を問はれない。又、同一の犯罪について、重ねて刑事上の責任を問はれない」

老耄「では、刑事訴訟法第三百三十七条について説明してくれんかね?」

検事「……」

刑事訴訟法第三百三十七条（免訴の判決）は、次のように規定している。

第一項　左の場合には、判決で免訴の言渡をしなければならない。

第一号　確定判決を経たとき。

第二号　犯罪後の法令により刑が廃止されたとき。

第三号　大赦があったとき。

第四号　時効が完成したとき。

老耄「ヘナヘナしないでちゃんと答えろよ!　刑法第五十四条はどうだ。説明できるか?」

第五十四条は、次のとおりである。

第一項　一個の行為が二個以上の罪名に触れ、又は犯罪の手段若しくは結果である行為が他の罪名に触れるときは、その最も重い刑により処断する。

第二項　第四十九条第二項の規定（二個以上の没収は、併科する）は、前項の場合にも、適用する。

老耄「仮に、このたびの二度目の逮捕を正当化しようとすると、この条文にまったく当たらない。無茶苦茶な衝動的逮捕だよ。しかも、罪科も問わずに再逮捕するなんぞは、おかしいんじゃねぇのかよ!　いずれにしろ、すべての条文は、犯罪行為が二個以上になる場合においてのみ適用されるってことだよな?　同一の犯罪について重ねて刑事上の責任を問われることはない、そうだろ!」

検事「……」

老耄「外形上、複数の『行為』が証明されたときは罪を問われるのであり、今回は、まったく詐欺破産事件のみだ。再逮捕の理由なぞ、何もない。だから、『調書に署名しないからだ』などという戯言で俺を拘束したんだろ！　テメェのやっていることはまったくベラボーで、因縁をつけて脅す反社会的勢力の連中と同じだぜ！　オイ、反社会的検事サンよ、そうじゃねえのかよ?!」

「犯罪者を召し上げて、その働きによって報酬を得てテメェが生きていることは判るが、無辜の人間を解体処理して家畜の餌にするのは許さねえ。テメェは、俺に罪科を示す最低の手順を無視し、ルールを破り、即ち憲法も刑事訴訟法も悉く素っ飛ばし、力の無い老耄をミンチにして狂犬の餌にしようとしているんだぞ。テメェみたいな下衆検事は許さねえ!!」

「憲法第三十九条を持ち出したが起訴さえもできず、そのうえ二度も同じ罪で逮捕するなど論外。こんなことは、バカなテメェでも最低限知っているはず。詐欺破産罪で俺を二度も逮捕するド阿呆の同類が、日本の検察のどこにいるんだよ。少しは頭を使って、別の罪名を考えて逮捕しろよ、『糞ジジイ罪』とか、『頑迷処置無し罪』とか、『韓国人のくせして、あまりにも日本愛が強すぎる罪』とかの別件を考えろよ、バカタレ!!」

「『包括一罪』については完全にアウトだよ、判っているよな。そんなことだから、今日の再逮捕は『署名しないから逮捕した』のアホなセリフが飛び出たんだよ、そうだろ！」

「そのセリフを俺がそのままオウム返しに聞き返したら、オマエさん大慌てで、『そ、そんなことは言ってない』ってきたんだよな?　そうだよな、アウトだよ。オマエ何を考えていたんだよ。言っちゃいけねえ言葉だよ。墓穴を掘ったたね！」

川平は観念したのか、虚ろな目を床に落とす哀れな姿になっていた。

「包括一罪」というのは、同一構成要件に当たる数個の行為が行なわれた場合に、それら数個の罪を包括して一罪として扱うことをいう条文。外形上複数の「行為」が存在し、数個の構成要素に該当するように見えるが、いずれの行為も同一の構成要件評価に包括される場合が即ち、「包括一罪」。個々の行為を見ていけば、それぞれが独立の犯罪を構成する場合であっても、そこにある種の関連性があれば、それらを中心的な一つの罪に集約して処断するというものである。検事がこれを知らぬわけがない。サメ検は焦って前のめりになり、入れ込みすぎたのだろう。

「軽率なんだよ。テメェーが最低限すべきことは、検察官の心得の勉強だよ、判ったか！」

この日の取調べの顚末は既述のとおりで、撃沈状態の被捕食者たる川平検事をこれ以上責めたところで無意味と考え、私も暫時沈黙に付きあった。そして、時を見計らって「俺は帰るぞ！」と一喝し、護送の警察官ともども、川平検事の部屋を去ることにした。

そのまま部屋を出たが、誰も引き留めなかった。護送の警官が私の後についてきた。

廊下で警官が、「今日は検事が悪いよ」と呟いた。これには私も驚いた。警官は検事に反感を持っているのかもしれないな、と感じた。

そうして私は千葉地検の六階を後にした。

第二章

釈放、逃亡と修羅場

第二章から

無常の果てしない海原、偶然なる如何ともしがたい他力、自ら下した折々のジャッジの自己責任、そしてバブルの崩壊、リーマン・ショック等の変数、それはあまねく私の人生の枠組みの中で大なり小なり絡みあっていることを充分に思い知らされた。

かくして二〇〇七年七月一三日に、千葉の留置場から釈放されて以来二年あまり、私の間違った思い込みのために、孤独を背負いながら茨城、石川、福井、兵庫、鳥取、広島と転々としながら、逃避生活を送ってしまった。それでも、ここに到るまでには、検事の急所の眉間めがけて頭突き一発で昏倒失神せしめてやることもできた。刑事どもは猫じゃらしで遊んでやった。

しかし、この間も、部下たちを通じて管財人と裁判で闘っていたのである。私の詐欺破産容疑やらに関する事件は未解決であったが、それも数か月後の二〇一〇年の暮れには不起訴になり、関係者に押収書類が返却された事実を知ることになったのである。しかし、破産は破産であった。

川平検事、そして千葉地検を後にした私は、警官に付き添われて、その足でこの近くにある千葉地裁に行った。検察での取調べの後には、審問を受ける慣例になっているのである。これを法廷ではなく、面談室で裁判官との面談のかたちで行なうのである。

担当の裁判官は、若い女性であった。私は川平検事との遣り取りを詳細に説明し、再逮捕の不当性を強く訴えた。

この裁判官は、熱心に私の言い分に耳を傾けてくれた。もちろん、護送の警察官が、「今日は検事が悪いよ」と呟いたことも述べた。密室での出来事であるから、第三者の証言が重要な意味を持つのである。

私は裁判官に熱心に説明したが、女性裁判官は、その場では即答を避けた。

私は再び護送車に乗せられ、千葉中央署にある留置場に戻された。

消灯時間になっても、あまりの悔しさに眠れなかった。今日一日の情景を思い起こして、寝つかれないまま朝を迎え、私の代理人を呼んだ。

裁判所に不服を申し立てる

私は代理人古谷一隆（仮名）に昨日の出来事を詳述し、準抗告の手続をするよう依頼した。刑事訴訟法上での準抗告は、裁判官のした裁判または捜査機関のした一定の処分に対して、その取消しまたは変更を求める「不服申立て」制度であり、上級裁判所による救済を求める上訴制度ではない。したがって、裁判所の決定に対する抗告とは区別される。しかし、その実質的内容は上訴と同じ機能を有しており、手続きは抗告手続が準用される。

警察・検察は、私の追及に窮し、包括一罪に当たるにも拘わらず、違法な逮捕を繰り返した。これは不当な逮捕であるとして、私は即時釈放せよとの準抗告の手続きをするよう、ヤメ検の代理人古谷一隆に指示したのである。

ところが古谷は、「準抗告をしても無駄である」と、手続きを断わり続ける驚きの態度を取ったのである。従来から私は、権力の甘い汁を吸った者どもに一種の不信感、はっきりいえば偏見を持っていたが、それが的中したが如き態度であった。

私は一切耳を貸さず、雇用主の私の命令に従うよう厳命した。それでも古谷は反抗を続け、ついに私は代理人を渡邊昌秀弁護士に交替させて、準抗告手続をしたのである。この結果、私の主張は認められ、「逮捕は包括一罪に当たる」として釈放が宣せられたのである。

このときの「準抗告書」及び、検察の勾留延期を却下する「裁判所の決定」、そして私の代理人のヤメ検古谷一隆が「準抗告書は提出しても無駄」として拒絶した経緯、さらに私が獄中で関係者宛てに書いた書簡を預かりながら、相手に渡さず握り潰したことに私が抗議したことに対する古谷氏からの「内容証明」は後ほど示す。

まずは、私の準抗告申立書の前段の詳細を、一部重複するが記しておくことにする。

再逮捕は違法な包括一罪であるとして、私は準抗告申立てをするよう代理人に指示した。ところが主任代理人である四十歳くらいのヤメ検古谷一隆弁護士は、「裁判所に申し立てても無駄である」として首を縦に振らず拒否したのである。

この男は、そもそも若いときの検事の臭味がまるで脱臭できていない男であった。外部の関係者が代理人として選んだのだが、初対面のときから陰湿で壁を感ずる男であった。

しかもこの男、古谷弁護士は、私が留置場で不便な特殊なペンで懸命に書いた、関係者宛ての十数通の手紙を、何の説明もなく、届けるが如く装い握り潰していた。後になってこれに気付いた私が理由を問い質したところ、留置場の人間が外部と連絡するのは私の正義に反すると吐(ぬ)かした。食えない奴である。

勾留中に使用が許されたボールペンは、外筒の丸みのある先端からペン先が僅かに出ているだけで、一般には市販されていない。普通のボールペンだと先端が尖っていて凶器となり得るからである。このボールペンは、垂直に立てて持たないとペン先が紙に届かず書けないため、かなり使いづらい。十数通を書くのは大変な作業であった。

あまりの仕打ちに、一段落ついたところで神田にある古谷弁護士の事務所に出向いて抗議したところ、件(くだん)の手紙を私に返却すると同時に、「これ以上抗議すると警察に突き出す」と、私を脅す始末の内容証明郵便が届いたのである。私の正義、即ち釈放を勝ち取る戦いで、まさか味方に敵が潜んでいるとは予想だにしていなかった。その敵がヤメ検古谷一隆であった。

彼らヤメ検にとっては、依頼人の利益よりも古巣の検察に忠誠心を示すことのほうが生き甲斐のようである。

かつて、ＩＴ関係の経営者で一世を風靡した男が逮捕されてヤメ検を代理人にしたところ、億単位の金をむしり取られるという事件があった。しかも、この経営者は、結局は刑務所にぶち込まれたのである。「ヤメ検は刑事事件に強い」は、都市伝説であることを実体験したのである。

平成１９年７月２４日

準抗告申立書

千葉地方裁判所　御中

被疑者　川島四郎こと金泳春

弁護人　渡邉昌秀

上記被疑者に対する破産法違反被疑事件について、平成１９年７月２０日千葉地方裁判所裁判官がなした勾留延長決定の裁判は不服であるので、下記のとおり準抗告の申立てをする。

第１　申立ての趣旨

１　原決定を取り消す。

２　検察官の勾留延長請求を却下する。

との裁判を求める。

第２　理由

１　総論

（１）被疑者川島四郎こと金泳春は、本件での逮捕、勾留に先立ち、平成１９年６月１９日、破産法違反被疑事件として逮捕されたが、引き続き同月２１日には勾留され、勾留延長もされている（以下「身柄拘束①」という）。

その後、身柄拘束①が満期をむかえた平成19年7月10日、被疑者は一旦身柄が解放されるも、それと同時に本件被疑事実で逮捕され、引き続き同月12日には本件勾留がなされたが、さらに勾留延長までなされ、現在、千葉中央警察署代用監獄に勾留中である（以下「身柄拘束②」という）。

このような被疑者に対する一連の身柄拘束のうち、身柄拘束①の被疑事実と同②の被疑事実とは包括一罪の関係にあるのではないかと考えられることから、本件勾留は刑事訴訟法が身柄拘束について厳格な時間的制限を設けた法の趣旨を潜脱する可能性を否定できないものであり、このような不当な身柄拘束に続く本勾留延長については「やむを得ない事由」が存するとは認められず、勾留延長請求は却下されるべきものと考える。

（2）法は、勾留期間を原則10日と定めているのであるから、捜査機関は原則として10日間の捜査・証拠収集によって起訴・不起訴を決定するか、身柄を解放して在宅で捜査を進める義務がある。

ところで、刑事訴訟法208条2項には、「やむを得ない事由があると認めるとき」は、勾留期間の延長をすることができる旨指定されているが、この「やむを得ない事由」とは、上記法の趣旨からすれば、事件の複雑困難、証拠収集の遅延若しくは困難等により勾留期間を延長して更に取調べをしなければ起訴・不起訴の決定をすることが困難な場合をいい（最判昭和37年7月3日民集16－7－1408、判例時報312号200頁）、裁判所は、検察官が延長請求をするにあたり、10日間では起訴・不起訴を決定し得るに足りる証拠を収集する捜査を遂げることが困難だったことを具体的事情に沿って明らかにしているかを慎重に検討しなければならない。勿論、被疑者に黙秘権が認められている以上、供述拒否をしていることのみでは、証拠収集の困難による延長事由があるとはいえない（以上、注釈刑事訴訟法第二巻142頁以下参照）。

2　本件の検討

（1）身柄拘束①及び同②の理由となる被疑事実について

まず、身柄拘束①の被疑事実は、被疑者に対する破産手続開始申立てについて平成17年8月18日に同手続開始決定が確定したところ、同人は、五十嵐芳良と共謀の上、債権者を害する目的を持って、同年7月25日、被疑者所有にかかる武田薬品工業株式会社発行株式1000株（時価5、581、163円相当）を上記五十嵐をして、いちよし証券株式会社千葉支店に開設された同人名義の特定口座に入庫し、よって上記株式が同人の所有に属するかのように仮装して債務者である被疑者の財産を隠匿したというものである。

一方、身柄拘束②の被疑事実（本件被疑事実）は、被疑者に対する上記破産開始決定が平成17年8月18日に確定したところ、同人は、上記五十嵐と共謀の上、債権者を害する目的を持って、同年8月15日、被疑者所有にかかる三菱自動車工業株式会社発行株式7、000株（時価1、086、535円相当）、ユー・エム・シー・ジャパン株式会社発行の株式44株（時価1、820、518円相当）及びアステラス製薬株式会社発行の株式1、400株（時価5、551、364円相当）を上記五十嵐をして上記とまったく同様の手段によって同人の所有に属するかのように仮装し、また、同月19日、被疑者所有のかかる本田技研工業株式会社発行の株式2、500株（時価14、819、906円相当）を、上記五十嵐をして、やはり上記と全く同様の手段によって同人の所有に属するかのように仮装することで、債務者である被疑者の財産を隠匿したというものである。

（2）本件勾留決定の不当性

上記身柄拘束①の被疑事実と同②の被疑事実とは、包括一罪の関係にあるのではないかと思料されるところである。検察官においてもそのような考えをもつからこそ、身柄拘束①の被疑事実で起訴することなく、一旦これを釈放して本件被疑事実で逮捕したのではないかと思料される。

すなわち、包括一罪とは、複数の法益侵害事実が存在するが、1つの罰条の適用によりそれを包括的に評価しうる場合をいい、具体的には、①複数の法益侵害が惹起されたが、同一の法益侵害としてまとめて評価しうる場合（法益侵害惹起の一体性）であって、②1個の行為又はそれに準ずる場合（行為の一体性）に認められるものである（山口厚・刑法総論315頁参照）。本件では、身柄拘束①の被疑事実と同②の被疑事実とは、複数銘柄の株式について上記態様の行為が行われたため、複数の法益侵害事実が存在すると評価できなくはないが、それらはいずれも、上記のとおり確定した破産開始決定にかかる債権者を害する行為として同一の法益侵害としてまとめて評価しうるものであり（法益侵害惹起の一体性）、また、各実行行為は、全く同一の態様により、平成17年7月25日、同年8月15日、同月19日という近接した日になされたものとされているのであるから、1個の行為又はそれに準ずる場合（行為の一体性）と評価できる。

このように、本件身柄拘束①及び同②は、事実関係が大部分において共通する包括一罪の関係にあると考えられるのであり、本来であれば恣意的に分断して各別に身柄拘束すべき積極的な理由はないし、そもそも新聞報道によれば、千葉県警は本件身柄拘束①の時既に、被疑者による同様の株式売却額は1億2千万円に上るとの情報を得ていたとのことであり（根拠は不明である）、本件身柄拘束②の事実についても当初から摑んでいたものと推測されるところであって、それであるにもかかわらず被疑事実を小出しにして逮捕・勾留を繰り返すというのは、法が身柄拘束について厳格な時間制限を定めた趣旨を没却するものと考えざるを得ない。しかも、捜査官は身柄拘束①の期間中、被疑者から身柄拘束②の被疑事実について事情を聴くことは極めて容易なはずであったし、実際に聴いているのである。

検察官には、包括一罪の関係にあるとも考えられる身柄拘束①及び同②の被疑事実について、当初から恣意的に分断しての身柄拘束を行い、逮捕・勾留を繰り返すことによって身柄拘束期間を不当に長期化させ、その期間を利用して取調べを行うことによって被疑者を心身共に追い込もうとする狙いがあるとしか言いようがない。

（3）勾留延長の「やむを得ない事由」は存在しない

以上述べたとおり、身柄拘束①の期間中、あわせて（本来は分断して身柄拘束すべき積極的な理由のない）同②の被疑事実についても取調べが行われていること、そもそも包括一罪が十分に成立する事案であると考えられること、法が一罪についての身柄の拘束について厳格な時間制限を設けていること、本件勾留はこれを潜脱する可能性があることなどの事情からは、まずもって本件勾留自体が不当なものといえる。

そして、本件勾留後、さらに10日間の身柄拘束期間を経ており、身柄拘束①の勾留から通算すると、包括一罪が成立すると考えられる身柄拘束①及び同②の理由となる両被疑事実について、あわせて30日以上に及ぶ身柄拘束がなされており、最早、事件の複雑困難、証拠収集の遅延若しくは困難等により勾留期間を延長して更に取調べをしなければ起訴・不起訴の決定をすることが困難な事情が存在するとして、勾留延長の「やむを得ない事由」があると言えるものではない。

3　以上を理由として、本申立てに及ぶ次第である。

以上

私の準抗告申立てに対して、千葉地方裁判所は千葉地検から出された勾留延長請求を当方の準抗告の申立てに添う形で却下し、「決定」がなされた。というのも、包括一罪であることが認められると司法の後世に残る一大汚点となる。さすがに裁判所もそこまで墜ちるわけにはいかず、不承不承であろうが、検察の勾留延長請求を却下したのである。

以下は、その「決定」の主文と理由である。

この結果、担当検事川平省二は、私の取調べの任から外される辱しめを受けて左遷され、そのぶざまを検察組織内に広く知らしめることとなったのである。

平成１９年（む）第１２６０号

決　定

住居不定　会社役員　川島四郎こと金泳春　１９３８年１１月１日生

上記の者に対する破産法違反被疑事件について、平成１９年７月２０日千葉地方裁判所裁判官がした勾留延長の裁判に対し、同月２４日弁護人から準抗告の申立てがあったので、当裁判所は、次のとおり決定する。

主　文

原裁判を取り消す。

本件は勾留延長請求を却下する。

理　由

１　申立ての趣旨及び理由

本件準抗告の申立ての趣旨及び理由は、弁護人渡邊昌秀作成の準抗告申立て書記載のとおりであるから、これを引用する。

これを要するに、弁護人は、先行する勾留の基礎となる被疑事実と本件勾留の基礎となる被疑事実とは包括一罪の関係にあるから、本件被疑事実による勾留は不当なものであり、勾留延長の「やむを得ない事由」も認められないと主張するものである。

２　当裁判所の判断

（１）本件被疑事実の要旨は、被疑者が、破産手続開始決定をうけてこれが確定していたところ、同確定日に前後して、共犯者と共謀の上、債権者を害する目的をもって、被疑者が所有する株式会社４社の株式を、共犯者名義の証券総合取引口座に入庫して同人の所有に属するかのように仮装し、もって、債務者の財産を隠匿したというものである。

（2）一件記録によれば、被疑者は、平成19年6月19日、上記破産手続開始決定の確定前に、共犯者と共謀の上、債権者を害する目的をもって、被疑者が所有する株式会社1社の株式を、共犯者名義の特定口座に入庫して同人の所有に属するかのように仮装し、もって、債務者の財産を隠匿したという被疑事実（以下「第1事実」という。）で通常逮捕されて同月21日に勾留され、同年7月10日釈放されたこと、同日本件被疑事実（以下「第2事実」という。）により通常逮捕されて同月12日勾留されたことが認められる。

（3）そこで検討するに、破産法265条第1項所定のいわゆる詐欺破産罪の罪数に関しては、同一債務者についての1個の破産手続開始決定に関して本条項所定の行為が複数行われた場合には、包括一罪として処断されるべきものと解されるところ（旧破産法375条に関する昭和12年11月12日大審院第三刑事部判決・刑集16巻1450頁参照）、本件においても、第1事実及び第2事実は同一の破産手続き開始決定に関し個々の財産隠匿行為が行われたというものであるから、両事実は包括一罪の関係にあると認められる。

そうすると、本件においては、包括一罪の一部の行為を被疑事実として逮捕、勾留がされた後、同罪を構成する他の行為を被疑事実としてさらに逮捕、勾留がされたことになるが、包括一罪の関係にある個々の行為が時期を異にして複数行われた場合であっても、実体的には1罪なのであるから、一罪一勾留の原則に照らし、包括一罪の一部の行為について既に勾留がされている場合には、先行する勾留の当時、包括一罪の関係にある他の行為が発覚していなかったり、捜査を進めた後でなければ包括一罪の関係にあるか否かが判明しない等の特段の事情がある場合を除き、包括一罪の関係にある他の行為について勾留することは許されないというべきである。

そして、本件においては、第1事実にかかる勾留期間中である平成19年7月6日に第2事実にかかる告発を受理しているとはいえ、第1事実による逮捕の約2か月前から共犯者が既に第2事実を認める供述をしており、これを裏付ける関係者の供述も、第1事実による逮捕の5日前に得られている上、証券会社の株券の入庫関係記録等客観的な証拠によっても裏付けられていたものであって、第2事実が第1事実による勾留の後に初めて発覚したという関係にはない上、捜査を尽くし、各行為の具体的事情を解明しなければ第1事実と第2事実が包括一罪の関係にあるか否かが判明しないといった事情もないから、上記特段の事情があるとはいえない。

以上によれば、本件勾留は違法であるから、これを前提とする本件勾留延長の裁判もまた違法となるに属する。

（4）よって、本件準抗告の申立ては理由があるから、刑事訴訟法432条、426条2項により、原裁判を取り消し、本件勾留延長請求を却下することとして、主文のとおり決定する。

平成19年7月24日

千葉地方裁判所刑事第1部

裁判長裁判官　根本　渉

裁判官　石田　寿一

裁判官　山岸　秀彬

次に、千葉の獄中での古谷一隆弁護士との遣り取りと、後日私の抗議に対し送ってきた内容証明郵便を記載しておく。私が落ち着いた後、獄中にいるときの代理人であった古谷弁護士の諸々（準抗告書提出の拒絶及び外部の関係者宛ての書簡握り潰し事件等）の振る舞いに腹に据えかね、神田にある古谷弁護士の法律事務所に抗議した後の彼の対応である。

ただし、準抗告の入口（前段）部分は裁判所には残っていても、私に届くことはなく、もちろん手許にもない。

　私はヤメ検なる人種を、「法を操り、法の裏の知ったかぶりの人たちである」と散々軽蔑してきた。それは、架空や想像ではなく、私が実際に体験してきたことであるから自信を持って言えることである。

　ご通知
　貴殿からの「警告」なる文書を受け取りました。

　貴殿の刑事事件に関する記録を取り寄せて確認しましたところ、貴殿が「手紙」と仰っているものについては、私と一緒に弁護を担当していた弁護士に対して取調経過に関するメモと共に渡したものがあったことは確認できました。私自身は、貴殿から原本を受け取っておりませんので、手元にはコピーしか存在しませんが、念のため別便にてご送付します。

　ただし、これについては、当職から直接貴殿に対して、接見禁止決定が出ているので手紙を預かってもそのまま渡すことはできないことを説明して了解を得ています。貴殿の「警告」なる文書中には、「守秘義務」を理由として渡していないと説明を受けたとありますが、当職から説明したのは、あくまでも接見禁止決定が出されている以上、弁護人以外の者と手紙のやり取りはできないので、弁護士に手紙を託されても渡すことはできない、ということであり、貴殿の手紙の指摘は事実とは異なります。

　また、当職との最後の接見は平成１９年７月２３日午後５時４０分から午後６時３０分であり、取調内容や体調についての会話がされており、当職に対して何も話をしなかったというのも事実に反します。

　貴殿は、準抗告について、検察官の失言により貴殿自身が勝ち取ったものであるかのように理解されていますが、供述調書への署名押印拒否は、罪証隠滅を図る虞を認める上での1つの事情と判断されるべきことですので、仮に検察官との間において貴殿が仰るようなやり取りがあったとしても、そのことによって釈放される（準抗告が認められる）ことはありません。なお、準抗告を出すか否か、いつの時点で出すかは、貴殿の希望を考慮しながら最終的に刑事弁護人として弁護士である当職が判断すべきものであると考えております。

貴殿から先日ご質問頂きました点、及び「警告」において触れられた点に関する回答は以上のとおりです。

これ以上、貴殿に対して回答することはありませんので、以後、当職及び当事務所へのご連絡・ご訪問は一切お断り致します。仮に当方の申出を聞き入れて頂けず、当事務所に来所されるなどの行動をとられた場合には、必要に応じて、警察へ通報し、しかるべき対処をとらせて頂くことになりますので、念のため申し添えます。

平成26年8月8日

東京都千代田区内神田◯丁目◯番◯号
古谷法律事務所　弁護士　古谷一隆

岐阜県大垣市綾野◯-◯-◯
サンハイツ◯◯　A-◯　◯◯様方　金泳春殿

差出人
〒101-0047　東京都千代田区内神田◯丁目◯番◯号
古谷法律事務所　弁護士　古谷一隆

この郵便物は平成26年8月8日　第◯◯◯◯号書留内容証明郵便として差し出したことを証明します。

日本郵便株式会社　受付番号：〇〇〇〇号

私のヤメ検古谷一隆への抗議の主要な指摘は、私の私信をなぜ拘置所の外にいる私の関係者に渡さなかったかである。これについては、「自分（古谷）は、被告から受け取ったことはなく、一緒に担当していた弁護士がすべて受け取った」としている。

しかし、なぜかその弁護士の名前は伏せてある。その弁護士に裏を取られたら、古谷弁護士の主張に反する証言が出てくることを恐れたからである。手許にコピーがあるとは書いてあるが、いつ入手したかはぼかしてある。

文面の中で、「接見禁止のために外部とは連絡できない」旨を当初から私に断わっていると主張している。それでは、私はあの過酷な状況のなかで、受け渡しもできぬことを知りつつも、十数通もの手紙を苦労して書き、一緒に担当していた弁護士に渡したことになる。

特殊な書きづらいボールペンで、無駄と判っていて投入するようなエネルギーがあるはずもなく、伝えてくれると疑わぬから懸命に書いた書面である。代理人の古谷から、「接見禁止のために書面は関係者に渡せない」とは一度も聞いた覚えはなく、精一杯書き綴ったものを、「届けてください」と懇請したのである。愚弄するにもほどがある言い訳である。

私の書面が外部の私の関係者に渡っていないことを最終段階で私が知り、これまでの私の懸命の書面作成の努力は反故（ほご）にされていたことを悟り、この男、古谷一隆は代理人としてとうてい信用できないと判断した。その後の接見からは一切の会話はなく、無言で通した。したがって古谷は、自身を指名した私の外部の関係者（私の長兄の長男＝甥）に、「勾留されている被告（私）が何も話してくれないので困っている」と愚痴っていたとのことである。

古谷は、主任弁護士として私の依頼を受諾したのであり、仮にもう一人の弁護士が獄中の私からの手紙を受け取っていたとしたら、彼を通して無駄なことはするなと忠告すべきである。

さらに、一緒に弁護を担当した者が後日、私が抗議したとき以降にコピーを古谷に送ってきたのであれば、主任たる古谷を、その弁護士が無視した責任を追及すべきであるが、そのことにも触れていない。

逆に「一緒に担当したX氏」からコピーを受け取っていたのであれば、X氏にも接見禁止の件を告げ、次から受け取りを拒むように指導するのが主任弁護士の務めである。

私は次に、管財人の無法にして無体な言動・執行態度に対して、損害賠償請求の形で訴訟を起こした。私は、「詐欺破産」の宣告はもちろんのこと、その執行の際の実行部隊（管財人、警察、検察）にも強い義憤を感ずる者である。

裁判所が、債権者擬（もど）きの管財人の申立てに対して正しく精査せず、執行を命じたのは第一の誤謬（ごびゅう）であるが、それにしても実行部隊の並外れた振る舞いは、断じて許すことのできぬ蛮行である。これを後世に知らしめるためにも、ありのままを記録しておく。判決の結果は、まるで期待していなかったが、これも後世に証拠として残すために記録しておく。

詐欺破産宣告は裁判所が命じたことであり、管財人を罰することは自己矛盾である。したがって、判決内容は火を見るより明らかであった。にも拘わらず、万に一つも期待せぬまま、高い印紙代を叩いたのである。

ところが、訴訟の前に私の顧問弁護士であるT法律事務所のY担当弁護士が、事実関係を明確に確認すべく破産管財人山川康治に架電したところ、破産管財人は質問にまともに答える態度を示さなかった。それどころか、「私の力で、警察を動かすこともできるんだぞ」と、警察をあたかも子分でもあるかの如く、権力を誇示し、恫喝してきた。驚くべきありさまであった。当方は、それでも構わず訴訟に及んだのである。

私は管財人、特に山川康治の管財職を超えた情け容赦ないいたぶり方には、許せない思いをしている。とんでもないヤローである。職権の完全なる乱用であり、私怨でもあるが如く、私のすべての誇りまでも剝ぎ取ったのである。その行為は業務上の目的遂行のためでなく、自己快楽が目的とさえ映ったのである。そういう人間を、私は絶対に許すことはできない。したがって、結果は判りつつも、千葉県弁護士会に懲戒請求もした。

私は、これまでの長い人生で、相手が強いからと言って膝を屈したことは唯の一度もない。そういう私のような人間には、ここに到るまで好き勝手に蹂躙(じゅうりん)されたまま、今生にオサラバするわけにはいかないのである。

釈放を勝ち取る

立場の弱い依頼人を食い物にし、貧相な戯言、虚偽矛盾を尽くすのがヤメ検古谷の実像である。やむを得ず急遽代理人を交代させ、準抗告を裁判所に出したことが功を奏し、翌日の深夜、当番の警察官の足音がして私の房の前で止まり、鉄扉を開ける音がした。当番の警察官が小声で、「荷物をすべて持って表に出ろ」と言った。時刻はすでに深夜の一時を過ぎていた。前回と違う状況であり、シャバに出される希望を抱きながら、森閑とした廊下を歩んだ。

二つのことが頭を過った。

同罪での再逮捕は明らかに不法であるとして、代理人の弁護士に準抗告するよう依頼した。ところが私の代理人古谷一隆弁護士は、準抗告の要請に対して、まるで検察側の廻し者であるが如く冷たく反駁した。曰く「準抗告をしても無駄である」と取りあってくれなかったのである。一つは、このことが、どう出るかである。

もう一つは、先日川平検事を撃沈せしめた後、女性の裁判官にその撃沈の模様を克明に説明した件である。この裁判官に、川平検事の無見識が認定されたに違いないと考えたかった。まともな裁判官であれば、川平の再逮捕の違法性は認めるはずである。しかも、私の主張が真実か否かは、同席した警察官及び検察事務官に質せば明白である。

それでも、不安はあった。釈放された後、すぐに再逮捕された前回のことを思い出したからだ。再び罠に嵌められるのではないかという疑念である。前回のように、警棒を持った警官の集団が私の目の前に立ちはだかる場面を想像した。集団に襲われることが、心理的に怖かった。

再逮捕は彼らの奥の手の一つであり、「落ちない被疑者」を落とすための汚い手段である。釈放でぬか喜びさせ、再逮捕で精神的に圧迫する効果を狙った、非人間的手段である。

再逮捕のときは私も激しく腕力まで用いて抵抗したが、多勢に押し切られて抗う術はなかった。今回の釈放も、疑念は消えぬまま、頑丈な鉄扉を幾つかくぐり抜けて、いつもの取調室も通過してエレベーターに向った。

前回の釈放は、自白と署名強要のための策略であり、私はぬか喜びしただけであった。しかし落ち込んでいる場合ではなく、再逮捕後の私は清原刑事に対してはますます反抗的な態度で接し、川平からはとうとう再逮捕理由の愚かな言質（げんち）を引き出した。そしてこの日の釈放となったのである。

油断は禁物であるが、これまでの一か月余の記憶が去来した。

喜びは微塵（みじん）もなく、屈辱と反発しかなかった。その感情はその後も、一瞬たりとも途絶えることのない強固なものとなった。

拘束され、自由を奪われ、自尊心を粉々に砕かれ、犯罪者の烙印を背負う人々の群れに交ざっての日々であった。週一度の短時間の入浴のときに見た、全身入れ墨の男がベテラン風を吹かせて、楽しんでいるが如く振る舞う異様な光景は、消し去ることのできぬ心のイレズミとなった。

入れ墨男ら不逞の輩（やから）を取り扱う側も、オドシとダマシは常套手段で、そのことに罪の意識はさらさらなかった。冤罪製造機関化し、それに纏（まつ）わる怨嗟（えんさ）の渦、耐えがたい負の異臭紛々の気配が浮遊する異界である。

最近も、上司のパワハラで二人の警部補が拳銃自殺した事件があった。不祥事に事欠かない巣窟でもある。再度の釈放に、一刻も早くここを抜け出したいと念じつつ、大きな袋を担いで長い廊下を急いだ。足音だけがやけに大きく響く深夜であった。

薄暗い廊下を後に振り返りつつ、目的のエレベーターに近づいていた。深夜の巣窟は不気味さが充ちて、全身を圧迫しそうな悪心をもよおした。

「ここまで辿り着いたのだ、前回のような騙し討ちはよもやあるまい、大丈夫」と自身に言い聞かせ、最後の角を曲がり、エレベーターホールにやっと辿り着いた。

だが辿り着いた瞬間、何とそこには仁王立ちの、初めて見る馬面の大男が待ち構えていた。フランスの画家ポール・ドラローシュによって描かれた斧を左手にぶら下げ立っている断頭処刑人。あの男と二重写しになった。イギリスの王家の事件の一端を描いた有名な絵画『ジェーン・グレイの処刑』から抜け出てきた処刑人のそれである。弱冠十六歳の元王女ジェーン・グレイは、エリザベス一世が即位する四年前の一五五四年二月に、わずか九日間だけイギリスの女王にまつりあげられたものの、反逆者としてロンドン塔に幽閉され、断頭処刑されたのである。

その絵には、首を乗せるべく断頭台を手探りで捜す目隠しされたジェーン・グレイ、悲嘆に暮れて崩れんばかりの侍女、聖書を手に祈る司教、そこに返り血を浴びることを意識して赤色のズボンをはいた男が、大きな斧を手に平然と元女王を見下している姿で描かれている。

大男は、私に、五十センチメートル程まで顔を近づけてきた。

「俺は浜田（仮名）だ！　まだ聞きたいことがあるからな！」

後で知ったことだが、浜田というのは清原警部補の上司である。

我々は、しばらく睨みあった。しかし、浜田警部が次の言葉を発することはなかった。

前回の「釈放即再逮捕」のように、応援の連中が集結するような様子もなかった。視線の火花を散らせたまま、私はエレベーターのボタンを押した。

浜田警部は、私を遮ることもせず、突っ立っていた。

やがてエレベーターの扉が開き、私は後ずさりしながらエレベーターに乗った。扉が閉まり、悔しそうな浜田警部の姿が視界から消えた。

私は、千葉中央署の裏口から戸外に出ると、急ぎ足で歩きはじめた。

浜田警部が最後に威嚇した、「まだ聞きたいことがあるからな！」の言葉が頭から離れなかった。

高架線の脇の道を最寄りの駅に向かっていた。

闇夜に響く自分の足音を耳にしながら、ふと、後ろから跟けてくる人の気配を感じ、靴のヒモを結ぶふりをしてしゃがみ込み、後方を見透かした。五、六十メートル後ろに、前に進まず立ち止まった人影を見たのである。

私は尾行されていることを悟っていたものの、知らぬふりして駅に向かった。

タクシーを止めると素早く乗り込み、行き先を指示した。

何度も後方を確認したが、追跡されている気配はなかった。それでも、タクシー会社は知られているので、念のために次の駅でさらにタクシーを乗り換えることにした。

郊外のレストランに会社の部下を呼び出し、諸々の指示をした。

伸びた髭を剃り、身支度を整えて東京に向かった。東京駅近くのレストランで部下とともに飲む久しぶりのビールの味は格別であった。部下は格別愛おしく感じられ、彼を呼ぶときは今後は下の名前で呼ぶことにすると告げた。名残惜しかったが、西銀座の交差点で部下と別れ、茨城県神栖市にタクシーで向かった。逃避生活に入ったのである。時は二〇〇七年（平成一九年）七月一三日の深夜であった。

さらなる怒りの矛先

ネオンの煌めきとは裏腹に、心は怒気で煮え滾っていた。怒りの矛先は、腰が抜けた検事、泣きを入れてきた刑事たちよりも、M法律事務所の管財人山川康治（仮名）、その男であった。

腰抜けと泣き虫は、此奴が始動のスイッチを入れたから自動発火したのである。点火したのは、紛れもなく山川康治自身である。

制度的には裁判所が山川を管財人に任命したのであるが、この男は死刑執行の旨味を知り尽くした男である。飢えたような血眼で、死臭のする獲物の匂いを嗅ぎまわっていたのである。

元来、死刑は究極の罰であり、厳粛に執り行われる儀式のはずである。私の会社の突然の破産宣告は、企業としての死刑執行である。ところが、この見境のない下衆は何をトチ狂ったのか、執行当日は満面の笑みであった。

奴の軍門に下った私の会社や自宅は修羅場と化した。山川は配下に命じ、書棚をひっくり返すし、天井裏を探索し、絨毯は捲り上げる。ひっくり返した書棚の傍で、「よく勉強してますね」と意味不明の皮肉を愉快そうに言い放った。勉強の甲斐なく破産の執行を喰らったの意味だったのであろう。そのセリフに、私の怒りは無限大に拡大したのである。

そんな笑顔の山川康治を見て、立ち会った元妻は、「良い管財人で幸いでしたね」と物悲しくなるセリフを吐くありさまであった。

私には、この執行愉悦人を張り倒したい衝動に堪えるのがやっとであった。

後日判ったことであるが、此奴の振る舞いはこの場に限らず、所構わずの野放図なものであった。法曹界で広く漏れ伝わっている彼の武勇伝を示しておく。「ひまわり基金」に関係した法曹界の方々の体験談である。

この基金は、全国の弁護士過疎地域解消のために日弁連（日本弁護士連合会）が援助して立ち上げた基金である。現在、全国に百二十四か所の派遣法律事務所があり、三十一か所が稼働している。

そういう一つの、ある地域の公設事務所の所長引継ぎ式後の打ち上げで、こんな出来事があった。

名刺を交換する際、「〇〇さん、乾杯」と、親密げに挨拶を交わしたのだが、別の機会に会うと素知らぬ顔をされたというのである。そんなような男であったと、関係者は苦笑する。

あるいは、次の仕事上の会合の日程を決める段になると、「この地域の祭りなどの催し物がある日にしたい」と言い出し、「この人は目的を履き違えているのではないか」と訝ったという。その現場に居合わせた関係者は、「この人は、人生を楽しむことばかりに頭がいっぱいの人なんだ」と感じたそうである。

破産執行当日、このような男に私の人格を踏み躙られ、私は居ても立っても居られなくなった。強烈な憤怒がこみ上がってくるのである。頭のネジが少しゆるんだ男だからと看過したいところであるが、私の心の狭量さがそれを許さないのである。

前述したが、私は後日、終生にわたってこの侮辱を全身全霊に刻印するために、金、時間、エネルギーのすべてを使って訴訟を起こすという手段に訴えた。

訴状に続いて、千葉弁護士会に対し、管財人山川康治に対する懲戒請求もした。訴訟は、結局最高裁まで戦ったが、裁判所が生み落とした子供である山川を罰することもあり得ず、勝敗の帰趨は明らかであった。

千葉県弁護士会の対応もまた然りである。

管財人相手の漆黒の修羅場劇場

釈放されたその日のうちに逃避行を始めたのは、いつ、どこで新たな罪・理由を捏造されて、再度拘束されるかもしれない恐怖からであった。釈放時に浜田警部が発した、「まだ聞きたいことがあるからな!」の言辞が、耳の底でいつまでも響いていた。「釈放即再逮捕」のあのおぞましい体験、先の読めない不安が、私にそのような行動をとらせたのである。これから先に待ち構えているであろう諸事の対応をどうするか、これを考える時間も必要であった。しかし、そのときの私には、まがりなりにも自由が与えられていた。「まがりなりに」というのは、逮捕状が出ていたわけではないが、尾行はされていたからである。詐欺破産容疑での立件の可能性もあった。しかし、自由の権利を充分に謳歌したいと思った。

私は、先に書いたように、千葉中央署から解放されると、タクシーで東千葉駅に向かい、そこでタクシーを乗り換えて千葉駅、東京駅へと移動した。そしてさらに、茨城県神栖市にタクシーで向かった。鹿島神宮に近い神栖市には私が経営する別会社の温浴施設「アゼロン神の栖」があり、信頼できる男をそこの代表取締役にしていた。ホテルを手配させ、そこに一週間ほど潜み、作戦を練ることにした。

収監されているときに協力してくれた兵庫県芦屋市に住む男、Tを呼び寄せて、今後の対策を練った。手強い相手と対峙するには、当方も陣立てを鉄壁にしなければならないことで一致した。まず、そのリーダー格となる人物を探すように依頼した。予(かね)てより、彼の人柄を信頼していたので任せたのである。

　何よりも私が闘う敵、その先鋒は管財人の山川康治であった。この動きを封殺せねばならず、このような事例に対して経験が豊かな人物を探すように念を押した。Tには、敵の弱点は当方がしっかりと握っているから負けることはあり得ないことを強調した。勝利の暁には、報酬はたっぷり払うことも約した。

　管財人山川の弱みは明白であり、いくら非人道的振る舞いをする奴といえども、私の不動産には絶対に手出しできぬ仕掛けがあることを説明した。同時に、私の心中も述べた。

　仕掛けというのは、破産宣告を受け、管財人の手に渡っている、千葉健康ランドの敷地、その中を貫く二本の水路の所有権である。その水路は、別人格の法人が所有しており、何人(なんびと)も手出しできないことを繰り返し説明した。この水路が敷地を三分割していたのである。言うなれば、蔵にある財宝を勝手に持ち出せないように、完全に施錠した状態にしてあったのである。私にしか開錠できない、特殊で頑丈な鍵がかかっていることを明かした。敵が、逆立ちしても開錠できない鍵である。そのつもりで人選するようTに要請した。

　その打ち合わせを終えると、長居は無用である。水戸の駅まで社員に車で送ってもらい、仙台に向かうことにした。仙台に向かう特段の理由はなかったが、潜在意識下で、とにかく首都圏から離れたかったのであろう。常磐線で普通列車を乗り継いで仙台に向かった。急ぐ旅でもないが、時間の読めない闘いが始まったことを自覚せざるを得なかった。

　一週間くらい過ぎたころ、協力者のTと連絡が取れ、大阪にいるOなる人物が整理回収機構に精通している弁護士を紹介してくれるとのことであった。願ったり叶ったりの吉報であった。私は大いに期待して、指示された大阪のとある場所に出向いた。

出会ったOは確かに弁護士を紹介してくれたが、O本人は苦労知らずのボンボンで、とても厳しい遣り取りができる男には見えなかった。本人も自覚しているのか、自分には荷が重すぎるから適任者を紹介したいとの申し出であった。

紹介したい人物の名前を聞いて、私は腰を抜かした。その男は、若いころの行動が目に余って、私がお仕置き（半殺し）した男で、体もデカイ、態度もデカイSであった。「喫茶店にSを待たせているから」との話を断わり、私は即座に大阪を離れた。愛知県にいたときにお仕置きしたSに、まさか大阪で出くわすとは世の中は狭いものだと、つくづく思わずにはいられなかった。

そのままあてもなく、金沢方面に向かった。能登半島の和倉温泉にある旅館、加賀屋に投宿した。健康ランドと同じように吹き抜けのお祭り広場を設えていて、少し懐かしい気持ちになったりもした。

旅館から協力者のTに連絡を取り、若いころのSへのお仕置きの件も告げた。何にもましてSの人間性が肌に合わないこと、お仕置きの後にノコノコ私のところに来たとき、話を聞き、家族へのお土産代として小遣いまで渡したのに一言の礼もないなど、信用できない男であるとはっきり通告したのである。Sは、常に自分を大きく見せることに汲々としていた。人間としての底が割れていることにも気づかず、恥を知らない男であると断じたのである。

Tには、他の人を当たるように依頼した。しかし、その後は行き詰まり、この重責を担う人物が見当たらず、暗礁に乗り上げた状態となってしまった。

TやO曰く、Sはゴルフがプロ級であることも手伝って、今や大阪では名士であり、破産のサルページに携わったこともあるうってつけの男である。そのように、私に盛んに吹聴した。動きが制限されている私は、有効な手段を見つけようにも、思うに任せなかった。時はいたずらに過ぎ、焦りもあった。

万やむを得ず、Sに会うことにして再度大阪に向かった。Sに「江戸の敵を長崎で」果たされては、一巻の終わりである。しかし、よく考えてみれば、Sは金の匂いを嗅いで私に会うのであり、最悪の事態はないだろうと踏んだのである。

再会したSは、時の風雪に打たれ、それなりに曝されてきたと見えた。老残の身であることも隠すことはできなかった。しかしながら、目の配り、所作を見て、本質的にはよくよく何も変わっていないことが見て取れた。「これから修羅場の幕が上がるのだ」と自分に言い聞かせ、腹を括って臨んだのだが、敵を内に据えた心境であった。

金が絡むと、時には命の遣り取りになる。そういう事例は、世間に掃いて捨てるほど転がっている。私は、ハンディキャップを背負って生きているところに、油断ならぬ小賢しい人物まで抱え込んだ状態となった。孤立無援、四面楚歌の心境であった。

Sには、この事件の帰趨は二本の水路が握っており、これが私の命脈を支配していることをくどいほど言い聞かせ、私の指示に従うよう厳命した。敵は必ず私の軍門に下り、私の主張を受け入れて哀願してくるはずであることを諄諄と説いたのである。Sは一応、殊勝な態度で聞き入っていた。そういうSに、敵に接触するタイミングを教え、さらに当方は一歩も引かないことを知らしめるように命じた。Sはさすがに手慣れたもので、次々と手を打った。

手配した弁護士のなかには、安易な提案をする職業病的な者もいたが、委細構わず初志を貫徹した。大抵の弁護士は、報酬の価値は時間の経過に反比例するために、依頼者の利益を後回しにして事を急がせるものである。職業病である。ヤメ検ほどではなかったが、弁護士の世界はよくよく腐っていることを、しみじみ思い知らされた。集まってきた三人の弁護士たちは、誰一人親身に接することはなかった。彼らは、私に不利になる条件をやんわりと強要してきた。どれもこれも金の匂いを嗅いでクンクンと鼻を鳴らしていることが、手に取るように伝わってきたのである。そういう弁護士連中に、私は強い不信感を感じた。

　私は、基本的にはこの闘いに勝利すれば、関係者への謝礼は満額回答する腹づもりであったので、下手（したて）に出るつもりはなかった。彼らは、好き好んで私に近づいてきたとしか思っていなかったのである。したがって、命令口調で事に臨んだ。そのくらい強気で臨んだのは、管財人の山川が何を企んでいるのか、判ったものではなかったからである。闘いは始まったばかりであり、基本の勘所だけ念を押し、大阪を離れた。

　この際だからと、思い切り足を延ばすことにした。振り返ると、働きづめの人生であり、一人旅など贅沢な経験はほとんどなかった。今も尾行されているのではないかとの疑心も残っていた。数日過ごしては移動する生活を過ごすこととなった。

　大阪を後にして、まず兵庫県北部の城崎（きのさき）温泉に向かった。作家の志賀直哉が投宿したといわれる三木屋の前を散歩しながら、時間を潰したりもした。次に向かったのは鳥取県の三朝（みささ）温泉。泉質が良いとの評判で、ここはかなり長逗留になった。これも会社から資金援助があって可能になった。

　しかしそんな浮世離れした日々の生活に冷水（ひやみず）をかけるが如き凶報が、次から次へと耳に入ってきた。時がたつにつれて、管財人の狂乱的な財産剝ぎ取りの姿勢が鮮明になってきたのである。手塩にかけた健康ランドの施設等の機材までもが失われていったのである。夜間にトラックを横づけにした窃盗団には、配線ケーブルを壊滅的に破壊され、持ち去られた。管財人の怠慢が明らかになってきたのである。

さらに許しがたい管財人の蛮行が、私の耳に届いた。破産宣告を受ける前に離婚していた元妻だが、なんと現在も私と夫婦であるとして、彼女の財産を剝ぎ取ったことを知ることになったのである。彼女に一人住まいの事実があるにも拘わらず、日本の法律に即していないと難癖をつけたのである。飛んで行って談判したいところであったが、私の身ではそれもかなわず、切歯扼腕（せっしやくわん）するしかなかった。なされるがままにするしかなかったのである。

それでも私は、堪（たま）らず管財人山川康治宛てに怒りの書簡を送りつけた。しかし、この行為は、私が管財人を脅したとして、刑事事件をデッチ上げるとの噂を撒き散らされることになったのである。いよいよ自分で自分を追い詰めることになった。逃げている人間だからこその短絡的で乱暴な行為であるが、私は今でもそういう行動をとったことを後悔していない。我が思いを相手の胸に突き刺したと誇りに思っている。今となっても、些（いささ）かも色褪（あ）せることのない執念の塊である。

私が管財人を脅したとする書簡の内容は、概（おおむ）ね次のような文面であった。

貴様は管財人として失格である。

第一に、査察当日、空笑いを浮かべながら数々の無礼な許しがたい振る舞いを断罪する。

第二に、管財人として管財義務を怠り、窃盗団にトラックを横づけにされて電源のケーブルまで切断されて持ち出されるなど、あらゆる機材・機器を持ち去られた。施設を破壊しつくされたのは責務の放棄であり、管財能力のないことを証明している。

第三に、十年前に離婚し、一人住まいの事実が歴然とあるにも拘わらず、日本の法律に即していないなどの難癖をつけて、現在も夫婦であるとして元妻の財産を根こそぎ剝ぎ取ったのは重罪である。


法律的に離婚が受理された証明書を添付する。空笑いしないでテメェの目ん玉でよく見てみろ。貴様などには判るまいが、俺は元妻に深い恩があり、元妻を守るためなら俺の命などハエの命より軽いのである。その大切な、俺が死守する対象に汚物をかけ、賤(いや)しめ、侮慢(ぶまん)し、地獄に追い込んだ。次は、貴様が地獄に落ちるのは必至である。覚悟しろ。


貴様がいくらあがいても、貴様の思いどおりの勝手な管財処理はさせない。必ず俺に膝を折ることになる。必ず俺の設計どおりに事を成就し、俺の設計どおりに貴様に復讐し、恨みを晴らして思い知らしめてみせる。楽しみにしておけ!!

目には目を、卑怯には卑怯も厭(いと)わない!! せいぜい枕を高くして寝るがよい!! 思い知らしめてみせるから覚悟しろ!! なお、この設計企画に時効はない!!


以上のような内容であった。

このような「紙つぶて」攻撃をしながら、約二年間の逃避生活が過ぎ去った。管財人が申請した管財物件の競売は、何度試みても成立せずに流れた。二本の水路の所有権を別法人が所有していたからである。

袋小路に追い込まれた管財人は、裁判で脅しをかけてきたが、当方は泰然と構えて一歩も引かない膠着状態となったのである。競売に失敗すれば管財人は収入がないことになる。裁判の進捗状況も思うに任せず、管財人は悶絶状態に陥ってしまったのである。

管財人が裁判の結審で、まったく引かない当方の態度に、「これで裁判は終わりだ!!」と気が狂ったかのように喚いたと、私の代理人である弁護士は報告してきた。喚いた気持ちは、よーく判る。さぞや、悔しかっただろう。

畢竟、我が方の代理人の主張、すなわち私の言いなりになるしか残された道はなかったのである。もちろん、私が「脅迫」したとの陳腐にして空疎な訴えも取り下げたことは言うまでもない。

これで、管財人が最優先事項としていた管財物件の処理は、我が方の計略どおりに処理されることとなったのである。

それにしても、知的な仕事とされる弁護士、しかも裁判所が任命する管財人がこの体である。

私の京都の知人も、夫が破産して会社の債務整理で精神的にも肉体的にも疲弊しているところに、それ以上の苦しみを弁護士に与えられている。破産管財人という立場で権力をふるったそのI田某弁護士には、思い出すと腹が立つというよりも、恐ろしさ、おぞましさをいまも感じてしまうというのである。

火災保険やがん保険までも、わずかな解約金のために解約しろと、何度も迫ってくる。できないと言うとI田は、「自分に逆らったら、どうなるかわかるか」と顔を真っ赤にして恫喝してくる。そんな人種である。そんな理由で、長期に亘って何度も何度も事務所に呼びつける。郵便物も弁護士事務所に転送されて、すべての内容をチェックされる仕組みである。プライバシーなどというものは存在しなくなるのである。
「自分の取り分を増やさないと、やってられない」「奥さんの経営する会社を潰すなんか簡単だぞ」などと、平然と何度も言い放つ。「腎臓を売ってでも返せ」と迫った商工ローンのやくざまがいの取立てとどこが違うのか。これが三十代の若者の弁護士のやることか。末恐ろしいというべきである。

そういう管財人の権力を支えているのは、「免責についての意見書」である。免責を左右するのがこの意見書で、管財人の心証一つで決まる。しかも、裁判所は管財人の意見書を鵜呑みにするのが一般的である。裁判所は公正であるとされているが、裁判官、検事、弁護士のある種の馴れあいの形式の下で成立しているのが日本の司法である。私の言う日本教の側面でもある。

たしかに、破産管財人には破産者の財産を管理・処分する権限が与えられている。しかも、破産者の財産などを調査するうえで必要なほとんどの権限も与えられている。そのうえ、破産者は管財人に協力する義務が課されており協力しないと免責、つまり没収から逃れることのできる財産までも認められない仕組みになっている。万能の存在である。

因みに、管財人は裁判所が指名することになっている。何を基準にして指名するのか知りたいものである。しかも、管財人の取り分は、割合があらかじめ決まっているわけではなく、債権額や破産者から取り上げた財産の多寡、労力や時間、業務の難易度などによって裁判所が決定する。法律だから複雑だが、単純にいえば、管財人は破産者から多くの財産を掘り起こせば起こすほど、多額の報酬を得ることができるのである。管財人が血眼(ちまなこ)になるのは、そういう背景があってのことである。

新たな修羅場の幕開き

一件落着して幕は下りたが、息つく暇もなく舞台は変わり、修羅場劇場の脇役の魑魅魍魎(ちみもうりょう)の登場となる。先刻紹介したS、Oに加え、新人のKらである。私に逮捕状が出ているかもしれないというのは、私の思い過ごしであった。私の逃避行は、無駄骨のお笑い草であった。しかし、もしも私が管財人を脅迫したとの理由で逮捕状が出ていれば、彼らも犯人隠避(いんぴ)に問われるかもしれなかったことは認める。

それにしても、Sはギラギラした目つきである。金が絡むと本性が剝き出しになり、踏むべき道程を棚上げする人間は珍しくない。連中は、その類の人間の集合体である。

そんな連中が、私に無礼極まるセリフを吐き、圧力をかけ始めたのである。何を望んでいたかは判然としないが、逃避行を続けている私の立場をよいことに、好き勝手な振る舞いをしだしたのである。否、それは脅しの始まりであった。それらはすべてSの差し金と私は睨んでいた。

まず、Oの事務所での出来事である。

裁判が決着し、管財人が白旗を掲げて我が軍門に下ることが濃厚になった直後のS、新人のKらが出席した会議での突発事変である。会議はOの事務所で行われたが、いきなりOが立ち上がり叫んだのである。大声で、「私が何でこんな苦労せなあかんのか」と私に喰って掛かってきたのである。前触れなしの脈絡のない発作である。私を無条件で屈服せんとする戦法である。脅せば私が下手(したて)に出ると踏んだのである。

私も立ち上がって応戦した。

「何を！　俺がオマエに頼んだことはない。オマエが勝手にシャシャリ出てきて何を抜かすか、ふざけるな‼」

するとOは、

「表に出ろ‼」

そう叫び、私もまた応戦し、

「判った！」

と外に出ようとした。するとすかさずSが、いかにも仲裁者ぶって私の肩を強く押して留めるのである。

それでも興奮したOは、「ケイサツに突き出すぞ‼」とまで口走った。おかしな話だが、このころは双方ともに、私に逮捕状が出ているかもしれないと思い込んでいた。今となっては笑い話だが、私もその思い込みから「やれるものならやってみろ、お前もただですまないことだけは覚悟しろ、このヤロー」などと脅し、「返り血を浴びることだけはよく覚えておけ」と捨てゼリフまで投げつけていたのである。

会議はおわり散会した。

腹の虫が治まらない私は、翌朝、Oに架電した。「いつ警察に行くのか答えてくれ」と。

Oが答えることはなかった。

私は「月曜日はどうか？」と尋ねた。Oは、東京に出張するから後日にするようにと答えてきた。

後日がいつなのかOは明確に特定することなく電話は切れた。

Oに思い知らせるために、私は追撃した。一週間くらい後に、Oの事務所と目と鼻の先にある天満署内の公衆電話からOに架電した。本人が出なかったので、天満署の中で待っているから何時でもよいからOに来るようにと、番頭のGに伝えたのである。

Oのこの臭い芝居の演出は、すべてSのシナリオである。このSという男は、ものごとをまっすぐに見る機能が先天的に不全である。対面していても、少し緊張すると瞳孔が忙しく回る。ただよく言えば、目先が利くともいえる。

本人は、自分はけっこう頭が良いと考えている。若いときから染みついた性格であり、年老いてもそれを引きずっている男である。よせばよいものを、利口ぶって仕掛けてくるのである。

Sが次に仕掛けてきたのは、新人のKである。このKと初めて対面したのは、東京駅の喫茶店である。役者の一人として必要だからと、Sが大阪からわざわざ付き添わせて私に会いに来たのである。Sの部下だったこともあるとの触れ込みであった。私はKの役割を了承し、役についてもらった。

そのKが、この期に及んでひと暴れしてきた。Oの変テコな反逆事件がうやむやになったある日、大阪北新地の当時の全日空ホテルのレストランで、Sと新人のKと三人で話し込んでいるとき、突拍子もなくKがまたまた私に言い立ててきた。「私は大変苦しい目に遭った。どうしてくれる！」と。

Kは興奮して、唇はわなわなと震え目は血走り声は上ずり、初めは何を言っているのかよく判らなかった。しかし、やっとの思いで言葉を発していることは、手に取るように伝わってきた。私が仕事を指示しているわけでもないし、会うのもこれで数回の男である。私は呆れてものが言えず、新人役者の一人芝居を目を据えてジーと見ていた。Sは何らアクションを起こすわけでもなく傍観の体であった。

しばらくして私は口を開いた。静かに、そして最後は怒声で。

「君はいったい誰に頼まれたんですか。私は頼んでませんよ。君の主人はＳじゃないんですか？ 文句があるなら雇った主人に言うべきじゃないですか？ 俺の言うことのどこが間違っているのか！ このボケ!!」と切って捨てたのである。

Ｋはすごすごとその場を離れていった。Ｓは、「後からよく言って聞かせますから」とまるで他人事である。Ｓの醜悪な本性が剝き出しになった瞬間である。この期に及んでも、私に対して圧迫が有効と考えている痴(し)れ者Ｓの姿がそこにあった。

Ｏ及びＫどものわけの判らない私に対する圧迫——実際には圧迫になっておらず、気分が悪いだけのことであったが、捻って考える癖、それが高等戦術だと骨の髄まで信じ込んでいるＳの仕業であることは、誰が見ても判るというものである。お仕置きは、たいして効果がなかったようだ。Ｓのバレバレの浅知恵には、満額回答を覚悟している私には、腹の立つ所業のオンパレードである。久しぶりに会った今回も、本人を前にして、「お前さんは、喋りすぎるよ」と注意したが、効果はなかったようだ。

そして、これまでのＯとＫのセコイ底割れした攻撃が不発に終わり、心穏やかでないＳは、ついに首魁(かしら)である本人自ら私に斬りかかってきたのである。管財人も白旗を掲げ、事務手続が残っているだけになった段階であった。自分自身が分捕る金額が異常に気になり、露骨に迫ってきたのである。

Ｓと会った場所は、大阪地裁の向かい側にある小さな喫茶店であった。概(おおむ)ね決着が着いたことを互いに確認しながら、意外にもＳは直截にこう問うてきた。「私は、いくら貰えますか？」と、誠に簡潔な言い回しであった。

私も答えた。「お前さんの希望どおりに払おうと最初から考えていたよ」と、これまた誠にシンプルに返答したのである。すると、「馬鹿にしてハッタリ男」の面目躍如、驚きの反応が飛び出してきたのである。

「僕は、元来他人の言葉を信用しない人間です。言葉は木の葉がヒラヒラ舞い落ちるようなものであるからですよ」と、こうきた。

怒髪天を衝く、予想だにしないメガトン級の意外な言葉であり、一瞬意表を衝かれた。私は自身のなかで言葉を反芻し、この馬鹿男の発した言葉は狂っての発言でなく、Ｓの糞真面目な発言であると理解した。

「貴様、俺に今何と言った?!　俺の言葉を木の葉がヒラヒラ舞い落ちるようなものだとぬかしたな！　一体全体、貴様は何様のつもりで俺を侮辱するのか？　糞野郎、俺をどこまで舐めてかかるのか?!　テメェがＯやＫを嗾けて、散々俺に喰ってかかるように仕向けたのはとっくにお見通しだよ。二人とも撃沈したことは見ていただろう。それに飽きたらず、今度はテメェのお出ましかよ？　このウスノロ野郎奴！　昔、半殺しの目に遭わせたが、懲りてないようだな?!」

私はさらに声を上げた。

「今でも貴様一人くらいなら叩き潰せるが、今回は見逃してやるよ！　しかしな、貴様は喋りすぎだと先日も注意したばかりだ！　このウスノロ野郎、何てことを抜かすか。もう一度同じセリフを吐いてみろ、この糞野郎！」

そこまで捲し立てると、このアホは、「僕は、そんなつもりで言ったのではない。誤解です」と、もごもご弁解するばかりであった。あまりの暴言に蹴り上げたい気持ちを抑えながら、私は別れた。

私は、いくら考えても納得がいかなかった。翌日、腹に据えかね、北新地の全日空ホテルにウスノロを呼び出した。

ロビー階にある喫茶室で対面した。私は、昨日の言葉、「木の葉のようにヒラヒラ舞い落ちる軽いものであり、信用できない」との、最大の人格否定をいまだに怒っていることから切り出した。そのうえで話を続けた。

「お前と俺が今回の件で接触をもった発端は、卑劣にもお前は名前を伏せてOに俺を誘き寄させたのが始まりだ。最初の日、お前はOのビルのテナントの喫茶店で俺を待ち伏せしていたな。Oは、お前が待っているから会ってくれと強く迫ったが、俺は断わって大阪を離れたくらい、お前を嫌っていたんだよ。ところが、その後もOの執拗な説得が続くし、俺も適任者に苦慮していたので、やむを得ずお前に任せたんだよ。そうだろ、金の匂いを嗅いだお前が近づいてきたのと違うかよ。自分で好き好んで近づいてきても、お前の報酬の要求に対しても、俺はお前の要求に応ずると、快く答えただろう。にも拘わらず、クソ生意気にも木の葉云々と抜かしやがった。俺は、腹の虫が治まらない。どうしてくれるんだ!!」

すると、この馬鹿は、私に向かって血相を変えて、「喫茶店で待っていた覚えはない。私も危険な思いで協力してきた。そんな言い方は承知できない」と、大声で反撃してきた。私も、「何だと?!どこが間違っているか言ってみろ!!」と、大声で怒鳴り返したのである。

大声で遣り合い、今にも乱闘になろうかという状況を察した支配人らしき黒服の男が、二人の席に近づいてきた。今にも一一〇番しようかとする態勢である。

　そのときのSの慌てぶりが滑稽(こっけい)であった。両手を前に差し出し、哀願してきたのである。

「僕は、もうお金は要りません」と吐(ぬ)かしたのである。

　私も危険を感じて、その場は沈黙して睨みつけるに留めた。精算して表に出て、気まずい気持ちで別れた。


「肉を切らせて骨を断つ」の気概も限界に近い気分で、逃避行中に癖になった後ろを振り返る動作を繰り返しながら、また大阪を離れて西に向かった。目指したのは、広島県の瀬戸内海に面した鞆(とも)の浦温泉である。ここは朝鮮通信使が瀬戸内を船で航行したときに立ち寄り、瀬戸内随一の絶景と愛(め)でたとの謂(いわ)れが残る名所である。最悪の気分で絶景を目指す自身に、どこかピントのずれを感じながらの彷徨と表現してよい哀れな旅であった。

　私は、彼らが好き好んで近づいてきたからといって、彼らを使い捨てにするつもりはもとよりなかった。大事な任務であり、迷惑がかかるかもしれないことも理解していた。私は手厚く処遇する心づもりは、変わることなく持っていたのである。

　にも拘わらず、次から次へと揺さぶりをかけてくるSの態度に、辟易たる気持ちであった。死臭を嗅いだ禿鷹(はげたか)どもは、本性を剝き出しにして喰らいついてきた。このように毒々しい輩(やから)には、毒でもって刺す以外に方途はなかった。一歩でも引いたら、なだれ込まれ、恣(ほしいまま)に蹂躙(じゅうりん)され、残骸が残るだけである。屹然(きつぜん)と立ち向かうことが何よりも己を守る術であった。

管財人を完全に屈服させ、当方も獲得するものはすべて手中にしたとの報告を鞆の浦で受けた私は、再び大阪に向かった。大阪に着くと、有象無象(うぞうむぞう)が鎌首をもたげて待ち構えていた。

首領のSは、おろおろしながら、「僕は、もうお金は要りません」と言ったことをすっかり忘れたが如く、恥ずかしげもなくおねだりしてきた。そこまでの大金を要求してくるとは思っていなかったが、己が「要求どおりに払う」と言った手前、痩せ我慢で応諾した。私を警察へ突き出すと言ったO、哀れな操り人形の新人K、行政書士にも、それぞれさっぱり清算した。

そもそものTの名前が漏れているが、それにはわけがある。逃避生活の最初のころ、Sが私との連絡用に携帯電話を用意するようTに頼んだところ、断わられたとのことであった。後に、そのことに関しTに直接、「お礼のお金を払うつもりであったが、気が変わった」と伝えた。Tは、「金さんは、ストレートしか投げられないいんですね」と嘆息をついた。そのとおり、私はストレートしか芸がない。

かくして、前半生のあまりにも過ぎたる僥倖(ぎょうこう)、そしてバランスの法則は醜悪な罰ゲームの修羅場を呈したが、その幕も下ろされたのである。

無常の果てしない海原、偶然なる如何ともしがたい他力、自ら下した折々のジャッジの自己責任、そしてバブルの崩壊、リーマン・ショック等の変数、それはあまねく私の人生の枠組みの中で大なり小なり絡みあっていることを充分に思い知らされた。

かくして二〇〇七年七月一三日に、千葉の留置場から釈放されて以来二年あまり、私の間違った思い込みのために、孤独を背負いながら茨城、石川、福井、兵庫、鳥取、広島と転々としながら、逃避生活を送ってしまった。それでも、ここに到るまでには、検事の急所の眉間めがけて頭突き一発で昏倒失神せしめてやることもできた。刑事どもは猫じゃらしで遊んでやった。

しかし、この間も、部下たちを通じて管財人と裁判で闘っていたのである。私の詐欺破産容疑やらに関する事件は未解決であったが、それも数か月後の二〇一〇年の暮れには不起訴になり、関係者に押収書類が返却された事実を知ることになったのである。しかし、破産は破産であった。


私の容疑は、刑事事件と民事事件の双方に関わっていた。混乱を招かないよう、ここで簡単に整理しておく。

刑事事件は破産宣告に関わる事件であり、逮捕から不起訴処分に到るまでのことである。民事事件は、破産物件である土地建物を管財人が自由勝手に処分できぬように地雷を仕掛けておいたことに端を発するのである。私も会社も生き残るために、あらん限りの知恵を振り絞って合法的に抵抗したのである。その概略は次のとおりである。

管財物件処理に対する私の抵抗は、ドブネズミどもに全身を齧(かじ)られながらの戦いであった。それでも不退転の決意で戦った甲斐があり、次第に管財人を追い詰めることができていた。

管財人は私が埋め込んだ地雷に手も足も出すことができず、悶え苦しみながらの狂乱状態で這いつくばって、私の足許に額を擦りつけて許しを乞うてきたのである。

というのも、先述したように、登記していた千葉健康ランドの五千坪の土地には、農業用水路が二本通っていた。農業用水路などの設備は、その性格上、一般の土地とは別に法的に手厚く保護されていることが多い。その水路を地元の有力者、私の支援者の力を借りて払い下げてもらい、私は雑種地として別に登記していたのである。しかも、金融機関の抵当設定などもない無傷の状態であり、当方が如何様に処分しても他者からあれこれ言われる筋合いのない土地であった。これが地雷であり、先行きの不透明感もあった時期に、私は安全と保全を担保すべく、この土地を知人の弁護士の近親者に適正な値段で売却していたのである。ただし、口頭での紳士協約ではあったが、再処分する際の条件が一つあった。私の諒解を絶対条件としていたのである。将来私が買い戻す際は、必ずプレミアを付けることも確約していた。

然(しか)して、管財人は、この土地全体をそもそも破産人の私と私の会社が実質的に所有する土地であるとして裁判を起こし、元農業用水路の現在の所有者の所有の無効を訴えたのである。しかし、管財人山川康治の主張を証明することは絶対に不可能であった。したがって、山川康治は、現所有者にこの土地の買い受けを持ちかけてきたのである。

売り主側は、諸々の条件を示した。値段は売り主側の条件を無条件で応諾すること、私が山川康治を書簡で非難したことについて、脅迫したとの主張を取り下げることであった。管財人山川康治にとっては屈辱的条件で、易々とは応諾できないものであった。私の当該代理人の言によると結審日に、「交渉も議論ももう終わりだ、とことん追い詰める」と叫んだとのことであった。それでも私は、最後まで一歩たりとも引く気はなかった。

そのありさまの報告を受けて、私は覚悟を決めた。私の代理人二人には、これ以上の迷惑がかからないようにと、辞表を送りつけるよう指示したのである。

その辞表の文面を確認するために私の代理人に架電したところ、管財人山川康治から、「土地の所有者の条件をすべて飲むこと、私が脅迫したとの主張を取り下げる」との返事がわずか三十分前に届いたとのことであった。ザマーみやがれ、である。

山川康治は、一刻も早く管財業務の報酬を受け取りたかったのである。そういう心の動きが手に取るように見えた。奴としては、裁判で結審しても勝てる保証はなく、当方が控訴すれば解決までに数年はかかるであろうことは目に見えていたのである。これからかかるその年数を分母にすれば、山川が受け取る報酬は限りなく少なくなる。そのあたりを考えたのであろう。私が頑(かたく)なに一歩も引かなかったことが奏功したのである。そういう私の考え方、生き方は、今も昔も変わっていない。

第三章

在日二世として生きる

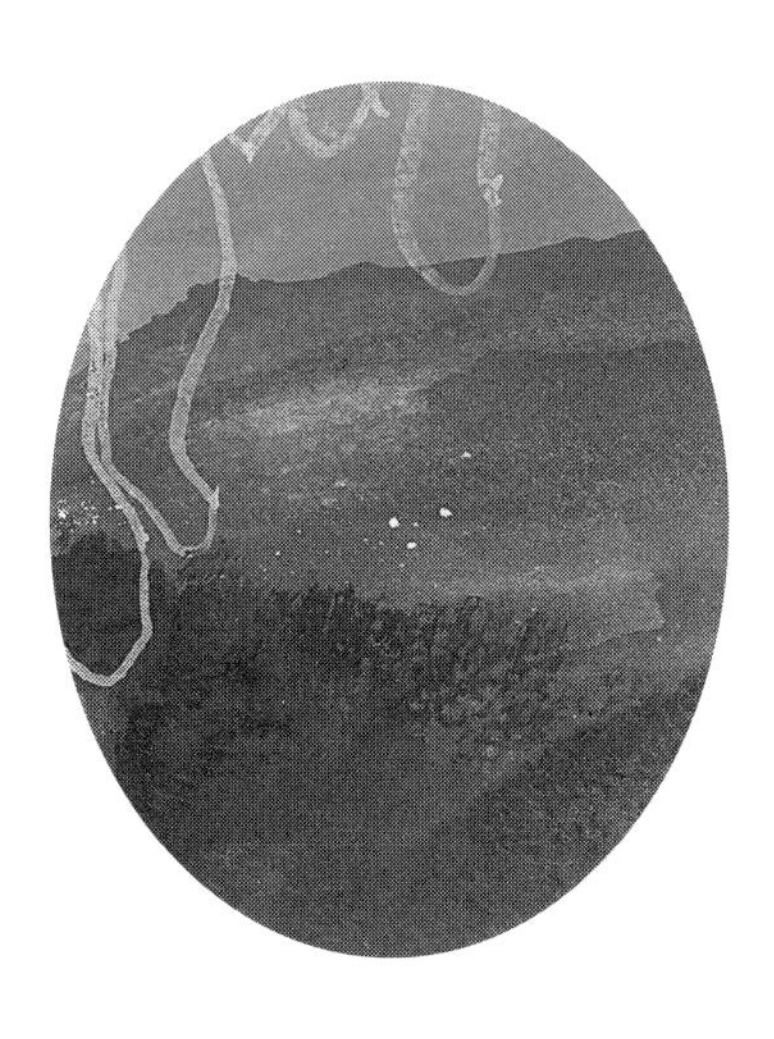

第三章から

事業というのは、順調であっても、一旦資金のフローが止まれば容易に破綻する。結果から言えば二〇〇五年七月の破産宣告と執行、二〇〇五年八月の意趣返しの閉店・廃業となったのである。施設は、二〇一一年には解体された。節税その他行なった抵抗の効果もなく、形振り構わぬ偽装債権者どもの軍門に下ったのである。その過程で、偽装債権者どもは不当な査察があったことを知らなかったとしても、管財人＝裁判所、そして検察の行った度を超えた圧迫には、心の底から憤りがこみ上げてくるのである。

私は一九三八年（昭和十三年）、愛知県瀬戸市で六人兄姉の五番目として生を受けた。父は陶磁器類の磨きを生業にする小さな下請工房を営んでいた。元は勉学のために慶尚南道から母とともに来日したが、志半ばで私たち家族のために労働に勤しむことになったのである。

母は慶尚北道州崔氏の生まれであった。慶州は新羅の王都のあった地で、慶州崔氏は名門両班の家系である。母はこのことを殊更に自慢していた。

ところが、私が生まれたその年に、父は治安維持法違反、スパイの嫌疑で特高（特別高等警察）に連行され、拷問の揚げ句、失明する災禍にあった。この顛末は、別稿に記している。

儒教の色濃い朝鮮社会では、年廻りを変てこりんに論理づけして暮らしに反映させている。儒教の経典である『四書五経』、なかんずく『易経』の解釈学である「易学」は、「四柱推命」とともに生活に深く入り込み、積極的に依存している実態がある。民衆の暮らしのなかに疑いもなく取り入れられているのである。天体の働きを示す暦法、それが及ぼす農作業等への影響を過度に敷衍して、しかもそれをほぼ絶対視している観がある。

そんな環境のため、周囲の人たちには「私が生まれたために父が災禍に遭ったのだ」と理解されていた。つまり、私は災いの種の子どもであるということである。直接言われたわけではないが、家族の会話の端々から、そのように受け止めていたのである。

一家の柱である働き手を失った家族は、為す術もなく、工房をたたんで知人の伝手を頼りに、同じ愛知県知多半島の河和町（現在の美浜町）にあった貧民窟に身を寄せるしか方途がなかった。屑鉄を拾い、生活費を得る極貧生活であった。私も小学校に入る前から手伝っていた。

戦争が終わると、貧民窟の住民は放置された航空隊の跡地の滑走路を我先に砕いて、鉄筋を掘り出した。いわば国有財産の窃盗だが、大勢の住民がつるはしや金槌で掘り起こしていた。子どもたちも負けじと頑張っていた。塾などという洒落たものはなく、遊びと泥棒に明け暮れた楽しい時代であった。

そのうちに、逞しくも商才のある母はさつま芋で飴を作り、それが甘味に飢えていた時代に歓迎されて生活にゆとりができた。盲目一家の生計を建て直したのである。

少年期に味わった有形無形の差別と仕打ち

終戦の年、一九四五年に私は町立河和小学校に入学し、中学卒業までこの町で過ごした。小学生のころ、上級生による集団イジメに遭い、そのときに投げつけられた棒切れが右足首に当たり、破傷風に罹って高熱を出したことがあった。その棒に錆びた釘がついていたのである。

同級生とは喧嘩しなかったが、上級生とはとことん喧嘩をした。その上級生らとの喧嘩は、ある事件で打ち止めになった。

彼らは私と闘うのは怖いから、遠くから石を投げつけて喧嘩を売ってきたのである。結果、その石の一つが私の額に当たり、血が吹き出したのである。私は咄嗟に、履いていた下駄を両手に持ち、彼らに向かって突進して行った。驚いた上級生たちは、蜘蛛の子を散らすように、一目散に逃げて行った。その後は上級生たちも私をいじめることはなくなった。

以上は、単なる子供の喧嘩であり、ほんとうの闘争の相手は、実は教師たちであった。戦前の悪い差別意識を引きずった教師たちが多勢いた時代である。特に小学校五年生のときは、K村という代用教員に白地（あからさま）なイジメを受けた。戦後の教員不足のため、生徒とあまり歳の差のない若い教師が少なくなかった。二十歳そこそこのK村と名乗る小男もそうしたなかの一人で、代用教員の資格で担任として着任していた。口がやたら大きく分厚い、瓶底メガネの醜男（ぶおとこ）であった。

その男は己のコンプレックスを発散させるエネルギーを、頑是ない私に向けてきたのである。私を標的にした原因は、朝鮮人のくせにクラスの人気者で、女子生徒にも人気があったことで、これが癪（しゃく）に障ったようである。

未熟で稚拙なある行事が教室内であった。男子生徒は好きな女子生徒の名前を、女子生徒は好きな男子生徒の名前を書くという阿呆な話である。

無邪気にワイワイ言いながらそれぞれ名前を書いて、担任のK村に届け、その結果が発表された。クラスにはマドンナ的な女生徒がおり、男子生徒の大部分は多分、彼女の名前を書いたであろう。しかしマドンナが私の名前を書いたために、唯一のカップリングができて隣席同士となった。どうやらこれがまた、担任教師の気に障ったようである。歳の差の少ない代用教員もマドンナに恋をしていたのだ。だが十歳の子どもに彼の悪意が予見できるわけもなかった。

これ以前から、瓶底メガネのネチネチしたイジメを感じていたが、このことを契機に日に日に手の込んだ嫌がらせが私に襲いかかってきた。手を替え、品を替え、ことあるごとにマドンナと私を俎上に乗せて皮肉、憎悪を込めたネタ仕立てで二人をクラス中の晒し者にしたのである。

マドンナを私に取られたこの男は、いつものタラコ唇の口を半開きにして、狂ったように私に襲いかかってくるのである。しかし、これが原因で男子生徒みんなが登校拒否をすることになるとは、彼は考えていなかった。教師のイジメ以上に、私には一緒に楽しく遊ぶ級友たちがいたのである。級友の前で演ずる芝居の真似ごと、漫才、ターザンごっこと盛りだくさんであった。瓶底メガネの頭のゆるーい代用教員は、私の心を折ることはできなかった。

嫉妬と憎しみを私に向けた彼はある日、何と期末試験をイジメの道具にして、敵意を剥き出しにしてきた。

「キムチが臭いのはなぜか?」の類の問題である。答えは「ニンニク」と書かせたいのである。「冬の朝鮮半島のウンコはどうなる?」答えは「コチンコチンに凍り、アイスキャンディーになる」である。授業、勉強とはほど遠い設問である。奇天烈（きてれつ）な問題を出して、朝鮮少年をこづき廻そうとしたのである。朝鮮半島の極寒エレジー（挽歌・哀歌）を病的に繰り出して、私を侮辱したつもりだったのであろう。それでいて、この小男は、いつもオドオドしていた。

あるとき、やはり稚拙な挑戦的手段で、私を追い詰めてきた。今度の道具は通信簿である。そこで小男の本性が明らかとなった。通信簿の評価は数字化されいるので、具体的である。四年生までの私は、二はおろか、四も数個のほぼオール五の成績であった。ところが、瓶底メガネから受け取った通信簿は、五はパラパラ、三以下、一まであった。この成績表には家族も驚いたのである。イジメにあらず、教職法違反である。公正を欠くどころの騒ぎではない。それまでのイジメは微塵であったが、この通信簿を見たときは、マグニチュード十のぶっ倒れる衝撃であった。イジメに遭っている認識はあっても当然我慢していたが、積もり積もった怒りに我慢の緒はついに切れた。この醜い小男は始末せねばならぬ、と決心したのである。

長い夏休みの間に、如何に此奴(こやつ)を始末するかの作戦を練った。この教師と対決し、同盟休校、即ち抗議ストライキをすることにしたのである。

こんな教師に押さえ込まれて堪(たま)るか！　の気概である。

この代用教員の男は、生徒が納めた学級費の一部を使い込み、趣味のカメラに使用しているとの噂も立っていた。授業中に口に物を噛みながら話す奇行も、忌々(いまいま)しかった。

そんなことも含めて、此奴を血祭りに上げて、放逐処分に追い込む作戦である。

二学期が始まった初日、男子生徒全員が学校に行かず、近くの山に集まり気勢を上げた。教室に入った途端、空っぽの席に腰を抜かした代用教員は、職員室に駆け込んで校長らに報告したのであろう。校長、教頭が我々を説得するために出向いてきたのである。そのときの教頭のセリフが忘れられない。

「勇気とは無茶をすることではない!!」であった。

ＰＴＡ総会も開かれ、小さな町は噂で大騒ぎになった。私の兄も出席し、ここに到る弟の屈辱を訴えたことはもちろんである。

哀れ瓶底メガネ代用教員は、懲戒解雇となったのである。

当時は復員兵で溢れていた時代であり、大勢の復員兵のなかには教師になる者もいた。そんな教師のなかには、元将校などの皇国史観の持ち主、即ち差別主義者も侵入していた。中学に進学すると、そのような輩(やから)が徘徊していた。

元日本帝国陸軍中将のＳ藤なる教師とは、職員室で私が答案用紙を破り、投げつけて攻撃する事件を起こした。私が答案用紙を投げつけた原因は、試験の結果が優秀賞に値する高得点であったにも拘わらず、「私の日頃の態度が気にくわぬ」と、その対象から外したことにあった。

私は、「判ったよ、それじゃいらねえよ！」と、投げつけてやったまでの話である。元中将殿、大勢の同僚の前で赤っ恥である。

当時は日教組全盛期であり、S藤元中将殿は日頃から職員室で浮いた存在ではあった。世が世なら、日本刀で斬られたかもしれぬが。

今、後悔しているのは、もっと激しく撲り倒すとか過激に出なかった私の行動である。私自身の弱腰が恥かしい思いである。

このような私に恐れをなしたのか、卒業式の式典ではなぜか一番前に座らされ、「以上、総代」で全卒業生の証書を受ける大役を担わされたのである。今も笑えてしまう。私が式典をブチ壊すとでも考えてのことであったのか？

以上、悪党教員の話を披歴したが、これがすべてでないところが将来の私を暗示している。

中学二年と三年の担任の河合健三先生は、逆に神様のような人格者であった。卒業後も、終生折りに触れてご指導賜わったのである。先生は、私がイメージする日本人の一方の典型である。青春時代は奈落の底に仕掛けられた迷路の如しであったが、河合健三先生のような足許に灯を照らしてくださった恩人もいて、己の信念のままに窒息せず生きてこられたのである。社会に出てからは、冒頭でも述べた塚本達夫先生ほか、多くの日本の方々に会う機会があった。そうした出会いは誇らしく思えるほどの幸運であった。

権威の拒絶、不服従の精神はこの時代からの産物であると、しみじみ省みている。

高校を中退して起業

中学を卒業すると、愛知県立半田高等学校に進学した。しかし、朝鮮人の私には学歴を武器に人生を切り開く展望が持てず、それならば一日も早く実社会に出て体を張って生きようと決意した。一つ間違えば、ヤクザの世界に入っていたかもしれない。

まず、次姉の夫の鋳造工場の見習工から始めた。熟練工の技術の真髄をすぐに見出し、時を経ずして難しい型枠造りをまかされるまでになった。十八歳のときには運転免許も得た。

やがて私は、事故で早世した次兄の残してくれた資金を元手に独立し、運送業を立ち上げることができた。義兄の鋳造工場の運送を専属に請負ったのである。数年は大過なく仕事をこなして、少しは蓄えもできた。そんな折、将来妻になる人の姉の夫が、三重県上野市、現在の伊賀市から私の父を訪ねてきたのである。遠縁に当たる私たちが愛知県知立(ちりゅう)市にいることを人づてに聞き、訪ねてきたとのことであった。

その縁で、私は南(みなみ)相八(そうはち)と結婚した。二十五の厄年を避けての結婚であった。当時二十三歳の私の一歳年下であった。妻は慶尚北道善山(スンサン)郡が本籍である。上野市の妻の親類筋が、同郷の元韓国大統領の朴正熙(パクチョンヒ)と縁戚に当たることは、後日知った。

私たちの生活はしばらくは平穏だったが、永くは続かなかった。結婚一年目、二十四歳の一九六二年一二月一五日に、買ってわずか二週間の当時の日本の最高級車、プリンス社製のグロリアの新車が対向の大型車に突っ込まれ、死の淵に立たされたのである。頸椎の損傷もあって半年以上の入院生活、死線をさ迷いもしたが、なんとか一命は取り留めることができた。

それでも、数名いた従業員の解雇を余儀なくされるなど、すべての財産を失うことになった。私の仕事はすべて人手に渡し、リハビリに専念するしかなかった。年齢のわりには自由になる資金が潤沢であったことで、調子に乗り過ぎて事故に遭う羽目となったのである。

突っ込まれた瞬間を、なぜか明瞭に覚えている。時間の経過は判らぬが、顔から血を吹き出している私が横たわり、人が覗き込んでいた気配を覚えている。遠くからサイレンの音が近づいてくるところまでは、何となく記憶らしきものがある。しかし、その後のしばらくの記憶はまったくない。三日間、意識不明の重傷であった。

頭蓋骨左側がひび割れ、右眉毛は削ぎ落とされ、鼻は頭が切れてぶら下がり、上唇は吹き飛び右瞳にガラスが突き刺さり、ガラスで顔中に傷を負う大事故であった。首から上だけの大怪我である。同乗していた新妻は奇跡的にまったくの無傷ですんだのが、不幸中の幸いであった。頭部を包帯でグルグル巻きの私はベッドに横たわり、為す術がなかった。

私が再スタートするにあたっては、妻の尽力によるところが大きかった。妻は、山岡荘八の『徳川家康』をベッドに横たわる私に読んで聞かせてくれたのである。この本は世界最長の小説の一つとされており、全二十六巻に及ぶ。この読み聞かせは、その後の半世紀以上に亘る私の人生のなかでも、心に最も沁みる記憶として、遠い梵鐘の音の如く、今でも響いてくる。

これ以降の私の人生も、妻の奮戦なくして一時期とはいえ絶頂期を経験することはあり得なかった。故に、もし私に信仰心があったとすれば、妻は唯一の信仰対象になったであろう。

収入の途絶えた妻は、健気にも貸店舗で小さな食堂を千葉県で開業した。朝鮮総連の関係者から、千葉はコンビナートの展開で大きく発展するという情報を得て、交通事故から二年半ほど後の一九六五年に名古屋から転居していた。

弁天屋という名の大衆食堂で、客層は車のドライバー、工場労働者等、いわゆる肉体労働者であった。意外にも店は大繁盛した。妻の料理の巧みさもさることながら、分け隔てない気さくな人柄でお客さんに親しまれた。馴染みの顧客のなかには、掘るのに苦労したであろう自然薯を届けてくれる人までいた。

炒め物が人気メニューであった。小柄な妻が力を振り絞り、上下前後にフライパンを振る姿を昨日のことのように思い起こすとき、今の彼女の姿にあまりにも申しわけなさを感じざるを得ない。我が罪の深さを突きつけられる思いである。

妻がお客様に人気があったと述べた。決して社交的でない性格、むしろ臆病な妻であるが、後には私の会社の社員にも随分慕われたものである。本来は、雇用主と使用人との構図であるが、壁は存在しなかった。年長者、若年層とも融和している感があった。

彼女が愛された逸話を一つ明かそう。

彼女の実の姉は一九二九年生まれで、十歳上である。今は車椅子で息子の嫁に面倒をみてもらっている立場である。あるとき、その実姉が嫁に言ったひと言が秀逸である。

「あの子（妹である私の元妻）を残して死ぬわけにはいかない」と言ったというのである。

これに対するお嫁さんの返事が誠に素直というか、笑いがこみ上げてくるものであった。

「お母さん、それは無理やろ。人間には順番というものがあるさかいな」と返したという。

嫁、姑の関係も微笑ましいが、耳こそ少し遠いが呆けてもいない姉は幼いころに妹をたいそう可愛がったのであろう。その印象で今を語るその姿に、時の無常とともに、姉の優しい人間性をしみじみと感じざるを得ない。

なぜこの話をしたかといえば、それほど人様に愛された伴侶であったとともに、この世に作家、劇作家はあまたいるが、そういう方たちの想像力で元妻の姉のセリフ、そして嫁さんの受け答えの構成は、絶対に思い浮かばないと思ったからである。そんな思いで書き留めたしだいである。

姉妹愛の深度を凡庸な私なんぞが知る由もないが、元妻との見合いの初対面の席から、姉の妹に対する愛情に並々ならぬ気配を感じたものであった。時を経るにつれそのことに納得できたのである。

元妻の実父母は、甥をはじめとする朝鮮総連の幹部たちに寄って集って北朝鮮に渡航することを勧められ、自分たちも後を追って帰国するからと騙されて、「地上の楽園」北朝鮮に勇躍帰国したのであった。八人の子ども全員が押し止めるも聞く耳を持たず、老妻と孫一人を連れての涙の旅立ちであった。今では、その孫とも音信不通である。

その後、北朝鮮の実態が悲惨であることが明るみになるにつれ、姉は親代わりとして妹の面倒をみる気持ちになったのであろう。

そのような私の元妻は、指のリウマチで苦しんでいる。食堂を経営していたときの過労で発症したとしか思えない。まったく私の責任であり、彼女には何の咎もないことである。そのことに我が罪の深さを思うのである。

余談であるが、後日に東京国税局に不当に査察に入られたとき、依頼したM弁護士（因みに配偶者は裁判官、倅(せがれ)は弁護士の司法一家）が妻のリウマチを揶揄して、お金を数えすぎたのでリウマチになったが如く発言したことがあった。私は激怒してその非礼を詰(なじ)り謝らせたことがある。それほど、このリウマチには複雑な思いがある。

事故後数年して、私もリハビリの甲斐あって社会復帰を果たすことができた。そして、私なりに考えたレストランを一九六八年に千葉市に開業したのである。「千成(せんなり)レストラン」のデビューである。ロゴマークは千成瓢箪(ひょうたん)。「天下に名を刻む」の気概であった。市内の国道十六号線沿いの目立つ場所であったこと、珍しい円形の建物だったことも目を引いたであろう。

「千成レストラン」の土地取得に関しては、数々の偶然、友人たちの助力、取得したいとの私の確固たる決意が奏功したのである。運命的土地と呼んでもよい。しかも、将来予想だにしない莫大な富を生み、塚本達夫先生をはじめとする数々の恩人たちに出会えた場所でもある。また破産の引き金を引くことになった因縁の土地でもあった。

取得すると直感で決めた四百坪、価格は一千万円であった。しかし、そんな大金が手許にあろうはずがなく、何としても知恵を絞り、努力を重ね捻出に奔走するしかなかった。

当時の妻の店、弁天屋は順調で、設備に掛かった月々のローンの返済も滞りなくすませながら、朝鮮銀行に毎月五万円を積み立ててくれていた。月掛けを始めて二年がたち、預金額は百二十万円になっていた。親友の朝鮮銀行の係長は、約束どおり無担保で三百六十万円を貸し付けてくれた。しかし、それだけではとうてい足りず、何とか一千万円に化けさせねばならなかった。

手許の三百六十万円をさも自己資金の如く振る舞い、相互銀行に掛けあった。首尾よく三百六十万円を定額預金にし、土地は担保として差し入れる条件で一千万円は調達できたのである。

勇躍、仲介の不動産業者に買い取る旨の報告に出向いたところ、何と既に隣の農家で元市議会議員の増島與吉先生に売却ずみであると告げられた。私が最初に手を挙げたのだが、それを承知のうえで「若僧だから大金を用立てるのは無理だろう」と舐められたのである。私は仲介業者のひと言の断わりも架電もない不実を詰ったが、その場ではそれ以上為す術がなかった。

私は諦め切れず、「何としても手に入れたい」と念じた。買い取った増島先生のところに直接行って、私に譲ってくれるよう懇願した。

その折衝は容易ではなかった。私の計画は、周囲の発展にも必ず寄与することを真心を込めて切々と力説し、粘り強く説いた。こうして半年をかけて説得し、譲り受けることにこぎ着けたのである。条件は四百万円の上乗せであった。私の元来の手持ち金百二十万円の三倍強の上乗せの条件を飲んだのである。常軌を逸した判断と、今では自身に呆れている。

ともかく、私の前に新たな難題が課せられた。上乗せの四百万円の工面である。

朝鮮銀行の友人に何とかならないか相談した。するとその後も継続して月掛けをしていたこともあって、友人が理事長に頼み込んで貸し付けてくれることになった。条件は抵当権の二番設定である。友人のお陰である。土地を譲ってくださった増島與吉先生と生涯のお付きあいをすることになったのも、このご縁である。親戚、親子の付きあいを続けたのである。

こうして、一千四百万円で手に入れた土地に、いよいよ「千成レストラン」を建てることになった。しかし、もとより手許に余力の資金はあろうはずもなし、埋め立て、建築と気の遠くなるような難題が待ち構えていたのである。今思えば乱暴な所業であり、若い覇気にまかせて突っ走った感はあるが、なぜか私には私なりの絶対の自信があった。気に入った物件であり、プレミアムの四百万を高額と思ったことは一度もない。

プレミアムの負担は、その場所にレストランが存在するだけで、二年弱で予期せぬ形で回収できた。何と、コカ・コーラとブリヂストンの看板を立てるだけで回収できたのである。後年になると、NTTとKDDに電波塔を建てるスペースを貸して、年間一千万円以上の賃貸料が入った。奇跡的な土地であった。

さてさて、埋め立て業者、建設業者であるが、朝鮮銀行の友人の紹介もあって、手付金ゼロでスタートすることができたのである。成功の暁には、大いに振る舞うことを約して信用してくれたのである。かくして、円形の「千成レストラン」の開業に到ったのである。

オープンセレモニーに列席していた東京相互銀行の支店長が思わず呟いた「これなら大丈夫ですね」、は味のあるセリフであった。セレモニーの花輪に釣られて客が次々と車で乗りつける様子を見ての言葉で、「これなら返済が滞る心配はないだろう」との感慨が伝わってきたのである。

事実、郊外のロードサイドのファミリー・レストランは到来したマイカー時代のニーズに合い、大繁盛した。ナイフとフォークで食事することが一つのステータスとされた時代でもあった。外資系をはじめ、大手ファミリー・レストランが出現する遥か前のことである。これも一重に、妻のお陰なくしてはあり得ない出来事であった。

メニューは洋食が中心で、市中のレストランとほとんど変わらず、小判型の大きなステンレス皿に盛った。今ではアンティークの洋食店でしか見ることがないレア物である。

あれだけ客受けした最大の要因は、何と言ってもモータリゼーションのはしりであったことである。当時の車への憧れは異次元のレベルで、自家用車は簡単には手にできない高嶺の花であった。スマホに夢中になる現象とはわけが違った。

客層は、家族連れ、ビジネスマン、観光地への行き帰りの人たちと多様であったが、車で乗りつけるそのスマートさは格別であった。

しかし、この盛況ぶりを見て、時を置かずして沿線の数百メートル前後に立て続けに類似店が開業した。当然、進化した内装、工夫したメニュー、サービスは黒服のウエイターが対応するなど、贅を凝らして本格的にオペレーションする店が進出してきたのである。

到るところにレストランが出現し、なかには競争に敗れて廃業する店舗まで出る始末であった。私の店もしだいに客を取られ、かつての盛況は衰え、業績は下降を始めた。広域的に出店する類似店の数に比例して、業績が悪化する影響を受けたのである。

このままでは立ち行かないと危惧した私は、他店との差別化の必要性を痛感し始めた。私は、ハンバーグに特化した店造りを決心した。しかも、当時では珍しいオープン・キッチン方式に改装した。結果、業績は奇跡的に上向き、虎口(ここう)を脱するだけでなく、ハンバーグステーキでは伝説的美味の評判を後々まで得たのである。

そのとき、思い余ってハンバーグステーキの「そもそも」から徹底的に学んだ。何やら、古代の戦場で肉を柔らかく食べやすく、しかも保存のきくようにと、ミンチにして焼いて食したのが始まりらしい。

考えた私は従来のハンバーグステーキの概念を捨てた。肉屋からミンチ肉を仕入れるのでなく、我が社で肉の塊（ブロック）を仕入れ、余分な脂を徹底的に除（はぶ）き、超良心的に自家製のミンチを作ったのである。食して、理屈抜きに美味しさが判るのがハンバーグステーキである。しかし、ミンチ肉は何をブチ込んでも痕跡が残らない。つまり、何の肉の、どの部位が混入されているかに計り知れない疑いがあるのである。私はその疑心から、他店のハンバーグステーキを食す習慣がない。

合挽きミンチを作る肉店が、肉の筋、脂身を捨てることはあり得ない。そんなことをしていては商売が成り立たない。精肉として店頭に並べるには、余分なところは端肉として扱うことになるが、そもそも安く売る挽肉は、端肉や硬い部位も入れざるを得ない。すね肉などを混ぜることもあって当然である。見た目は柔らかそうでも、嚙んだ後によく歯間に挟まるのは、そのような硬い成分のせいである。自家製の挽肉は、労力の割にメリットが少なく、一流ホテルでも挽肉を肉店に依頼するのはそのせいである。

私の店ではその労力を惜しまず、嚙んだ後の歯間に肉の筋が残らない、柔らかくて美味しいハンバーグを提供したのである。種類はジャーマン風、ブリテイン風、フレンチ風と多彩であり、顧客の要望は可能な限り受け止めた。そうして業績の奇跡的回復をみたとは言うものの、開業当初の賑わいを取り戻すことは、所詮無理であった。

そういう闘いの日々と時を同じくして、国道十六号線の幅員拡張計画が発表された。私の店舗も立ち退きを要請されたのである。国策であり、建設省国道事務所と立ち退きについて協議を始めざるを得なかった。レストランの廃業を余儀なくされ、その補償について話し合われた。

一度や二度で合意するはずもなく、双方の主張は大きく乖離したまま、いたずらに時は過ぎていった。その補償協議が暗礁に乗り上げている最中であった。何やらただならぬ情報が飛び込んできた。

すでに一九七〇年七月に、アメリカに倣ったまったく飛び抜けたレストラン「スカイラーク」（現在のすかいらーく、ガスト、ジョナサン）が、東京の国立市にオープンしてはいた。店舗の内装、厨房のシステム、接客係の表情・動作、オペレーション上のシステム、それにホールのグラスのラック等、その斬新さには完全に脱帽であった。

後に知ったところでは、経営者がアメリカに渡り、アメリカのシステムをそっくり導入していたのだが、これを端緒に、外資系のファミリー・レストランが日本各地に展開し始めたのである。

その衝撃に、私の心は折れた。ダラダラと長引いていた国道事務所との折衝を私に諦めさせるに充分な事態であった。不本意な契約であったが、諦めることで後に塚本達夫先生の恩顧に繋がるとは、夢にも思わぬ出来事であった。

そして、発想を新たに、千葉市中央区村田町に郊外型のサウナ風呂、「浜野サウナ」を一九七八年に開業した。開業資金は「千成レストラン」の立退き料であった。サウナは、国道十六号線を挟んでかつての千成レストランの向かい側に位置していた。当時よく流行った女性による背中流しはなく、健康増進を謳って深夜二時くらいまで営業した。一度に四百人ほど入れたが、これも大いに客受けして盛況であった。

郊外型サウナ風呂には、ほぼ百パーセントのお客が車で来店した。千葉県にはそのような施設がなかったことから遠方からも来店があり、常連客はしだいに増えていった。その後、レストランとサウナ風呂とを融合させて「健康ランド」にする一つの基礎となったのである。

実は、サウナ風呂の開業に際し、二つの特許を取得した。

一つは、浴槽が掛け流しでないと垢が湯面に浮いて不潔で、これを解消する方法である。掛け流しのお湯が無尽蔵に出る設備ではなかったため、湯面の垢が絶えず外に流れ出て、その垢を含んだお湯を回収して濾過(ろか)する方法はないものかと思案した。

そこで考えたのが、水の表面張力を利用して湯を還元し、その湯を濾過するシステムである。浴槽の笠木（浴槽の縁）に丸みをもたせ、溢れ出た湯は浴槽の外の壁を伝わって流れ落ち、見た目には掛け流しの湯のように見える仕掛けであった。この装置は「薬湯」に特に有効であった。何となれば、湯を注ぎ足す方式では、それだけ薬効の成分が薄くなってしまうからである。

もう一つは、下足箱に履物を入れると重みが受付に送信され、入浴料などを精算しないと下駄箱が開かないシステムである。つまらないことではあるが、当時は真剣そのものであったことが、何やら可笑(おか)しい。

人生ドラマの舞台、「千葉健康ランド」のデビュー

そのような経験をもとに、健康をテーマに千成レストランと浜野サウナを融合させ、プールなども設(しつら)えた娯楽施設「千葉健康ランド」は一九八六年に千葉市中央区村田町にオープンした。千成レストランがあった土地の、十六号線を挟んで向かいの土地である。

千成レストランは立退きのために廃業、閉店に到ったが、残った土地はその後も運送業者の荷の載せ替え等で頻繁に利用された。それほど、判り易く目立つ場所であった。それ故、廃業の三年後に同じ場所に千葉健康ランドを開業させたのである。

それは譬(たと)えようのない衝撃的デビューであった。開店当初の数日間は、交通整理に警察が出動す

るほどの顧客の殺到ぶりであった。似た業態の企業・業者が日本各地から見学に訪れ、数年後には同様の施設が到るところに出現したのである。この施設を簡略化した「スーパー銭湯」が出現する端緒ともなったのである。昨今は、海外に進出する人たちまでいる状況である。

千葉健康ランドは、開業後のあまりの混雑に翌年には倍の広さに建物拡張工事をし、再開業したのである。そして最終的には従業員三百名、入浴設備全般と室内滑り台付きプール、百室を抱えるホテル、小画廊、医師が対応する健康相談窓口、友人と共同開発した健康食品「カニ黄帝」の製造販売、各種のイベントが開催できるお祭り広場、会員の旅行案内の設備等を備えた巨大娯楽施設となったのである。だが、その他のデータは、思い出したくないくらいに悔しい思いが蘇る。

今思えば、嵐のように激しく時間が過ぎ去った感覚である。私の八十年の人生のエネルギーを凝縮した時代であったと言えよう。

当時は、私の夢の一つである美術館を開館すべく、利益の相当部分を絵画の蒐集に振り向けていた。塚本達夫先生との縁を何らかの形で後世に残そうという小さな夢であった。蒐集した絵画は高額であったが、何ら隠す必要もなく、正確に帳簿に記載していた。

カンディンスキー、マリー・ローランサンは妻の好みで集めた。ジャンルは違うが、私の気に入りのヒロ・ヤマガタは、原画を十枚ほど所蔵していた。一枚五千万円以上の高価な原画もあった。滋賀県で生まれたヒロ・ヤマガタはパリで学び、サンフランシスコやロサンゼルスで大成功した画家で、カラフルで明るいその画風は、日本でも一世を風靡したものだ。因みに、暫くして当時の皇太子（今上上皇）御夫妻が展覧会にお見えになり、一時は大ブームとなった。

美術館を建てる計画といっても、当初から明確な目標があったわけではない。画商の友人がいたことから、自然に絵画に興味を持ったことが大きい。その友人に薦められて、気に入った絵画を購入していったしだいである。したがって、購入した絵画に統一性はなかった。

結果的に、日本の洋画家の作品が多かった。安井曾太郎、高橋由一、梅原龍三郎、藤田嗣治、黒田清輝、なかでも岸田劉生の『麗子』は特に気に入っていた作品である。

ピカソの『青の時代』の絵画も所蔵していた。日本画の平山郁夫、上村松篁、はては浮世絵まで所蔵していた。ノーマン・ロックウェルの版画集は、店内のディスプレイとして活用した。

私が一番心休まる絵画は、スペインのトレンツ・リャドの風景画である。社長室に掲げて、これを眺めているのが一番のリラックスするひとときであった。


しかし、あまりにも盛況ぶりが派手であったことが逆に作用し、国税局に目を付けられたのであろう。開業して三年目のある日、突然査察に入られたのである。

起業して約二十年、税務署に何らの指摘、もしくは指導されることは、唯の一度もなかった。逆に、納税義務を忠実に果たしているとの自負が少なからずあったので、一九八八年の脱税の嫌疑には怒り心頭であった。疑いの根には「朝鮮人は脱税する」との偏見があると感じた。私は、東京国税局長官のK氏に猛烈に抗議し、彼らに非を認めさせた。その結果、統括官O氏他二名が私の会社に謝罪に来たことを以って、やむを得ず決着としたのである。

当時の私の会社には体力があり、それくらいのボディー・ブローは蚊に刺された程度にしか感じなかった。しかしそれは強がりであり、事実ダメージは表れ尾を引いた。後年に到り、「この事件さえなかりせば」の思いのする災難であった。

また、この査察には後日譚がある。

不当な査察の影響で経営は徐々に圧迫され、加えて土地購入をめぐる悪徳銀行群との戦いが始まり、先行きが不透明になってきたころである。私は、最悪の事態に備えて、手許に現金を蓄えることを最優先課題にした。そこで、人材を派遣する「株式会社零壱」なる会社を設立することにした。目的は節税である。

代表取締役社長には、同じ年齢で長い付きあいのある株式会社WファミリーのH田が就任した。同社は、歌手等を仲介する芸能プロダクションであった。その世界に馴染み切った男で、節税を目的としている事情を話したところ、二つ返事で快諾してくれた。報酬の条件を話すと、普段よりいっそう猫なで声、お世辞に磨きがかかって薄気味悪いほど上機嫌であった。因みに、その猫なで声と金銭を前借りするなど、我が社の女子社員にはまるで評判の悪かった男である。

二年ほど過ぎたある日、私の部屋に血相を変えたH田社長が飛び込んできたのである。彼が言うには、東京国税局からはがきで呼び出しが掛かったとのことである。滞納した税金に関わる件であった。放置すると自分の会社がガタガタになると、大変な剣幕であった。普段の聞き馴れた猫なで声はどこかに吹き飛んでいた。

出会った最初のころ、「中学の教師をしていたとき、ある事件で頭にきて野球のバットで校長を殴り免職になった」と、半分自慢げに話をしていた。私は教師をしていたということ自体作り話くらいにしか思っていなかったので、H田社長の動転ぶりにまったく驚きはなかった。

来るものが来たまでのことにすぎず、彼には特段のコメントはせず、「判った、判った、国税局に行って実の社長は俺だと説明するから」とだけ答えた。

数日後、久しぶりに東京国税局に出向き、ガードマンに私の会社名を名乗り、「株式会社零壱の件です」と用向きを告げた。ガードマンは私を二階の別室に案内し、同じ訪問趣旨を尋ねてきた。当然、私も同じ答えをした。バカバカしい展開である。当該の役人は、来訪者が危険物を持っていないかをモニターで確認しているのである。やがて担当職員が二名来て、来意を告げると上司のところに連れて行かれた。

課長をはじめ五人ほどが私を取り囲んで座した。私が株式会社零壱の実際の代表取締役社長であることを告げ、話は長くなるからと前置きした。

私の会社が不当な査察を受けたこと。私の抗議に対し貴局は謝罪したこと。しかし、査察の傷は信用を重大に棄損し、隘路に追い込まれたこと等を話した。

それが関連会社の零壱にまで悪影響を及ぼし今日に到るぶざまを惹起(じゃっき)したと、筋道を立てて主張した。彼らは聞く一方で、とり立てて反問の類はなかった。

当方の要求は、「今後努力して立ち直るまで、一切の督促はしないでくれ」、であった。しかし、私の主張に疑義があればいつでも出向いて来ることを約した。

暫時、双方に沈黙があった後、私は失礼する旨を告げ退席したのである。

二週間ほど過ぎたころ、一通の封書が東京国税局から送られてきた。株式会社零壱が滞納した一億六千万円余の税金を免責する旨の内容であった。

私の主張したことが事実であったことを確認したうえで、彼らなりの誠意のつもりだったのであろう。査察の深手に比べれば遠く及ばない額であったが、彼らにとっては事の深刻さを認識した回答のつもりだったのであろう。このことを弊社担当の千葉市都賀のS会計事務所の所長に報告したところ、半分呆れていた。ともあれ、私が力を込めて叫びたいのは、偏見による査察が如何に苛烈なダメージを与えるかである。

この出来事があったころ、既に銀行群との戦いが始まっていたことは既に述べた。発端は一九八九年、健康ランドに隣接する土地の購入をめぐって日債銀（日本債権信用銀行）の騙しに遭ったことである。

事業というのは、順調であっても、一旦資金のフローが止まれば容易に破綻する。結果から言えば二〇〇五年七月の破産宣告と執行、二〇〇五年八月の意趣返しの閉店・廃業となったのである。施設は、二〇一一年には解体された。節税その他行なった抵抗の効果もなく、形振り構わぬ偽装債権者どもの軍門に下ったのである。その過程で、偽装債権者どもは不当な査察があったことを知らなかったとしても、管財人＝裁判所、そして検察の行った度を超えた圧迫には、心の底から憤りがこみ上げてくるのである。

一度は国家権力を許してやったのであるが、その国家権力が後年再び牙を剝いてきて、私の人生の汚点となる詐欺破産の疑いをかけられるぶざまを呈したのである。何が詐欺に当たるのか、私にも判らぬままにこの詐欺の疑いも、長い闘いの末に無罪となりはした。

その詐欺破産の嫌疑をかけられるに到る経緯は、こうであった。

銀行群との闘いについては後の章で詳述するが、件の日債銀はその後破綻して姿を消し、私の会社が借入れをしていた日本信託銀行も三菱銀行に吸収されていた。私の会社に対する債権は三菱銀行へ、さらに不思議なことに、不良債権として、整理回収機構へ渡っていたのである。

整理回収機構は、屋台骨がグラついた金融機能の再生と健全化を支援するために、銀行の不良債権を買い受ける会社である。そうして、買い取った債権を振りかざし、ヤミ金が債務者を追い詰めるが如く、債務者に有無を言わせず片っ端からブルドーザーで押し潰し、地ならしをする国策機関である。

その整理回収機構と対峙すべく、私も生存権とプライドを賭けて対抗手段を打っていた。

前に述べた、健康ランドの土地の一部の所有者を異にしておくという方法である。繰り返して書くことになるのは、このことが私の唯一の大きな救いとなったからである。

この健康ランドの五千坪の土地には、かつては農業用水路が二本流れていて、登記上は三筆に分断されていた。私は、将来に備えて一筆の土地にすべく、手を尽してその水路の払下げを受けた。その水路部分の土地は、関連会社が取得していた。したがって、土地だけを第三者が取得しても、水路の所有権が別にあるために一体としては使い物にならない土地でもあったのである。

当時、健康ランドの営業は隆々として利益を上げていた。しかし、融資話で騙し打ちされ、また土地の抵当権の順位をあざむいて不動産を詐取されるなど、散々な仕打ちに遭っていた。私は、官権を後だてにした銀行群とはまともに付きあえないと判断し、友人の別会社に健康ランドの運営権を譲渡した。

対抗上、一切の返済をストップし、万が一の競売に供え、資金の蓄積に専念することにしたのである。しかも健康ランドの土地は、仮に競売によって第三者が落札しても私の協力（許可）がなければ使い物にならないように仕掛けてある。

人に運命があるように、土地にも天祐とも言うべき背景があると考える。因みに、当該の土地は、過去に私が立退きにあったときの莫大な補償金で得た好運の土地であり、その後そこはインターチェンジの入り口の角地になったのである。

健康ランドを倒産させた盗人どもは二進も三進もできず、いたずらに数年が過ぎていった。しかし、時間の空費は、当方にもじわじわと圧迫してくる力となってはね返ってきた。

千葉健康ランドの設備関係は経年のために営繕修理の必要と各所の部品の交換の時期にきていた。新しく設備投資することは、事の次第では無駄になる可能性を含んでおり、悩ましい決断を迫られていた。

そこで、健康ランドの運営会社がかつての用水路部分の土地に滌除（てきじょ）なる法律を執行し、所有権の宙づり状態の解消を促したのである。

滌除は、抵当不動産の買受人が相当と考える不動産の評価額分の支払いを抵当権者に申し出て、その承諾を得て抵当権を消滅させることができる制度である。しかも、滌除は結論を一か月以内に出さねばならぬ強制力を持っていた。

買受人から提示される金額を抵当権者は了承する必要はないが、了承しない場合は抵当権者は申し出をうけてから一か月以内に申出人に対して地価競売の請求をし、さらに一週間以内に増価競売の申立てをしなければならない。これをしないと申し出金額を承諾したことになり、申し出金額の支払いで抵当権は消滅する。また、申し出を拒否して増価競売した結果、申し出金額より一割以上高い金額で競落する者がいない場合は、抵当権者自らが申し出金額より一割高い金額でその不動産を買い受けなければならない。

しかし、増価競売を申し立てたり、不動産の買取り義務等が課されたりすることは抵当権者に大きな負担となるので、滌除は抵当権を妨害する手段として利用することもできた。ついては、二〇〇四年四月から滌除制度を改めて抵当権消滅請求制度ができている。

この法律が施行されたのは、抵当権が設定されている不動産を買った買受人が、買った後に抵当権を実行されて所有権を失う可能性があったからである。そういう買受人のリスクを回避できるようにするのがこの法律の趣旨であった。抵当権の金額が不動産の価格を上回れば、そんな土地を買う人はいない。そのような不動産等を市場に流通させるには、抵当不動産の買受人に抵当権を消滅させる権利を与える制度が必要であったのである。もともと不動産の価値に見合う返済を受ければ、抵当権者の保護としては充分とも言える。このような趣旨から、抵当不動産の買受人に認められていたのが滌除である。

健康ランドの何もかもが競売に

私が代表取締役を務めていた法人が所有する千葉健康ランドの土地の趨勢は、日本人が土地バブルに狂奔した時代の縮図のような姿であった。多くの者が蹴躓(けつまず)いて、沸き立つ熱湯の釜をひっくり返し、火傷を負った時代である。中枢神経を無闇矢鱈(むやみやたら)に揺さぶられ、モラルがすっ飛んでいた時代でもあった。

この土地が競売にかけられることになった。

滌除の制度を利用して抵抗したものの、押し切られてしまったのである。競売をかけてきたのは、前述の株式会社整理回収機構である。

しかし、彼らが仕掛けた健康ランドの土地・建物の競売は、何度も失敗を繰り返した。前述の、私がこの土地に仕掛けた対抗手段が奏功したからである。彼ら盗っ人どもは、袋小路に追い込まれ、為す術がなかったのである。

そうは言え、故買と知りながら素知らぬふりで債権の譲渡を受けたこの債権者どもは、とうとう奥の手を出してきた。破産宣告を私の会社に打ってきたのである。

そこで、私に代わって友人が社長を務める健康ランドの運営会社が、管財人に家賃を払うから営業を続けたい旨申し入れたが、なしのつぶてであった。私は意を決し、友人に指示して閉店させることにした。前述した、二〇〇五年の閉店・廃業となったのである。

だが私はなお抵抗した。

破産宣告は不届き千万、最悪の事態であったが、私は腹を括り、何としても闘おうとした。これ以上の蹂躙（じゅうりん）には耐えがたく、何とか対抗し、再起するため資金力を強化するよう、尽力していたのである。

その一つが知人の名義での貴金属の先物投資であった。私は、五千万円の証拠金を預けて運営していた。私なりの鉄則があり、それを守れば百パーセント近く稼いできた実績があった。しかし、運悪くその証拠金を奴らに嗅ぎつけられ、隠匿（いんとく）不法な行為であると断罪され、詐欺破産の根拠にしたようである。

「ようである」と曖昧であるが、逮捕されても最終的には起訴されなかったので、事実関係を争うことはなく、何が本筋か今も判らぬのが実情なのである。私は如何なる法的根拠で一度ならず、二度までも立て続けに逮捕され、釈放されても宙ぶらりんのまま全国を彷徨せねばならなかったのか。その理由、彼ら司法は罪科と言うであろうが、仮に彼らの言う罪科があるとすれば、その具体的な罪名、私の行為のどこが法律違反であったのか、司法は私に明示しなかった。故に、今以って私には判らないのである。

「詐欺破産」なる罪名は、何を以って詐欺と断定したのかも判らぬ。

先物投資の証拠金として名義を借りた知人に預けた五千万円も、私が健全に会社から正式に借り受けたものであった。そのことは帳簿にも明確に記載されていたのである。

しかも、取調べは清原刑事に十五回以上、あの川平検事にも五回の取調べを受けている。にも拘わらず、清原刑事はワナワナ泣き崩れて情動迷走し、あの珍奇な検事川平に到っては、私の逆襲に黙秘権まで使い、最後の最後まで明確に罪科を示すことはなかった。

仮に五千万円の件で罪状が出れば、私は明快に、しかも丁寧に説明したかったのであるが、それすらもできなかったのである。これで私に理解しろと言っても無理な話である。滌除の手段が良かったのかどうかも、然りである。判らないのである。この制度のことを知らなかったら敢行しなかったかもしれない。

判らないだらけであるが、世の仕組み、情勢が、人智では如何ともしがたい山体崩壊のようなものであることだけは知った。

だがそれはさておき、ここで特記したいことは、健康ランドの廃業時、当時の顧客の手許には、一億数千万円の入泉券（プリペイド）が残っていたことである。

なぜそれほどの大金の入泉券が残っていたかというと、さまざまな工夫をして営業していたからである。顧客の囲い込みのために時々実施していたバーゲンでは、十枚綴り入泉券を十冊まとめ買いをしていただくと、プレミアムに自転車を一台付けていた。

ビンゴゲームを活用したキャンペーンも行った。ビンゴゲームは、軽自動車一台を景品に出すほど加熱したのである。これらはすべて、暫くすると後発の全国の類似店に伝播していた。

ところで入泉券の顚末であるが、すべての入泉券は閉店後二か月間、閉じた店頭に人を配置して返金した。その額は一億数千万円。当たり前と言えばそのとおりであるが、倒産、夜逃げじゃあるまいし、まだ充分にお金に余力があったからこそできたことである。それにも拘わらず、倒産とされたのである。

私は誰一人として傷つけなかった。立つ鳥跡を濁さず、である。

第四章

私を犯罪人に仕立て上げた連中の生態

第四章から

取調べ中の清原刑事は突然、「オマエは日本人を恨んでいるだろう」との箆棒（べらぼう）な勘違い、とんちんかんな決めつけの言葉を発した。私は、これに色をなして反論したのである。その一つがやはり大恩人の塚本達夫先生の話であり、他にも私がお世話になった人たちのことを実名を挙げて話した。

そのうえで、二つの悔しさが限界点に達している私の心境も述べた。

私の最大の無念・怒りの一つ目は、お世話になった多くの方々の温情を生かし切れなかった我が身の不甲斐なさへの怒りである。在日であるが故に強い恩返しの念が空回りしたこと、そんな自身の馬鹿さ加減に、私は腹立たしい思いであったのである。二つ目は、私をそのように仕向けた銀行群、これに加担する権力に対する強い憤りであった。

さらに父が戦前に特高、つまりは特別高等警察から受けた拷問、私自身の子どものころに受けたイジメの体験なども清原刑事に話した。

詐欺破産容疑で拘留されていた私は二〇〇七年七月に準抗告申立てにより釈放となり、二〇〇九年一二月に不起訴となった。

私の担当であった、川平省二検事は、不祥事の責任を問われて左遷され、後任として是枝（仮名）検事が担当となった。川平の後任検事がすぐ決まったのは、事の重大さを示しているが、是枝検事とは会うこともなく、彼の下で不起訴処分となったのである。

その是枝検事から、私の代理人を通じて、「事件を終わらせたい、それには手続きが必要である。一度でよいから、出向いてほしい」との依頼がきたが、私は、断固として断わった。彼の巣窟に生きる連中をまったく信用していなかったからである。ただし、「私の指定する場所に出向いてくるのであれば、会ってもよい」と答えていた。

それきり、何の動きもなかった。私の方は宙ブラリンの状態に置かれていることに安閑（あんかん）としてはおれず、身を隠すのに懸命であった。

拳銃と女狐検事の甘い罠

それはまだ、釈放されて部下たちと別れあてのない旅を続けていたころのことである。監視されることはないが、再び逮捕されるかもしれないという恐怖に捕われ、身を隠していた時代、とんでもない出来事が起こったのである。

私はとにかく落ち着ける居場所がほしかった。そこで韓国で事業を興した在日の友人に相談したところ、彼の知人が賃借している京都市下京区のマンションを居抜きで借りることができた。ベッド他も揃っていて、当分の生活は一応凌げる部屋が確保できたのである。二〇〇九年の秋のことであった。

心身ともに深い傷の疼きに耐えながら、さらに数年の月日が流れた。そしてあの川平検事とのやりとりから十年、今度はなんと、拳銃の不法所持で京都の下京警察署の厄介になったのである。二〇一七年のことであった。

この思わぬ事態の発端は部屋の押入れにあった工具箱の中から、錆ついて壊れた拳銃らしき物が見つかったことである。本物ともモデルガンとも判別できぬ物であった。早速、在日の友人にその旨を伝えると、友人の知人は、「海外にいるので帰国しだい引き取りに行く」とのことであった。

ところが、その知人が引き取りにこないまま時は過ぎ、やがてこの部屋の賃貸契約の期限が切れたのである。部屋を整理処分する段階になったものの、その「らしき物」を無闇に捨てるわけにもゆかず、二〇一一年に東山区の新しい引っ越し先に私自身で持ち出すハメとなった。

さらに二〇一七年一月には、仮の住まいを撤去して中京区に三度目の引っ越しをすることになり、あらためてこの「らしき物」の処置に頭を悩ませることになった。この悩みを解消する手段として、この際、警察に届ける決心をした。

だが厄介物を届けるべく、なんとか京都下京署の玄関口まで来たものの、過去の警察・検察との経験が思い起こされてしまった。逡巡した私は、ついに届け出るに到らなかったのである。釈明しても、彼らは聞く耳を持たないと判断したのである。

持ち出した物をまた持ち帰るよりなかった。ところが不注意にも、この「らしき物」を、その帰途に買い物をした百貨店に置き忘れてしまった。

店側はこれを警察に届け、持ち主が私と判り、呼び出されるハメとなった。自分で届けるよりも不利な形で、またしても彼らと対峙することになったのである。自らの不運にほとほと愛想が尽きた。

とはいえ何ら気後れすることはなかった。らしき物が仮に本物であっても、弾倉が欠損して完全に壊れた、しかも錆ついたスクラップに近い状態で、何ら問題はないと確信していた。何よりも、そういう物を我が手にせざるを得ない状況に追い込んだのは、他でもなく巣窟の奴らである。

しかし、やはりと言おうか、私は銃刀法違反容疑で送検され、京都地検の検事と対峙することとなったのである。このたびの検事は女性であった。天田景子（仮名）という膨よかな女丈夫と見てとれた。

驚いたことに、会った途端に例の千葉地検の川平検事と私との関わりについての話が持ち出され、「検察庁内では有名な事件であり、全庁で問題になった」とのことであった。川平の名は全国に知れ渡ったに違いなく、私とのあの劇は、閉じられた特殊社会において一種の教材に昇華したようである。

私の「彼は今、どうしているのか？」との質問には、「他で働いている」との返事であった。あのサメ検は深手を負いながらも、恥を忍んで同じ職場に勤めているようである。あの体たらくでは、転職など無理であろう。

ともかく、これまでの経験が経験だけに、私も新たな事件を快く思うわけもなく、不必要な言葉は一切発することなく、淡々と取調べは進んだ。淡々と進んだが、やはり調書の署名は断わった。この天田検事に関しては、ただ事務的に追従（ついしょう）したのであり、署名を拒んだ背景に一切の感情はなかった。

ところがまた驚いたことに、検事と接見した私の代理人の北村哲男弁護士によると、その検事曰く、「あの人は私を嫌っていたようだ」と告げたとのことであった。こうも言っていたそうである。曰く、「この案件は大した事件ではない」。

私の代理人は、起訴は免れ、釈放は近々であると観測していた。検事の口ぶりと報告を聞いて、私も代理人の憶測が当たることを期待した。しかし彼らの本質も知っている。「決して油断してはならない」と自分に言い聞かせた。

北村弁護士は、女検事の「あの人は私を嫌っているようだ云々」の発言が引っかかり、次の取調べでは調書に署名するよう私に忠告した。そして、シャバに出たときは、体調回復のために病院に入院手続きをするようにとのことであった。

第二回の天田検事の取調べに、私は向き合った。「私が検事さんを嫌っていた云々」は、まったくの誤解である旨を告げ、その証として本日は調書に署名することを、前もって宣言した。代理人からの助言を説明した私に、検事は「代理人の北村先生はいい先生ですね」とまで言ってのけた。

私は検事の甘い態度を受けて、代理人の「起訴にはならない」との判断を信じ、調書に署名したのである。しかし、「大した事件ではない」との言葉とは裏腹に、私は起訴に持って行かれてしまった。老練な代理人も騙され、怒り心頭に発し、「人間は信用できない!!」を繰り返し繰り返し憤慨していた。

私の代理人の北村先生は、私が逮捕された翌日には東京から京都まで接見に来てくださった、神様のような人物である。経歴も半端でなく、衆・参の国会議員も務められ、巡り逢った日本人のなかでも特別に秀逸な人物である。そのような人物にも容赦なく、言葉の色香で判断を狂わせるのが権力の恐ろしいところである。

世に「煙草の受動喫煙」なる問題がある。喫煙者が無意識に吐き出す煙で、周囲の人に害が及ぶものである。天田検事の名誉のために述べるが、彼女はあえて煙草の煙を代理人の顔に吹きかけたわけではない。当方が気づかないうちに、その煙を吸ってしまったのである。

女検事が日常的に繰り出す言葉が色香を帯びた煙であり、そのように言葉を繰るのが彼女の生業である。「大した事件ではない」、「罪は軽い」と曖昧な煙に巻きつつ、勾留延長はする、シッカリ、チャッカリ起訴までするのである。何のことはない。代理人は、女狐の使い古したトラップに引っかけられたのである。神様のような代理人の怒りは、それだけに尋常ではなかった。

私は、不当・不法な極限の場面をたびたび経験してきたから、このたびの検事の遣り口は、「またか」くらいの感想であった。薫りの良い言葉で罠に嵌めるのは彼女、彼らの神聖な職務であり、良心に何らの呵責もない。巧言令色は日常的ツールであり、違和感ゼロである。

このことを以って日本人観を語るつもりは、爪の垢ほどもない。我が代理人は真逆の私が神様と崇める対象である。私の周りは、神様から閻魔(えんま)まで様々である。

権力に盲目的で従順な日本人

私の代理人は、日本人が誇れる典型的人物である。因みに、最初の接見のとき、先生は、「僕たちは友だちだからね」と励ましてくださった。

私は過去に、同じように優れた人間力を有した幾人もの日本人と接遇する機会を得たが、そのようなありがたい存在の絶対数は限られている。

このたびも、豚箱にブチ込まれた私は、否が応でも見苦しい場面に出喰わした。よくよく判ったことは、たいていの人は自分が属する組織には絶対的に忠実であり、どんな理不尽なことも逡巡(しゅんじゅん)なく行うということ。しかし組織を離れると、あるいは孤立すると、実に気の弱い人間になる。

拘束されて豚箱に入っている人たちも、警察の指示には従順すぎるほど従順だった。権力には盲目的に従う姿勢である。これは、ある種の不思議な現象に感じられた。この変わり身の早さは、在日二世の私にとっては理解しがたいことであった。

しかし、よく考えてみると、こうした現象は日本の歴史上で、しかも全国民的に見られたことを、私は思い出した。太平洋戦争後の日本人は、米英に従順すぎるほど靡(なび)き、旧日本軍は強烈な親米に転じた。

この驚きの変わり身の早さを有する日本人の精神構造は、戦後七十余年を経ても変わることなく受け継がれ、なかんずく司法関係の組織ではそれが強固に根を張っているのではないか。このことを拘束されているなかで痛感した私は、今更ながら驚くことになったのである。

事件は結局、裁判で決着がついた。

公判の検事は、珍しくまっとうな論告をした。検察官にしては、珍種の部類である。

拳銃の入手経路については「未必(みひつ)的」と何回も論告で述べていた。つまり、私の主張を是認したのである。検察からは非人間的扱いを散々受けてきただけに、意外であった。

しかしながら、何もかも不本意な連鎖の結果、私は特に体調、健康面、精神面で傷つけられた。

次に、京都府警の下京警察署、即ち女狐検事に私を送致した愉快な連中について記述することにしよう。

言わずと知れたことであるが、警察は獲物を求めて辺り構わず嗅ぎ回り、見栄えよく犯人に仕立てあげる。つまりは、その獲物に消すことのできない烙印を焼き付けるために、検察に送致する機関である。

繰り返すが途方もなく不法不当な手段で追い詰められた私は、釈放後も各地を転々とせざるを得なかった。そうこうしているうちに拳銃擬(もど)きを手にした件で京都府警の下京警察署に収監され、取調べをうけたのであった。田上(仮名)と名乗る若僧が取調べの担当刑事であった。

この刑事は猜疑心の塊で、私の説明を理解しようとする気は毛頭なく、ただ低劣な問答を際限なく繰り返し仕掛けてきた。ただただ、私の言い間違い、気弱な発言を待つという態度で、いくら条理を尽くして経緯を説明しても聞く耳を持たず、矛盾に満ちた詰問を繰り返してきた。

田上刑事は、私が入居していた下京区のマンションの存在そのものを疑っていた。マンションの地図を示すと、こと細かに周辺の状況を厳しく尋問してきた。それに対して私が階段、間取り、部屋の情況、部屋から見える外部の景色を仔細に示しても、これを否定してかかった。「僅か十年くらい過去のことであり、もっと鮮明に覚えているはずである」というのが此奴(こやつ)の主張である。

何としても私が拳銃擬きを不法に入手したとしたかった田上刑事は、それが入っていた袋に目をつけた。その袋からは、福地温泉の名前が見て取れた。「そこに行ったことがあるだろう」と執拗に追及してきた。私は袋に見覚えはなく、しかも福地温泉なる温泉地の名前も、況や所在地など知る由もないときっぱり言い返した。

それでも、しつこく「思い出せ！」と迫ってきたので、私は言い返してやった。

「逆にあなたに聞きたいが、玉川温泉を知っているか？」

私の反撃に遭った田上刑事は、あっさり、

「知らない」

と白状した。世間知らずにもほどがある。玉川温泉は究極のラジウム温泉であり、その放射線治療効果は温泉としては日本一と評判の温泉である。

「刑事さん、玉川温泉は日本一のラジウム温泉ですよ。末期癌の患者が頼りにする温泉ですよ。あなたにも知らないことがあるように、人それぞれに知識には限界がありますよ」

私はそう反撃した。ヨチヨチ歩きの刑事君は世間知らず、勉強不足、常識不足、勇み足のオンパレードであった。マンションの記憶に関しても彼は、

「私も十年くらい前の学生のころ、そのあたりのマンションに住んでいて、裏の神社もジョギングでよく走っていた。自分のマンションの部屋や周辺は、今でも鮮明に覚えている」

自信ありげに大口を叩いた。

「それではお聞きするが、あなたの部屋の壁の造りは何であったのか、教えてほしい」

私は尋ねた。自信満々の大口刑事、

「コンクリート造りで、ベージュのクロスが貼ってあった」

続けて尋ねた。

「天井の材料は何だったんですか?」

刑事は、

「壁と同じだ」

と言い放った。バカな。天井のクロス貼りなど、小学生でも吐かぬセリフである。

この痴れ者を相手にすることが馬鹿馬鹿しくなり、それ以上は相手にしなかった。後日この遣り取りを天田検事に話したところ、

「あなた方、楽しい会話をしていますね」

と皮肉を言われた。

京都拘置所で働く人たち

さて、こうして私は銃刀法違反の容疑で京都拘置所に収監されたものの、公判では「未必」の行為であると諭告されたのである。

その京都拘置所で意外な日本人の群像を目にすることになった。

拘置所については、私にはある種の先入観があった。某拘置所では罰として高水圧ホースで囚人の肛門に水を注入して、死に到らしめたとの報道に触れたこともあった。死刑執行の仕事に携わった経験のある人物が、テレビ番組のゲストとして語るのを見たこともあった。凄みのある顔つきであった。

そんな印象で収監されたこともあってか、初日の夜九時の消灯時間になって就寝しようとしても、

明かりがまぶしくて寝つけないでいた。ティッシュを折り畳んで目の上に載せて寝ようとすると、看守はそれを見咎め、外すよう命じた。私は納得できず問答となり、そんな規則は恣意的であるとして、その根拠を示すよう求めた。

看守は無視して立ち去ったので、鉄扉を叩いて呼びつけた。戻って来た看守は、「明朝説明する」、とそっけなく立ち去った。その態度に怒り、今度は足で鉄扉を蹴り上げた。看守は再び戻り、明朝六時に説明する旨答えて立ち去った。

その夜は眠れず、朝六時に看守を呼び出して質した。室内にある分厚い遵守事項の説明書を示し、それらしき事項のある箇所を示した。たしかに指摘に該当する記述があり、納得せざるを得なかった。私は冷静な看守の態度に接し、それ以降は反抗的な態度を慎むことになった。さらには、威厳はあるが、規律の範囲内で人間として扱ってくれた班長と呼ばれる人には、情に絆された自分を感じることになった。

そんな拘置所において、思わぬ出来事が発生した。私の保釈申請が、検察の抗告により京都地裁で執行停止されたのである。夜遅く、看守が私の房にまで来て書面を見せて報せたものだった。

翌日、面会に来た元妻にその旨を伝え、私もある種の覚悟ができたから、長期勾留に備えて身辺整理をするよう促した。このことを側で聞いていた看守が上司に報告したのであろう、私は三階にいる上司に呼ばれた。

凛とした方で、大学の教壇に立っても似合いそうな威厳と穏やかな微笑で私を迎えてくださった。そして、部下からの報告で、私に穏当でない発言があったことを質された。

私は他意のないことを告げ、あとは、ここに収監されるまでの理不尽を吐き出した。その上司は静かに聞いた後、いまは大阪高裁での判断が待たれていることを教えてくれたのである。私は、一縷の望みがあることを知り、退室した。

房に戻ってしばらくぼんやりしていると突然、鉄扉が開かれた。身支度をして外に出るよう促されたのである。大阪高裁で保釈が認められたのである。

思わず班長に礼を言って、三階の上司によろしく伝えてほしい旨を述べた。すると、何と上司本人までがその場に来ていたのである。三階の上司、班長、特に若い看守たちの規律ある態度に頭が下がり、従順に従う自分を見ることになったのである。強圧だけが人を変えるのではないことを感じながら。

それら一連のことを関係者に述べたところ、「京都は別格だ」と笑っていた。別格かどうか判らぬが、私は日本人の規律にある種、特別なものを感じたしだいである。司法には恨み骨髄だが、公正を期す意味で「妙」な体験を述べたのである。ついては、時は遡るが、千葉の留置場での体験についても記しておく。

号泣刑事――権力をまとった鉄面皮

清原刑事は号泣し、溢れ出る涙を拭おうともせず、肩をしゃくり上げていた。

ここは千葉県警中央署の取調室である。

窓の鉄格子を背にした被疑者の私は、机を挟んで清原刑事と対座していた。パイプ椅子に括られ腰縄に手錠の私は驚いて、「どうしたんですか?」と刑事の顔を覗き込んだ。髭の濃い大男の清原刑事から、「感動した！」と意表を衝く答えが返ってきた。

前の章で、私の罵詈雑言に川平検事がひと言も反駁できなかったことを述べた。このたびは、取調べの刑事の意外な人物描写である。刑事は姓を清原と名乗ったが、名は判らない。階級は、巡査部長の上の警部補であった。

清原刑事の取調べでは、他に彼の部下が一人いただけであった。

「感動した」と言いながら清原刑事が号泣した背景を説明しよう。

取調べ中の清原刑事は突然、「オマエは日本人を恨んでいるだろう」との篦棒な勘違い、とんちんかんな決めつけの言葉を発した。私は、これに色をなして反論したのである。その一つがやはり大恩人の塚本達夫先生の話であり、他にも私がお世話になった人たちのことを実名を挙げて話した。

そのうえで、二つの悔しさが限界点に達している私の心境も述べた。

私の最大の無念・怒りの一つ目は、お世話になった多くの方々の温情を生かし切れなかった我が身の不甲斐なさへの怒りである。在日であるが故に強い恩返しの念が空回りしたこと、そんな自身の馬鹿さ加減に、私は腹立たしい思いであったのである。

二つ目は、私をそのように仕向けた銀行群、これに加担する権力に対する強い憤りであった。

さらに父が戦前に特高、つまりは特別高等警察から受けた拷問、私自身の子どものころに受けたイジメの体験なども清原刑事に話した。

私の父は、一九三八年（昭和十三年）に岐阜県大垣市でスパイ容疑で特高に捕まり、苛烈な拷問を受けて盲目となった。私自身も小学校のころ上級生による集団イジメに遭い、五年生のときは若い代用教員に白地なイジメを受けた。そんな嫌な思い出も、包み隠さず話した。それでもなお、私が接してきた日本人に対する愛おしい感情——適切な表現が他にあるかもしれぬが、これは私が蒙った組織暴力の非道性に対する感情よりも勝るものと思っているし、この思いはむしろ誇りであると、私は力を込めた。

と、そこまで話したときに清原刑事は突然、「感動した。日本人を恨んでいるとばかり思っていた……。俺も島出身でいじめられたんだ」と、肩をしゃくり上げながら、周りも気にせず号泣したのである。

そこには、組織のなかでは強がっていても、一人になると優しくものごとを考えられる人間の素直な姿があった。

この人は本来、心の優しい、それと同時に弱さも抱える人間なのだと思え、腑に落ちるところもあった。なぜそう思ったのか、理由は他にもあった。

私には、任意出頭で誘き寄せられ、詐欺破産の罪で逮捕されるという出来事があった。結果は、起訴されずに無罪放免であったが、当初、その取調べに当たったのが清原刑事であった。清原刑事は、私と対面して取調べをしているとき、絶えずリズミカルに体を上下に運動させていた。私は、「この人には神経性の持病でもあるのかな」などと訝っていた。

実は、緊張のあまり震えていたことが、数日を経て判った。何と、ピタリと止ったのである。そして、私が眼鏡を外したとき、「案外優しい目をしているな」と、覗き込むようにして呟いた。「私の目がよほど険しく見えたのかな」と可笑しかった。と同時に、刑事たる商売も楽ではなく、命を削る毎日であるようにも思えたのであった。

そのときの取調室で、もう一つ愉快なエピソードに遭った。

取調室では、清原刑事の他に、若い部下の刑事が目を逸らすことなく私を監視するようになっていた。四つの目で尋問を受けている感覚であった。

清原警部補は、なぜか「小用」と言っては頻繁に席を立った。そんなときも、若い刑事は瞬時も私から目を離すことはなかった。彼の若い刑事は、私にプレッシャーを掛ける職務を忠実に履行していたのである。しかし、私が仮に居眠りをしようが、彼には実害はないはずである。それでも焦点をずらすことなく凝視され続けるのは、さすがに気持ちの良いものではない。

その無礼さにカチンときて、あるとき、私は逆に若い刑事を見返し続けてみたのである。すると彼は、「何かあるんですか?」ときたのである。人を至近距離で穴の開くほど凝視し続け、心まで射ぬいて精神的に消耗させる圧迫をかけておきながら、「よく言うよ」である。

凝視の効用は、監視と同時に静かな拷問である。私は何くわぬ顔で、「あんたが役者のような色男だから見とれていたよ」と、返してやった。若僧氏、冷やかされて居心地が悪くなったのか、その後は私に対する凝視圧迫の職務から離れて横を向くようになった。

このような圧迫、誘導尋問、脅迫等で、過去には幾多の死刑判決の冤罪まであったのである。検察、裁判所が目配せして事件化させることは、実に容易であるように感じた。

シャバでは不良やチンピラがガンを飛ばすが、その留置場版がこの時の状況である。若僧たちは、自分たちのホームグラウンドでは攻撃された経験がない。それだけに、彼らなりの組織の伝統・秩序が乱れると、唯のガキとなる。因みに、睨めっこをした若僧の名誉のために附言するが、彼は田村高廣似のイケメンであったことは事実である。蛇足。

司直とのこれまでの暗闘について、経緯を中間整理しておこう。

護送の警察官が、「今日は検事が悪いよ」と口走るほどのチョンボをやらかして爆砕、撃沈したサメ検こと川平検事の言動を、まずはありのままに記した。

その川平検事が担当であった詐欺破産事件は、この検事を撃沈したことでその魔手（ましゅ）から逃れることはできた。しかし、検察は起訴もできずお手上げの状態であり、未練がましく決着としなかった。宙ぶらりんの状態で釈放されて千葉中央署を後にしたが、今度は運悪く拳銃不法保持の疑いをかけられてしまった。ホテルを転々としていた私は、友人の知人の部屋を借りたのだが、そこで錆びて壊れた拳銃擬（もど）きを見つけることになってしまったのである。この顛末は本章で述べた。

次に警察、即ち刑事編として、千葉中央署の清原刑事の人情豊かで珍妙な生態も紹介した。彼は、時には公然と「警察の嘘や脅迫は仕事熱心の証」と言い放つ男であった。しかし、他方では、私を取り調べる際に震えたり、泣いたりする様との落差があまりにも大きく、滑稽でもあった。被疑者の前で如何なる感情の乱れがあったにせよ、号泣するとはセルフコントロール不全症候群でもある。

斯様な情緒不安定な群れが、時には冤罪をデッチ上げ、下手をすると死刑囚まで出すかもしれないと考えると、恐ろしい話である。世の中では、特に権力者が「神ならぬ人間に誤謬（ごびゅう）はあって当然」と開き直り、にんまりしながら「悪魔の証明」なんぞを持ち出して、被疑者に「無かったことを証明しろ」といたぶっている。「無いものは無い」が通らないのである。

逆に社会で「最低限守るべき規範」と暗黙知されていることも、権力者側の恣意で捻じ曲げることができる。忖度が幅を利かせ、暴行、脅迫、搾取、そのようなすべては権能の奇術で覆い隠される。そういう不条理な世の中である。

超合金の鉄面皮の虚妄の跋扈、これらに徹底的に曝されて無残な姿を曝け出したのが私である。無残に到るまでに遭遇した検事たちの生の姿、裏の顔の実際をお見せした。そして、彼の者らにご注進（送致）する役を担った千葉県警中央警察署の道化役の姿も、小さくまとめて披瀝した。

第五章

銀行という名の詐取・強奪・雲隠れの名人

第五章から

私が社員に常々訓示していたことがある。自己の命より先に守るべき大切なもの、そのような対象を持つことができるかどうかが幸せの基準であり、最優先事項である。そのように説いてきたのである。

命懸けで守るべきものが「あるか・ないか」は、大切な印である。その点、元妻は愛とか恋を超越して命を懸ける価値のある存在であった。例えれば、元妻は崇める偶像であり、私一人の宗教であった。その偶像を、管財人は踏み躙ったのである。

私の人生を奈落の底へと導く「落とし穴」に嵌めた張本人は、銀行群である。銀行の看板は背負っているが、詐取・泥棒の集団である。

「始めに言葉ありき」は聖書の一節であるが、「言霊」は、日本人が言葉に抱く精神性の高さと畏敬を示す端的な表現である。

　個々の日本人との交流、即ち言葉の遣り取りにおける誠実さ、そして約束を遵守する態度には、ほとんど非の打ち所がない。私自身、不快な思いをしたことがほとんどない。そのような体験が、「日本人とは信じあって付きあうべし」との考え方を、私の脳に刻み込んだ。それが故に、銀行群なる集団、組織に対しても私は無防備になっていたのである。

　個々の銀行員と接しているときは、到って良好な関係が続いていたことは言うまでもない。では、なぜ齟齬をきたしたのか？　それは個人的人間関係と、組織の一員としての彼らの言動との乖離に尽きる。「個々の人格」と「組織の一員としての人格」との乖離である。

　私と同じような事件に遭って、無傷ですんだのは何人もいないと断言できる。それほどみごととしか表現しようのない変わり身であった。仰天の技であり、この出来事を思い起こすと、今でも胃のあたりに噴煙がもくもくと湧き出す気分である。

　あの変貌は、人間の持って生れた本質なのか、単なる時代のイタズラなのか、今以って五里霧中である。多分死ぬまで消化しきれない化け物である。銀行員たちの集団的変貌、それを思い返すとき浮かぶのが不確かな化け物の姿であり、あの化け物さえ出てこなければ、私の人生は順風満帆だったはずである。

バブルに狂喜乱舞していた日本

マイホームを購入する際、大多数の人はローンを組んで返済計画を立てる。その際自己資金で手付金などの契約金の一部を支払い、家を買う。その後になって、金融機関から「ローンを組む約束をした覚えはない」と宣告されたら、頭がまっ白になること必至である。しかも、当該物件の購入は、金融機関側から持ちかけられたものであるとしたら、憤怒(ふんぬ)は一気に爆発するのは当然ではないか。

金融機関にローン契約の約束を反故(ほご)にされたら、破産もあり得る。それほど重大な背信行為である。そういうあり得るはずのない宣告——憤怒が爆発する「悪魔のセリフ」を、私は浴びせられた。筆舌に尽くしがたい体験をしたのである。

時に一九八九年、平成元年はバブルの終末期に差しかかっていた。

この時代の現実は、「今だから言える」ことは言うまでもない。白日夢の如く日本中がバブルに湧き立ち、乱舞し、狂っていた。それから三十数年後の今、私の人生を狂わせたこの時代の事件を、私自身がこのような立場で上梓するとは、正に「夢にも思わずに」である。

狂った舞台で我を忘れて踊り狂った銀行の一つが、経営破綻前の日債銀(日本債券信用銀行)である。近い将来に何が待ち受けているかなど露も知らず、塚本達夫先生のビルのテナントである日債銀が、「不動産の仲介をしたい」と盛んに勧誘してきたのである。

持ち込まれた物件は健康ランドに隣接していたものの、農地であることから私は魅力を感じずに首を縦に振らなかった。それでも彼らは異常なほど熱心に私に買い取りを持ちかけた。背景には、日債銀は千葉支店を開設して数年しか経ておらず、成績が芳しくなかったという事情があった。しかし、あまりの熱意と、大恩人のテナントであることも考慮して、協力する方向に傾いてしまったのである。

私の会社は資金的に多少の余裕があり、業績も順調であった。今にして思えば私の奢り、慢心もあった。塚本先生に対しては僅かでも恩返しができる、銀行に対しては善意のつもり、私は彼らの恩人との思いがあった。そういう私の浅慮（せんりょ）が、とんでもない禍根となって跳ね返ってくるとは、ほんとうに露も知らずにであった。

持ち込まれた物件が農地であったことから、この土地を買い上げるには地元の農業委員会、及び農業用水利組合の認許を必要とした。これらの諸問題の解決に、一年以上をかけることになった。諸問題の解決に注力することで、ようやくすべてをクリアして契約に到ったのである。

しかし、そうしていた一年で、日本の不動産バブルをめぐる環境は、少しずつ変化していた。もちろん、この間の経過はすべて日債銀に報告、時には同席して確認していたのだが。

売買条件の詰めは最終段階に到り、契約する旨を伝えた。二〇〇〇〇平方メートル（約六〇〇〇坪）の土地の総額は一〇億円にもなった。手付金は自己資金で支払うことを告げた。売り主、日債銀ともに、これを諒承した。しかし結果は、この契約が私の人生の「極楽と地獄との分かれ道」になったのである。

最終の確認をして、私の会社が売買価格の五パーセント、即ち五千万円の契約金を自己資金で支払った。地獄行きの切符を買ったのである。途中下車不可の、地獄への直行便の切符であった。残余の手続きを滞りなくすませ、各役所の許可確認証を携えて、残金の支払いの実行と借入れのために私は日債銀に赴いた。しかし、そこで私を待っていたのは、いつもの日債銀とは些か違う、ただならぬ雰囲気であった。

普段なら複数の行員が丁寧に出迎えてくれるのに、対応に出てきたのは、顔こそ知っていたがこれまで親しく話したことのない行員であった。末端の行員一人と応接間で対座したのである。

この若い行員から、耳を疑う言葉が発せられたのである。

「融資するとは言ったが、全額融資するとは言ってない」

悪魔のセリフである。

ここに到る発端、経緯、完結に到るまでの多大の労力に対する冒瀆的仕打ち、否、犯罪的な発言である。にも拘わらず、行員は何らのためらいも、顔色を変えることもなく、天地が引っくり返るセリフを平然と吐き出したのである。

何かの間違いに違いないと思い、「上司を呼ぶように」との私の要請で、課長が同席した。しかし、課長の答えも若い行員と同じであった。支店長は不在とのことで、その日は回答を得られず、釈然としないまま、私は帰るしかなかったのである。

翌日、再び日債銀に出向き、支店長と談判した。そもそも日債銀から提案された物件であり、私の会社は懇請されて日債銀の仲介手数料獲得に協力したことを、順を追って説明した。ところが支店長は、本社の方針であるとの一点で、突っぱねてきたのである。

彼らの本社の方針とやらは、一般社会の常識を踏み潰す権限があるかの如きものであった。そのような態度、言葉を彼らは平然と繰り返してきた。それは私の半生の中で比較しうるもののない暴力的行為そのものであった。

本社からの強烈な「同調圧力」がかかり、異論を挟むことを許さぬ事情があるにせよ、ものには言いよう、対処の仕方があると考える私が甘いのか?! 同じ箱の中での、個人的友誼の心に満ちた接遇態度からの、時を経ずしての変節は病的、否、非人間的である。

私の正論に対し、日債銀の逃げ口上は、如何に強弁しても筋の通らない話であった。さすがの日債銀も、非道な仕打ちに引け目を感じたのか、救済提案をしてきた。提案とは、日債銀の「子会社」を紹介することであった。「株式会社日栄」なる中小企業専門の金融会社、商工ローン会社を紹介してきたのである。

後に判ったことであるが、日栄の代表者は高利貸の不正が問題になって国会に参考人招致された松田一男であった。「腎臓や目ん玉売って金作れ!」の脅迫で逮捕された男である。

当時、日栄の高金利はまだ社会問題になっておらず、日債銀の「子会社」と言われて藁にもすがる気持ちで話を聞いたのである。条件は十パーセントを超える高利であった。

手付金の五千万円を諦めて、再スタートすればよかったのだが、私の会社の規模では軽い気持ちで決断できる事案ではなかった。高利ではあったが一時的に契約を結び、その後に他の銀行に借り換える計画を立てた。私の会社の業績は順調であり、急場を凌いで他行の融資に切り替える作戦であった。

しかし、この作戦を許すような世情ではなかった。年に一億円を超す金利に加え、次から次と、行く手を阻む障害物が私の前に立ち塞がってきたのである。絵画のコレクションを売却するにも、バブル崩壊で価値は急落し売却もままならなかった。

日債銀の暴虐から会社を守るべく臥薪嘗胆、耐えに耐えていた。私は倒れまいと、全身全霊を傾けて踏ん張り続けたのである。それでも、巨大な悪の力に抗う術はなく、どす黒い波に押し流されたのである。

では、なぜ日債銀は豹変したのか。

一九九〇年三月、大蔵省の土田正顕銀行局長から通達された、いわゆる「総量規制」をはじめとする土地所有の抑制を目的とする諸々の規制が、次々と日本全土に発せられた。

日本を震撼させたこの規制に狼狽した銀行は、高高度爆撃を喰らったかの如く、思考回路は破壊されていった。結果、何の呵責もなく、道義や良心を放棄するが如く銀行が振る舞ったのである。加えて、踊り狂っていた銀行に冷水を浴びせる追い討ちをかけたのが、平成の鬼平こと、日銀総裁三重野康のバブル潰しであった。バブル収束にむけて、この二つの政策が重なって施行された時代である。

前述したように、一九八九年に日債銀から私に持ち込まれた土地の買上げには、複数の認可を必要とし、手続きに一年以上がかかった。その間に発せられた総量規制に、僅か一か月の遅れで、日債銀が予定した私への融資は引っ掛かったのである。

この政治・社会の動向を受けて、一片の恥も外聞もなげに異口同音にただ同じセリフ、同じ説明を吐き続ける一流社員風の群れ。

それまでの日債銀の行員諸氏の私に対する立居振る舞いは、私の目には大いに好ましく映っていた。彼らから滲み出る人格は謙虚と知性とを備え、日本人のなかでもエリートの人たちであった。学生の人気就職先企業で二番目にランクされたことのある企業でもあった。

好感を持って接し、尊重して接していたにも拘わらず、融資が条件の不動産の仲介であったのに、なぜにあの人間離れしたセリフが吐けるのか?!

そのような銀行を前にして、私は眼前の山塊が崩壊するかの如き感覚に襲われていたのである。今もその場面を思い出しつつ文字にしていると、頭がクラクラするのを覚える。血が逆流するのを抑えられない。

その異常な体験は、ほんの数日前の出来事に思えてくるのである。名状しがたい憤りと悔恨が、今も体を締めつけるのを覚える日々である。

巨大銀行の不気味なトリック

その後は、日債銀自らも破綻し、姿を消した。

当時は、ある日何の前触れもなく銀行が突然姿を消す、すなわち吸収合併が盛んに行われる混沌の時代であった。

その時代の典型的な吸収合併を得意とした銀行が三菱銀行（名称変更後は三菱ＵＦＪ銀行）であり、私の会社が借り入れをしていた日本信託銀行もまた三菱銀行に吸収される形で姿を消した。したがって私の会社の債権も同銀行に渡っていた。しかも、その三菱銀行は優良債権であるはずのものを、不良債権として整理回収機構に売り渡したのである。その結果、私の会社は預金保険機構と整理回収機構から破産を申し立てられたのである。私の会社は、銀行以外から融資を受けてはいない。したがって、本来の債権者は銀行である。それにも拘わらず、彼ら銀行は債権者として表に出てこなかったのである。

なぜか?! 出てこられない事情があったのだ。

そもそも、私も私の会社も三菱銀行とはそれまで取引きはなかった。融資を受けた事実は後にも先にも、まったくないのである。当該物件に関して私が債務の責を負うべきは、合併前の日本信託銀行であった。

合併するのは銀行の勝手であるが、そもそも日本信託銀行は当該土地の抵当権設定順位の約束を不当に破り、私の財産を強奪したのである。私はもちろん、合併後の三菱銀行に対して、不法行為であると強硬に訴えたことは言うまでもない。だが、文句があるなら顧問弁護士のところへ行け、と突っぱねられ、揚げ句パトカーまで出てくる騒ぎとなった。そして銀行は優良債権であるはずの当該物件を不良債権に擬して、二束三文で整理回収機構に売り飛ばしたのである。

ここで、それぞれの銀行との関係について説明しておく。

当該物件が抵当権を設定したときの第一順位は、そもそも日本信託銀行でなく、日債銀(日本債権信用銀行)であった。上述の、私を地獄に吸い込ませる端緒になった、あの日債銀である。

日債銀に嵌(は)められ、これに対応しようと株式会社日栄から高利で借りたことで経営は苦しくなり、何としてもその借入れを返済、すなわち肩代わりしてもらうべく奔走していた。そうしたときに、知人に新しい銀行を紹介してもらい、やっと肩代わりしてくれる銀行が手配できたのである。中国地方を中心に港湾荷役の事業を展開するT海事工業株式会社に巡り会い、同社のO部長が私の温浴施設に関心を示し、会長であるH氏に引き合わせてくれたのである。H会長も大いに賛同し、資金面でも助力することを約してくれた。

こうして紹介された新しい銀行、三和銀行の取引条件は、物件の抵当権を第一順位にすることであった。それは当然のことでもあり、その旨を日債銀に説明し、抵当権設定の第一順位を明け渡すよう私は要請した。日債銀には負い目があり、債権を肩代わりしてくれるのだから異論のあろうはずはない。少しは良心の呵責もあったのだろう。

同じころに日本信託銀行には、「貴行の抵当権順位第二順位はそのまま維持され、何ら毀損はない」と説明した。日本信託銀行も充分に理解し、納得してくれたのである。

しかし、日債銀が肩代わり銀行に設定順位を明け渡すべく、抵当権を抹消した間隙（かんげき）を衝き、日本信託銀行は約束を反故にして第一順位に繰り上げ、私の財産を奪取したのである。しかも、吸収合併と称して日本信託銀行は姿を消し、三菱銀行が第一順位を獲得するというトリックを成立させたのである。

とはえい私の計画は、最終的にはすべての債務を三和銀行に一本化するというものであった。三菱銀行との合併後の日本信託銀行の借入金も含める前提での計画である。

その手始めに三十億円を借り入れる段取りができた。その実行日に、三十億円の手形まで切って、通帳、印鑑証明、印鑑等を持って三和銀行に出向こうとしていた。これで危機から脱せると私は安堵していたのである。そういうところに、O部長から電話があり、「この件は破談になった」と知らされた。

理由は「三菱銀行から、貴社が十数年前に東京国税局の査察を受けたとの情報が入ったから」とのことであった。融資が実行されれば、三菱銀行関係の借入金も返済されることになっていた。にも拘わらず、誠に不可思議な三菱銀行の行動であった。今でも、その行動の真意が判らない。

いずれにしても、三菱銀行への強い憤りとともに、ほんの一日、いや半日かもしれない時間差に事が反転する、人生が左右される恐ろしさを知ったのである。

三菱銀行に息の根をとめられた私は、その時点で万事休すと覚悟して、妻との離婚、そして銀行群との対決を決意したのである。

その後、三菱銀行がその債権を不良債権として整理回収機構に売り飛ばしたことは既述のとおりである。

しかし整理回収機構の手に渡った千葉健康ランドの債権が他の債務者の物件と決定的に違ったのは、その物件（不動産）が不良債権でなく、優良債権だったことである。

不良債権というのは、債権に瑕疵（かし）がある場合に使う表現である。例えば債権が不動産であった場合、不動産の価格が暴落すると、抵当権設定の順位、すなわち債権の弁済を受ける順番が第二順位以降だと、債券の弁済を受けられないことがある。この場合に第二順位の抵当権者には不良債権となる。それでも、なんとか弁済を受けよう、お金を取り戻そうとすると、競売にかける方法がとられる。一番高い金額で買ってもらえる人や組織を探す仕組みが競売である。

ところが、競売が成立しても、その売却益の行く先は抵当権が第一順位の個人や法人に優先権がある。第二順位以下は、第一位が返済を受けて残りがあった場合に限り、その残りを獲得するに留まる。つまりは、債権の回収額が貸した額に満たないか、またはゼロもあり得る。

例えば、三百万円の担保価値のあるとされた不動産に、A行が三百万円を融資していて第一順位となり、その後の土地バブルで六百万円の価値があるとなって二百万円を融資したB行が第二順位、百万円を融資したC行が第三位順位であったとする。この場合、金額の多寡は順位とは無関係で、融資した順番が順位を決める。これが競売において六百万円で売却できれば、三行ともに元本は確保できる。

しかし、バブルが崩壊して、六百万円の物件は三百万円でしか売れないと、元本が確保できるのはA行だけになる。B行は二百万円、C行は百万円全額が損失という不良債権となる。

逆に優良債権とは、不動産で言えば抵当権設定が第一順位の債権である。競売が成立した場合、最優先で満額獲得できる債権だからである。整理回収機構が入手した私からの債権は、抵当権設定第一順位の、まさに優良債権であった。

それでは、何ゆえに優良債権が、本来の持ち主から不良債権として整理回収機構に移ったのか。そこに、モラル崩壊社会のどす黒い背景があったのである。三菱銀行自身に後ろめたさがあり、己の手を汚したくなかったのである。

整理回収機構と預金保険機構

一九九〇年代初頭のバブルの崩壊で混乱した金融システムの建て直しに直面した政府は、大鉈(おおなた)を振るった。その施策は、苛烈を極めた。その一方で、日債銀、三菱銀行等は、詐取、強奪した盗品の犯罪性を払拭するため、盗品を犯罪洗浄濾過装置に通し、正当化した。

その洗浄濾過装置こそ、「預金保険機構」と「株式会社整理回収機構」である。預金保険機構は、政府と日本銀行と民間金融機関全体がほぼ同じ割合で出資しており、預金者などの保護と信用秩序の維持を主な目的としていた。理事長は一九九六年までは日本銀行副総裁が兼務していた。整理回収機構は、その預金保険機構の百パーセント出資の株式会社であり、金融機能の再生と健全化を図るための銀行・債権回収会社である。金融機関の倒産などから預金者を守ることが、本来の役割だった。

しかし国は、国家のかたち、経済・金融のシステムを守ることを優先したのである。好き勝手をしてきた金融機関の被害者を守るのではなく、金融機関そのものを保護する施策をとったのである。

整理回収機構は、本来は住専（住宅金融専門会社）七社の不良債権を回収する「住宅金融債権管理機構（住管機構）」と、「整理回収銀行」が一九九九年四月に合併して誕生したものである。

一方大蔵省（現財務省）が主導して、個人向けの住宅ローンを専門に扱うノンバンクとして、一九七〇年代にスタートした国策会社が住専であった。住宅ローンは、住宅金融公庫（現住宅金融支援機構）と住専に与えられた役割・業務であった。ところがその住専は、役人的体質と巧妙な金融機関の術策によって、巨額の負債を抱え込むことになった。

つまり、住宅ローン市場にお金の匂いを嗅いだ住専の母体の銀行は、住宅ローン市場に相次いで参入してきたのである。金利の安い大手銀行の住宅ローンに対して、銀行から調達した資金を個人に貸し付ける住専は太刀打ちできるわけがなかった。

個人向け住宅ローン市場を銀行に奪われた住専は、やはり母体行の誘導によって、広く地上げや土地転がしにまで資金を貸し出すようになった。これが土地バブルであり、結局は住専の惨状を招くことになったのである。母体である銀行の主導によって、銀行から資金を借り、いわば銀行のダミーとなって危ない融資先にも融資したのである。銀行は、どうなっても安全な仕組みだった。

銀行は、ダーティー・マネーを住専経由で貸し付けて荒稼ぎすると、住専から逃げ去るのも早かった。日本銀行はバブルを抑えるために、銀行の不動産事業者向け貸出枠を絞り、貸出枠を削られた銀行は住専に貸し付けていた資金を一斉に引き上げたのである。こうして銀行が引き上げた資金を肩代りして住専に入り込んだのが、農協マネーを運用する農林系金融機関であった。しかし、そのバブルが崩壊すると、住専はいよいよ不良債権にまみれることになった。

住専に五兆五千億円を超える資金を貸していた農林系金融機関は、その投資資金を回収できないと組合員の農家や農民に被害を与える。そこで国は、農民の救済を名目に税金を投入する「住専処理法」を国会で成立させたのである。しかして、農林系は全額、耳をそろえて返してもらった。では、住専処理機構はどうするか。

住専処理法の成立に伴い、住専七社の債権債務の処理を進める住専処理機構は、九六年一〇月に「住管機構」（住宅金融債権管理機構）と改称した。社長に就任したのは、弁護士で破産管財人としても活躍していた中坊公平だった。「住専の損害は国民の税金で賄うことになる。国民にこれ以上負担をかけてはいけない」と考えた中坊は、住専の債権回収に心血を注いだ。住専の大口融資先から貸付金を回収する辣腕ぶりは、こちらも「平成の鬼平」と呼ばれた。一方で、住管機構は、行き詰まった企業の息の根を止めるために設立された国策抹殺マシーンと化していった。

住専が苦境に置かれた根本原因が銀行など金融機関にあるとも考えていた中坊は、金融機関からも貪欲に回収しようとした。しかし、その手法の強引さで蹴躓き、陥れられ、逆に訴えられて失脚することになった。やんちゃ坊主の正義漢の中坊は、弁護士の資格まで失った。嵌められたとも言えようか。

私の会社は、その住管機構に、そして合併後の整理回収機構から、最もあくどい仕打ちを受けた事例の一つである。ここではまとめて整理回収機構と表記する。

三菱銀行は抵当権設定順位第一の超優良物件であるはずの私の会社の土地を、不良債権だと偽装して、整理回収機構に債権譲渡する恥知らずな手を打った。債権譲渡された物件は、私の会社が三菱銀行に強奪された土地である。

私は整理回収機構と対峙せねばならなかった。それらの物件は故買物件である旨を警告するために、東京中野の整理回収機構本社に出向いたのである。

すると驚いたことに、私の対応に出てきたのが、あろうことか盗っ人の片割れ、元日債銀（日本債権信用銀行）千葉支店の支店長であった。唖然、呆然。

そもそもの騙しを打った日債銀は、破綻という忍術のドロンなる術を使い、私の前から姿を消していたのである。その連中が再び眼前に現れたとき、私は闇の深さを心底から思い知らされた。

しかもこの男は、事の発端を知り尽くしているにも拘わらず、羞恥心も罪悪感の欠片も見せず、整理回収機構の社員に成り切って臨んできた。紳士然とした態度であった。しかし私から見れば、一度殺した相手をあらためて締め直そうとする、何とも恐ろしい形相であった。

これがバブル崩壊の縮図である。私と銀行群・泥棒詐欺集団の端的な関係性を示す、何よりの証である。

しかし、私は考えさせられた。

このような人間の豹変の正体を、隠れた鉱脈の淵源に求めた。それは、私の遠い記憶に微かに残っていた。私が小学校に入学したころの一九四五年、敗戦によって日本中が一夜にして豹変するような大きなパラダイムの変転が起こっていることを、周囲の異様な雰囲気や大人たちの会話を通して朧気に体験した、そのことを思い起こしたのである。

その後、「一億総懺悔」とかの流行語の波に乗って、それまでの価値観は全否定された。しかし、何らの具体的総括もなく、人々は新しい色に染まっていった。それは日本特有の漠とした「空気」の為さしめるものであった。それで物事を片づけてしまう器用さが、日本にはあった。

やはり、言葉は軽んじられ、「敗戦は終戦」、「占領は進駐」、「撤退を転進」と誤魔化して表現してきた。それでいて根っこは確かに残しておく巧さはあった。本質的性向はどこかに一時避難させ、時期が到来したらホコリを払って何度でも取り出せるようにと、用意周到である。今にして思えば、人々の心は容易に変わり得ることは学習ずみであったのだ。

さらに豹変のメカニズムの淵源に挑むために、別途手掛りを探すことにした。唐突に映るであろうが、その一つとして「アイヒマンの実験」を拝借することにした。この実験は、閉鎖的な状況における権威者の指示に従う人間の心理状況を検証するものである。発案者スタンリー・ミルグラムの名をとって、「ミルグラム実験」とも言うものである。

ユダヤ人を絶滅させる目的で収容所に輸送する責任者であったアドルフ・アイヒマンは、敗戦後アルゼンチンに逃亡してクレメントの偽名でひっそり暮らしていた。しかし、イスラエルの諜報機関は、クレメントが妻に贈る花束を購入したことで、これを当人と確信したのである。

一九六一年に始まった裁判の過程で描き出されたアイヒマンの人間像は、人格異常者などではなく、真面目に職務に励む平凡で小心な公務員の姿であった。結婚記念日に妻に花束を贈るような普通の市民も、一定の条件下では残虐な行為を平然と犯す人間になり得ることを証明する実例であった。このような現象が、「ミルグラム効果」である。

いずれにしろ、このあり得べからざる一事を以ってして、銀行群、そして取立て役の代理人たちの非常識、モラル崩壊の実態が判るであろう。その他の用心棒役として預金保険機構までが名乗りを上げてきたのである。

私はなお、整理回収機構と預金保険機構に掛けあわざるを得なかったが、私が対峙したいと要請した責任者は、最後まで出てくることはなかった。「正規の手続きを踏んである」の一点張りであった。私も懸命に食い下がったが話の通じる相手ではなかった。

あとに続いたのは前述の、健康ランドとその土地をめぐる戦いである。私と会社は、節税に努め、土地を守るため仕掛けを施し、滌除の法に訴え懸命に対抗した。だが結局土地は競売にかけられ、破産宣告まで打たれ、健康ランドは閉店・廃業となった。


ここに到るにはまず、神話が崩壊したという時代背景があった。「狭い国土の日本においては、地価は絶対に下がらない」との神話である。もう一つは、「他人のお金を他者に貸して利ザヤを稼ぐ銀行が潰れることはあり得ない」との神話である。

それらの神話が悉く単なる幻想であったことが、白日の下に曝された時代であった。急騰した土地は暴落し、そのマネーゲームにお金を貸して参戦していた金融機関は弱体化、あるいは倒産寸前に追い込まれたのである。それがバブル崩壊であった。

そうして国家権力が主導的に乗り出す事態にまで金融システムは混乱した。これを正常に復元する最終仕上げの下手人として、私の前にも登場するのが、法を盾にした司令塔の裁判所と、実行部隊の尖兵と化した管財人どもである。

他人の懐に手を突っ込んで財産を掠め取るのが、銀行、それを盗品と承知のうえで預金保険機構、並びに整理回収機構が我が物として殺処分し遺棄する、裁判所が盲判（めくらばん）を押して破産と宣告すれば、それを押し抱いた管財人は執行官を引き連れて目標物に襲いかかる、仕組みが出来上がっていたのである。

このコンベアーに乗せられると、如何なる正義も無視され、終末まで運ばれる運命である。裁判所は自ら攻撃を命令した手前、管財人の明白な失策、緩怠（かんたい）を是認し、放埒（ほうらつ）を黙認した。

私と私の会社を担当した管財人の山川康治にしても、査察した日から一か月後の法廷で、「差し押えた建物の鍵を一切受け取っていない」など、信じられない言い逃れをする始末であった。山川管財人が所属する「M法律事務所」は、破産処理を専門にする集団であり、地元ではあくどい法律事務所として恐れられていた。噂では、怨みを買っているため、襲撃されることを怖れて、すべての出入口を完全な遠隔操作のドアにして用心しているという。業界では評判である。

女子事務員はトイレにも一人では行かないとの、専ら（もっぱ）の噂である。事務所全体がそれほど危険を感じながら、なおも破産事案に執着するのは、それだけの旨味があるからである。

管財人の査察当日のあの「空笑」を抑え切れないはしゃぎように、彼らの底意（そこい）が余す処なく現れていた。破産に絡む管財人の行為には治外法権が働き、如何なる蛮行も許されるとでも思い上がっての行動か、そのような蛮行を許す裁判所なる権力は、如何なる了見か聞いてみたい。

世が世なら、仇討ち(あだうち)なる手段で対峙したであろうこの蛮行を座視することは、生爪(なまづめ)を剝がされるよりも苦痛である。

そのうえ私は詐欺破産の廉(かど)で逮捕されたのである。

自己より先に守るべきは妻

私たち夫婦が離婚したわけは、憎みあっての果てではなかった。夫婦関係が破綻したからでもなかった。当時、私は多方面から反社会的、暴力的仕打ちを受け、断崖の淵に立っていた。日債銀のモラル崩壊の融資事件は晴天の霹靂(へきれき)であり、私の人間観を一変させていた。日本信託銀行を実行犯に仕立てた三菱銀行の不動産強奪、その用心棒の弁護士S氏と対決したときには、S弁護士がパトカーを呼ぶ騒動を起こすなど、私は心身ともに臨界点を超えていた時代である。

私個人が悪魔の牙に嚙み砕かれるとなれば、私はそれなりに反撃してみせる。しかし、伴侶には一切の苦痛があってはならない。許せないのだ!!

私が社員に常々訓示していたことがある。自己の命より先に守るべき大切なもの、そのような対象を持つことができるかどうかが幸せの基準であり、最優先事項である。そのように説いてきたのである。

命懸けで守るべきものが「あるか・ないか」は、大切な印である。その点、元妻は愛とか恋を超越して命を懸ける価値のある存在であった。例えれば、元妻は崇める偶像であり、私一人の宗教であった。その偶像を、管財人は踏み躙(にじ)ったのである。

宗教を毛嫌いする私が、斯様に元妻を偶像に擬したのは、それほど私にとっては絶対的存在であったからである。愛さずにいられない愛、感謝せずにいられない感謝の対象。その不可浸領域を、権力は蹂躙(じゅうりん)したのである。

宗教を全否定する私が、あえて信仰の対象とまで崇めた元妻に対して、恐怖、苦痛、絶望を加え続けたのである。許せぬ!!

第六章

日本教とその主人公たち

第六章から

　日本には、他国の追随を許さないハード、ソフトが山ほどある。鮮やかな四季、豊富な自然、山海の恵み、皇室をはじめ多彩な歴史と文化、すべて独自性がある。しかも人々は勤勉である。エネルギーや鉱物資源を除いて、他国を羨むものは何もない。

　静かに自信を持ってそれらの資産、ヘリテージ（遺産・伝統・継承物）を育めば充分にこと足りることであり、声高に雄叫びをあげる必要性はない。それらの短慮は、かえって尊敬、憧憬に傷を付けるだけである。外には、ジャパニズムを眩しく見つめている者がたくさんいることを心すべきである。

私には、「日本教によって人生をズタズタにされた憤怒の歴史」と「日本人に賜った恩顧は我が人生の華なりと胸を張れる」相反した経験があることは、既述のとおりである。

私の人生の歯車が狂い出したのは、国税局が不当な査察に入ったことに始まった。国税局（税務署）には、朝鮮人は税金を納めない、脱税をするとの根強い偏見があった。私が高校を一年で中退した原因の一つも、上級生がそのことをあげつらい、侮蔑したことであった。

私の人生航路にとどめを刺したのも、国税局の絡みである。東京国税局は査察が誤りであったことを認めて謝罪し、私もそのことは水に流すべく努力した。しかし、三菱銀行はあたかも弊社に落度があったかの如く事実を歪曲して、過去の査察の件を当時の三和銀行に密告し、実行段階にあった三和銀行の融資を破談にさせた。

これら一連の拭い難い偏見は朝鮮人を見下す観念であり、大日本帝国以来の精神構造（周辺国蔑視観）は、広義の日本教に包含されるとの思いがある。さらに思うところがあり、これに補足をしたい。

私が言う日本教に関しては、ルバング島の元日本兵の生き残り小野田寛郎と太陽族の石原慎太郎がわかり易い存在と考える。その他大勢としては、昔なら懐に短刀を忍ばせたゴロツキ、今はさしずめメディアを操作するゴロツキである。

メディアのゴロツキは日本特有でもなく、ましてや右翼側の専売特許でもない。韓国でも、国の安全と南北間の諸問題を研究する代表的機関までもが、非道の圧政者である金正恩（キムジョンウン）に媚びる時代である。叔父の張成沢（チャンソンテク）を処刑した金正恩の行為を正当化するに止まらず、その元愛人や親族一同までも手当たりしだいに機関砲で消し去ったことを肯定するメディアが登場するありさまである。信じられない。

韓国で特に話題になったことの一つに、北朝鮮随一のイケメン俳優が張成沢の遠戚にあたるとの理由で、この地上から葬られた事件がある。しかし、これもまた当然のこととして、韓国メディアは評価しているのである。

さらに驚くべき見解もある。金正恩がこれまで処刑した人の数は、公になったものだけで百四十人あまりである。ところが韓国には、「この数は、父の金正日（キムジョンイル）が処刑した二千人の僅か七パーセントにすぎない」などと言い放つ御仁がいるのである。

身を鴻毛（こうもう）の軽きに置くが如く、言葉と道徳観念を綿ボコリの如く軽く扱い、時代によって千変万化させて恥じることのない人たちもいる。朝鮮戦争の経験がなく、同胞や親族が戦争によって殺戮しあい、南北に引き裂かれるなどの目に遭っていない南の若者たちには、金王朝の数々の悪行は我が事ではないのかもしれない。しかし、一部メディアの出鱈目な、あるいは偏った報道を真に受けるばかりか、金正恩を英雄視する若者まで数多く存在する現状は憂うべきものである。

極端な戦前回帰を画策する日本の某新聞社に劣らず、金王朝賛美の韓国の某新聞社は、溶鉱炉に屑鉄を放り込むが如く、すべての悪事を原型を留めぬよう溶かし、それを身勝手な正義の鋳型にセッセと嵌め込んでいるのである。

それぞれに信念があってのことだと主張するであろうが、それが社会の動向・将来を左右しかねないと考えるなら、その言動と影響力の発揮には慎重になるべきである。

そのような批判の目を日本に向け、まず二人の日本人を取り上げる。すなわち日本教への憤怒の歴史に関わるものである。

もう一つに、日本人に賜った恩顧がある。仰ぎ見る日本人との心温まる、懐かしく浮かぶ風景、私の人生を彩った日本人との交流は、その次に記述する。

二十九年間ジャングルに潜んだ小野田寛郎少尉と日本教

元陸軍少尉の小野田寛郎は、戦後ほぼ三十年を経た一九七四年三月に、潜伏していたフィリピンのルバング島のジャングルから帰還した、最後の日本兵である。上官の命令、ひいては天皇の意を受けて、戦争が終わっても二十九年もの間、兵士として戦い続けた男である。一九二二年生まれの小野田の行動や価値観、人生観のイメージは、その時代を少しは体験した私くらいの年齢の者でないと湧かないであろう、そういう人物である。

同じように、グアム島のジャングルの地下壕などに二十八年間も隠れ住んだ日本兵もいた。時の経過とともに仲間は減り、やがて一人となって地元の人に発見され、一九七二年に帰還したのが横井庄一軍曹である。一九一五年生まれの横井は、すでに五十七歳になっていた。

この横井と小野田には、決定的な違いがあった。洋服の仕立屋を営んでいた横井は一九四一年に再招集され、一九四四年にグアム島で戦死との公報が家族の許に届いていた。川エビやウナギなどを捕らえて暮らしていた横井は、軍刀などの戦闘用武器はすでに失っていた。「恥ずかしながら生きながらえておりましたけど」の言葉は、「恥ずかしながら帰って参りました」として、その年の流行語となった。

小野田も戦争被害者ではあるが、軍神に成り損なった人でもある。軍神は、今や死語であろうか。戦士の手本となるような優れた武勲を立てて戦死した軍人を、神に譬えた話である。小野田はそれほどの筋金入りの軍人であった。長兄は東京帝大卒の軍医将校、次兄も東京帝大卒の経理将校、弟は陸軍士官学校卒の兵科将校であった。

旧制中学卒業後、上海の貿易会社で働いていた小野田は、二十歳で徴兵検査を受け、予備役将校を養成する甲種幹部候補生に志願する。中国語、英語に堪能だった小野田は、陸軍予備士官学校から陸軍中野学校に進む。特別な諜報員を養成する中野学校で教育を受け、職業軍人の道を進んだ。「私は、隊をなし、刀を抜いて勇ましく振る舞う兵隊ではなかった。身分を偽装して情報を集めることが仕事の、俗にスパイとよばれる仕事をする将校でした」と語っている。

しかも、一般の『戦陣訓』――「生きて虜囚の辱めを受けず」ではなく、「貴様は最後の一人になっても戦え、玉砕してはならぬ、捕虜になっても死ぬな、必ず迎えに行く」という教育を叩き込まれる。同じような世代の若者が死を決意して、特攻隊に志願して死んでゆく時代のことである。

一方で母からは、「捕虜になる恐れがあれば、この短刀で立派な最期を遂げてください」と短刀を渡される。この短刀は帰国後に母親に返している。

一九四四年の大晦日、小野田はフィリピン防衛戦を担当する情報部に所属して、ルバング島に着任する。ルバング島は、首都マニラのマニラ湾から百五十キロメートル西の南シナ海にあって、唯一飛行場のある島であった。最長二十七キロメートル、最大幅十キロメートルで、面積は約百九十平方キロメートル。マニラを母港とする連合国軍の艦船や航空機の状況が一目で判る要衝で、飛行機の発着ができ、いわゆる不沈空母の役割を果たすことのできる戦略的に重要な島であった。小野田は、そのようなルバング島を死守することを命じられたのである。

ところが、小野田が着任して三か月後にはアメリカ軍一個大隊がルバング島に上陸し、艦艇からの艦砲射撃で日本軍は撃破され、小野田は島の山間部に逃げ込むしかなかった。しかも、その五か月後の八月には、終戦を迎えていた。最大の悲劇は、終戦を迎えても上官からの任務解除の命令が届かなかったことにあった。

それから一九七四年三月まで、小野田は小銃弾二千六百発を携えて島内を移動しながら、当初は三人の兵士とともに、最後は一人になって持久戦を続けるのである。

ルバング島に派遣されるにあたって上官から、「お役に立てるのは十年先、十五年先かもしれない。とにかくアメリカがこの戦争をやめると言うまでやり続けないと、この戦争にケリはつかない」と言われていたのだ。米軍基地と地元民は、そういう小野田の戦いの対象であり続けたのである。小野田も、「戦うことが日本民族のためであり、国家のため、ひいては家族のためであるという教育を受けて育った」と回顧している。

この間の小野田は、アメリカの終戦のビラに惑わされることもなく、兄弟が捜索に島に来ても応じなかった。「日本政府はアメリカの傀儡(かいらい)政権だ」と信じ、生きる努力を続け、つまりは幻の傀儡政権と戦っていた。住民が放牧している水牛や馬を倒し、保存・運搬が可能なように肉を乾燥し、青いバナナをココナッツミルクと煮て食べた。

敵に見つからないように毎日が移動で、「地面に木の葉を敷いて寝、雨が降れば濡れっぱなしで、動物に近い暮らしだった」と語っている。それでも、「フィリピン軍の討伐隊とは、九十三回遭遇した」。住民が放牧していた家畜などを殺していたからであった。

小野田にとっては日本軍の占領地である、ルバング島に侵入してくる者には報復の攻撃も加えていた。潜伏していたジャングルに近隣の住民が捜索に来ると、夜襲をかけて銃撃や放火もしていた。山賊と呼ばれ住民らに恐れられていた一面もあったのである。

二十九年後に届いた任務解除・帰国命令

そんな小野田も、一九七二年に最後の戦友・小塚金七が死亡すると、長年の戦闘もあって孤独と疲労を深めていた。そうしたなかで、日本兵の捜索活動に触発された冒険家の鈴木紀夫がルバング島を訪れ、一九七四年二月二〇日に小野田との接触に成功する。

ルバング島を探索する鈴木を小野田はフィリピン軍の狙撃兵だと思い、四日間監視していた。ある日、「待ち伏せされて狙撃されるなら、こちらから先に倒そう」と銃を構えた小野田に、「おかしいな」と思わせることがあった。鈴木が、靴下にサンダルを履いていたからだ。

軍人でも、住民でもないいでたちの鈴木が、「僕、日本人です」と語りかけてきた。警戒しながらも一晩中話をし、尋問するうちに、「この島で朽ち果てる気なんですね」と鈴木に言われた。「好きでやっているんじゃないが、命令が解除されないのだから、やるしかない」、「命令があれば日本に帰るんですか」、「もちろんそうだ」と答えた。

鈴木は小野田の写真を撮影して帰国した。三月九日には、小野田のかつての上官である谷口義美元陸軍少佐から、山下奉文陸軍大将名の文語文による「尚武集団作戦命令」と、口達による「参謀部別班命令」で任務解除・帰国命令が下ることになったのである。

翌三月一〇日にかけ、小野田は谷口元少佐にフィリピンの最新レーダー基地等の状況を報告し、フィリピン軍基地で小野田は軍司令官に軍刀を渡し、降伏の意思を示した。司令官は受け取った軍刀をそのまま小野田に返した。司令官は小野田を「軍隊における忠誠の見本」と評したという。

マラカニアン宮殿では投降式も行われ、マルコス大統領が出席して武装解除された。住民の物資を奪い、村人を襲撃していたなら、小野田はフィリピンで処罰対象になる。小野田が、「終戦を信じずに続けていた戦闘行為である」と主張することで、フィリピン政府は小野田を恩赦した。

では、帰国した小野田の心中はいかなるものであったか。戦後の日本に適応した横井庄一と異なり、小野田は価値観が変貌した日本社会には馴染めなかった。横井との対談も実現しなかった。天皇から貸与された銃剣を、横井は穴掘り道具に使ったと聞いた小野田が拒否したとも言う。

小野田は、マスコミの過剰取材と日本社会の怪訝の視線に耐えきれず、帰国半年後には次兄のいるブラジルへの移住を決意する。結婚した妻とともにブラジルに移住し、十年をかけて牧場経営を成功させた。

そういう小野田に衝撃的だったのは、一九八〇年の「金属バット事件」であった。二十歳の予備校生が両親を金属バットで殴り殺した事件である。「親はどうして子を理解してやれなかったのか、子はどうして自分の意見を親に主張できなかったのか」と、これを契機に「小野田自然塾」を日本に開設している。子どもが夢を抱き、それを早く実現できる環境、子どもが自立できる環境を整えようという趣旨である。

その小野田も、二〇一四年一月、肺炎で東京の病院で死去した。九十一歳だった。

小野田逝去の報せを、『ニューヨーク・タイムズ』紙は島で発見された当時の写真など三点とともに大きく報道した。「戦後の繁栄と物質主義がはびこるなかで、日本人の多くが喪失したと感じていた誇りを喚起した」、「彼の孤独な苦境は、世界の多くの人には意味はなかったかもしれないが、日本人には義務と忍耐の尊さを知らしめた」と紹介している。小野田が当時フィリピンのマルコス大統領に、投降の印として軍刀を手渡したときの光景を、「高い格式と軍人の忍耐を身につけた、かつてのサムライのようだった」と形容した。

『ワシントン・ポスト』紙も、「彼は、戦争が起こした破壊的状況から経済大国、物質主義の巣窟へと移行する日本において骨董品的存在になっていた忍耐、恭順、犠牲などの戦前の美徳を具現化した」と紹介している。

小野田の半生の概略はそのようなものであった。では、実態はどうであったのか。当時の『産経新聞』などは、小野田を軍神に仕立てようと躍起であった。しかし、事が明らかになるにつれ、小野田を通して日本教の負の側面、狂気の実態を覗くことになる。

小野田の手記『わがルバング島の30年戦争』(講談社、一九七四年)の一部を代筆したと主張する作家の津田信は、厳しい見方をしている。津田自身も戦後に俘虜となるが、発疹チフスに罹患したためにシベリア抑留は免れることができた。そういう津田は、戦争を冷酷に見つめている。

津田は、一九七四年五月から三か月間を講談社の依頼で小野田と共同生活を送り前述の本を完成している。しかし津田はさらに、そのときの記録をまとめた『幻想の英雄——小野田少尉との三ヵ月』(図書出版社、一九七七年)において、小野田を強く批判している。小野田が島民を三十人以上も殺害したと発言していたこと、そのなかには正当化できない殺人もあったと思われることなどを述べている。小野田は戦争の終結を承知しており、残置任務など存在せず、一九七四年に到るまで密林を出なかったのは「片意地な性格」と「島民の復讐」を恐れたことが原因であるとも主張している。

その『幻想の英雄』を読んだ当時の私は、目から鱗の思いをしたものである。しかも、ページをめくるにつれ、小野田の行動に否応なくホコリが出てくるのである。津田は、小野田は現地の住民をドンコーと蔑視し、膝を撃ち抜いて歩けなくして蛮刀でめった切りにして略奪するなど、多数の殺戮の罪に問われることを怖れたために出てこられなかったと言うのである。

しかも、意外中の意外な記述は、昭和天皇陛下を指して、「先祖は熊野灘から侵入して奈良に都を造って支配者となったが、九州より遠くからきたよそ者である」としたことである。さらに「三百万人を死に到らしめた張本人が天皇であり、未だにのうのうと生きていることに憤り」「天皇は責任を取って切腹すべし」と糾弾したというのである。

小野田の本心がどのあたりにあるか定かでない。津田の表現もどこまでが真実か知れない。津田の講談社への背信の意図も不明である。しかし、小野田が日本教に囚われて半生を送り、時代は変わり、いつの間にか小野田が日本教の伝道師に擬せられることで、自身がその犠牲となったことに変わりはない。浦島太郎ではないが、その境涯は悲惨と言うべきであろう。

他方、日本教の布教のために小野田を軍神に奉ろう、担ぎ上げようとした試みは、小野田のあまりの厳しい信念とその生き様に、腰砕けで頓挫することになった。そして小野田自身、それらとの縁を切るかのように帰国から僅か半年で日本を離れることとなる。

日本教の柱であった現人神（あらひとがみ）が、一九四六年元旦の『官報』で発布された勅書で「人間宣言」をして下界に降りていたことを、三十年後に知った小野田は腰を抜かしたに違いない。そして七十七年もの間国民を支配した皇国史観から、目を覚ましたのであろうか。

津田信が上梓した『幻想の英雄』から一部を抜粋したが、小野田の言説については諸説あり、何が本筋であったかは断言できない。知人から伝聞するところでは、小野田自身はこのような真偽不明な発言・記述をメディアを通じて知ったというが、何も反論することはなかった。

人生の濃密なる三十年を奪われ、ジャングルを出ていきなり怒涛の日本社会を目の当たりにし、しかもフットライトを浴びれば、たいていの人は平常心でいられるわけがない。言動に少々の幅が生まれてもおかしくないし、言説は刹那（せつな）的に揺らぐ。どれが本人の口から出たものなのか、あるいは軍国主義下の美学を否定したいと考える人の意図が働いてのものなのか、その真偽のほども私には判らない。そういうなかで間違いないのは、小野田の生涯は戦前、戦中、戦後を通じて、それぞれの時代に利用され、翻弄されたという事実である。

皇国史観や『戦陣訓』が叩き込まれることで、人は容易に偏った立ち位置を決めてしまうものである。教導（きょうどう）という美名の下で、社会観や人生観の押しつけが宗教化していた結果である。

人間が如何に弱いかを示すために、戦前のある朝鮮人を取り上げる。文学者・思想家で、「朝鮮近代文学の祖」とも言われる李光洙（イグァンス）である。

李は、早稲田大学で学び、「二・八独立宣言」の起草に加わっている。上海市で結成された朝鮮独立運動組織である「大韓民国臨時政府」にも参加している。民族主義的立場から儒教思想を厳しく批判して、民族の実力養成の必要性を説いた。朝鮮日報の副社長にもなった人物である。

しかし、再三逮捕され、植民地当局の圧力に屈してか、対日協力路線に転じた。大日本帝国主義への協力路線に転向してからは、第二次世界大戦に朝鮮の若者を扇動して特攻隊等に参戦させている。なんと、「流した血は朝鮮民族の地位向上に役立つ」と喧伝したのである。

そのような李光洙をここで唐突に登場させたのは、「洗脳教化」は他民族の前頭葉(ぜんとうよう)まで破壊するほどの威力があることを示したかったからである。その李は、戦後の韓国において反民族処罰法で投獄され、一九五〇年にはソウルに侵攻した北朝鮮に拉致され、北朝鮮で獄死した。

しかし、「喉元過ぎれば」の喩どおり、冥界に潜んでいた「物の怪(もののけ)」が性懲りもなく腕を鳴らし、跳梁(ちょうりょう)しているのが昨今である。

戦後、宗教のどす黒さを民衆の目に最も焼き付けたのがオウム真理教である。この教団の核心的教義にヴァジラヤーナの教えがある。これによって功徳を積むべしとの教義であり、また武力の行使や破壊活動によって救済することをヴァジラヤーナと述べている文章もある。イスラームを信奉する戦士が、アッラーの教えに殉ずることは義務で、そうすれば天国に行けると盲信してジハードを肯定するのと同じである。テロを賛美するものであり、本来の教義の曲解ではないかと疑われる。十三人の死刑囚を出したオウム真理教は、後継団体が未だに活動しているのが現実である。宗教の根深さを端的に示す例である。

石原慎太郎の狂気

私は、国家権力という輪郭のはっきりしない妖魔との血みどろの戦いを、数十年に亘って続けてきた。得体の知れぬ、責任の所在を隠すことに長けた権力というルシファー（妖魔・堕落した天使）は、パズルのように複雑な構造の鎧を身に着けている。したがってその小札の一片一片を剝ぎ取ってきた。敵の実像を明確に浮かび上がらせ、これ撃ち砕いてきたのである。しかし私自身も傷口を大きくし、深手も負ってしまった。

　そうした実体験があるだけに、妖魔たる権力にはなお特別の関心を持たざるを得ない。そういうなかで、国家権力の権化には及ぶべくもないが、その知名度、演出力、そして狂気によって、少なくとも日本における力を増幅させてきた人間がいる。

　今では古色蒼然たる外貌であるが、売出しのころは中身はともかく、見た目は辺りを払っていた。権力なる妖魔を自家薬籠中の物にして人々を欺いたこの男は、他に類を見ない。周辺を飾り立て、自らを憂国の士の如く見せるのが巧みである。口先で人を煙に巻き、国士を気取り、そのイメージを世間に流布することに成功したかに見えた。俳優である弟の存在も絶大な力となった。

　参議院にトップ当選したときのテレビのコメントが、昨日のことのように思い浮かぶ。同時に当選した直木賞作家で俳優・映画監督とマルチタレントとして活躍していた青島幸男氏との政治論議でその男が、「あなたはパワー・ポリティクスを知らぬからだ」と再三口撃したことを鮮明に覚えている。パワー・ポリティクスというのは、国際関係においての権力政治・武力政治である。

　この男の生涯は、着飾ったハッタリ、胆力ありげな暴言で成り立っている。勃起したペニスで障子を破り、権威に抗うふりをして時代の旗手の如く振る舞ったが、実態は激しいまばたきで判るように、懸命に虚勢を張る神経質な小心者である。一時は国賊呼ばわりした田中角栄を、自らの著書『天才』で持ち上げて印税を稼いだ食わせ者である。

文学でも日本教でも、その狂気の純度においても、先駆たる三島由紀夫の足許にも及ばない男、石原慎太郎である。しかしその石原を受け入れ、熱狂する人たちが数多くいる不思議さがある。

美濃部亮吉と都知事選を争った一九七五年に、私は石原の熱狂的支持者を間近で観察することがあった。某洋菓子チェーン店の社長とゴルフ場でプレーしたとき、私はその信奉ぶりに驚いたのである。

この男を解体することにより、私は日本教の危うさを示し、私自身が尊崇する日本人たちとの差異を示したいのである。

石原は学生時代の一九五五年から、『太陽の季節』、『狂った果実』のいわゆる新風俗小説で華々しく狂い咲きを始めた。

『太陽の季節』は、裕福な家庭に育った無軌道な若者の生活を通して、感情を物質化する新しい世代を描いた作品とされる。あらすじは、こうである。

高校生の竜哉はボクシングに熱中しながら、仲間とタバコ・酒・バクチ・女遊びの自堕落な生活を送っている。ナンパした英子と肉体関係を結ぶが、竜哉は英子につきまとわれることを嫌い、兄に彼女を五千円で売りつける。しかし、英子は竜哉の子を身籠もっていて、しかも中絶手術に失敗して死亡する。葬式で英子の命懸けの復讐を感じた竜哉は、遺影に香炉を投げつける。

パンチング・バッグを打っていた竜哉は英子の言葉、「何故あなたは素直に愛することができないの」を思い出す。その英子の笑顔の幻影を、竜哉は夢中で殴り続ける。

この作品で石原は、芥川賞なる勲章も得た。尤(もっと)も、選考委員で文人の舟橋聖一、石川達三、井上靖の支持は得たものの、作品の低俗・拙劣さのために、佐藤春夫、丹羽文雄他が不可とした。しかも、芥川賞を主宰する文藝春秋社はその作品を刊行せず、単行本は新潮社から出版されるドタバタ劇も展開している。

そういう曰くつきの作品であるが、とにもかくにもアドバルーンを掲げることには成功したのである。学生にして芥川賞受賞の勲章を得、しかも弟の裕次郎も映画デビューして太陽族の偶像、国民的スターにまでなる。

その後の石原の虚像は、裕次郎なしにはあり得なかったであろう。裕次郎はある年代の人たちには今もって無条件にヒーローである。筆者も小便臭い田舎の映画館でスクリーン上の裕次郎に夢中になった一人であり、若死にする現実のドラマも含めて、空前絶後のヒーローであった。

そんな裕次郎の光彩も得た石原は止まるところを知らず、『狂った果実』の如く陸離たる狂気を帯びて一九六八年の参議院全国区で三百万余票を獲得し、トップ当選した。

その夜のニュースで、やたらと横文字で捲し立てる石原の姿が印象的であった。IT時代の今と比べても違和感を覚えるもので、日本語で充分に表現できるものまでも無理に横文字にして連発していた。進駐軍に強い反感を持っていた軍国少年にしてはと、首を傾げざるを得ない行動で、歳の近い私には明らかな乱心のなせる業と思えた。

なぜ彼を乱心者、狂人とまで断ずるかは、以下の発言を見かねてのことである。彼は重度障碍者を指して、「ああいう人っていうのは、人格があるのかね」と、都知事時代に言い放ったことがある。すでに彼が強烈なレイシスト（人種差別主義者）であることは公然であったが、「そこまで言うか？」と驚いた。「人格がない」は動物に等しいということだ。加えて彼は安楽死の検討なり必要性まで示唆していた。

それに止まるべくもなく、さらなる狂いぶりを誇示し続けた。一つは二〇一六年七月二六日未明に発生した「相模原障害者施設殺傷事件」である。この「津久井やまゆり園」での死亡者は十九人、負傷者二十六人の未曾有の大事件であった。やまゆり園の元職員の植松聖容疑者が入所者に襲いかかり、実に四十五人を殺傷した身の毛もよだつ大事件であった。

しかし石原は、雑誌『文學界』(二〇一六年一〇月号)で精神科医の斎藤環との対談「『死』と睨み合って」において、「あれは僕、ある意味で分かるんですよ」と啞然とする発言をした。

十九人を殺し、二十六人を負傷させた植松にシンパシーを表明する心根は、とても常人にできる術でない。『狂った果実』ならぬ「狂った人格」と言えよう。

石原は、『凶獣』(幻冬舎、二〇一七年)も上梓している。二〇〇一年六月八日、大阪教育大学附属池田小学校に刃物を持った当時三十七歳の宅間守が乱入。児童八人が死亡し、教師を含む十五人が重軽傷を負った事件である。

また同じ斎藤との対談では、「昔、僕がドイツに行った時、友人がある中年の医者を紹介してくれた。彼の父親は、ヒトラーのもとで何十万という精神疾患者や同性愛者を殺す指揮をとった。その男はそれを非常に自負して、『父親はいいことをしたと思います。石原さん、これから向こう二百年の間、ドイツ民族に変質者は出ません』と得意気に話していた」ことを平然と披瀝している。

さらに同対談では、より具体的に彼の精神性を窺うことができる。

石原の「僕の精神分析は如何なるものでしょうか」の問いに精神科医斎藤環は、「精神病理学者・安永浩がクレッチマーに依拠しながら提唱した『中心気質者』にあたると思います。のびのびと発達した五～八歳くらいの『こども』の天真爛漫さのまま大人になり、肉体的に快・不快にとても敏感……といったところでしょうか」と説いた。

ヨイショ気味のこの回答に石原は、「我が意を得たり」「天真爛漫」だけをいいとこ取りして喜んでいるのである。

「五～八歳」がそのまま「八十歳」になって、イカレポンチと言わずに何と表現するか。その石原の「快・不快敏感シンドローム」における「中心気質者」とはどのようなものなのだろう。

クレッチマーの分類によれば、石原は間違いなく「H型（顕示質タイプ）」に属するが、「P型（偏執質タイプ）」のマイナス面をも併せ持つ奇形である。

安永浩説は、幼児期の「快・不快敏感シンドローム」が絶えず固着点に退行し、精神症状が永続的に形成維持されるというものである。発達段階から進歩発展なしの「特異性」が顕著であり、不治であることを示している。このことを「図星」されて大いに喜ぶ幼さは、「失見当識」といわれる立派な「意識障碍」である。

石原が嫌いなはずのテレビのバラエティー番組にも出演するようになった。自らの本の宣伝が目的である。かつては強烈に批判していた田中角栄元首相を扱った自著『天才』の宣伝である。出演は出版社の要請か己の希望か判らぬが、幻冬舎に企画を持ち込んだのは彼である。

番組では、ＳＭＡＰ（スマップ）の中居正広の「石原さんの田中角栄観は、かつても今も同じですか」の質問にキレて、不機嫌になったと評判である。まっとうな、的を射た質問である。それに対して感情的に反発するとは、急所を衝かれたからといって怒る話ではない。

かつて田中角栄を誰よりも厳しく糾弾したのは、誰あろう石原慎太郎その人である。田中が取得した信濃川河川敷が短期間のうちに公的資金によって整備されて莫大な利益を上げたときも、石原は国を憂う国士として振る舞い、金権政治家・闇将軍として君臨する田中を「悪の権化」として批判した。その政治悪の淵源「角栄」を、今日に到って適当に料理して『天才』なる一品に化けさせ、美辞、印税、名声を手にするとは。テレビの司会者でなくとも、石原の「角栄観」はいったい何故、どのように変遷したのか、知りたいところである。

しかしかつての正義感は一山当てるための偽善であったこと、己の信念に百八十度の振幅があることが白日の下に曝(さら)されるくらいは屁でもないと考える、勇気ある男・慎太郎である。さらに怖れを知らぬブレイブマンは、あろうことか皇室に牙をむく挙に出た。

『文學界』二〇一四年三月号(芥川賞百五十回記念特別号)の特別インタビューで、石原はコラムニストの中森明夫と「芥川賞と私のパラドクシカルな関係」のタイトルで対談している。この対談で石原はこんなことを話している。

「天皇陛下に会った時、陛下が『素もぐりをするんだ』との話を聞いて、僕が『それだったら陛下、スキューバをお勧めします。簡単ですから。人生観変わりますよ』と言ったら、陛下が『はあ、人生観ですか』とおっしゃるから、『そういえば、天皇陛下の人生観はわれわれには分かりませんな』と言ったら、女房も皇后も笑ったの。そうしたら陛下、気を悪くしちゃって黙っちゃってさ」

平成天皇をコケにしてネタ話をするとんでもない国粋主義者である。陛下に「人生訓」を垂れる完全に突き抜けた酔狂である。常人なら発想し得ない発言であり、さすが太陽族の祖、障子に陰茎の大作家である。五~八歳で形成維持された固着点に絶えず退行する実にオメデタイ年齢だけに、後期高齢者の新種の標本たり得る男である。

皇室を侮辱するもう一つの言質がある。「僕、国歌歌わないもん。国歌を歌うときはね、僕は自分の文句で歌うんです。『わがひのもとは』って歌うの」との反皇室発言である。「日の丸は好きだけど、『君が代』って歌は嫌いなんだ、個人的には。歌詞だってあれは一種の滅私奉公みたいな内容だ」。それでも、マスコミの誰一人としてこれを咎めない不思議の国、日本である。

根底では拒絶しつつ、教職員に国歌を強制した当時大阪市長だった橋下徹を「牛若丸」と持ち上げてもいる。一方で、「天皇こそ、今日の世界に稀有となったプリースト・キング（聖職者王）だと思っている」、「天皇は本質的に宗教というよりも、宗教的しきたりも含めて日本の文化の根源的な資質を保証する祭司に他ならない」との見解も示す。よくわからない男である。

この男の核心的不敬、奇妙な皇統観はいったいどこからきたのか。微に入り細を穿って詮索すると、思い当たる節がある。

かつて雑誌に掲載された、皇室に関わる悪意に満ちた荒唐無稽な与太話に私自身が影響されているのかもしれぬが、歴史研究家の鬼塚英昭が指摘する「田布施システム」である。明治維新を前にした一八六七年の「王政復古の大号令」は、山口県田布施で発せられたという伝聞であり、この田布施システムによって、安倍首相も政権を維持していたとの説である。

毛利が治める前の長州は、大内（多々良）という百済系大名が治めていた。その長州の田布施は山口県熊毛郡の人口約一万六千の町で、安倍晋三首相の祖父の岸信介、大叔父の佐藤栄作の両元首相らを輩出した土地である。また初代内閣総理大臣、初代枢密院議長などを務めた伊藤博文は同じ熊毛郡束荷村の出身である。鬼塚が提起するのは、光市と柳井市に挟まれたこの小さな寒村が「日本を支配してきた」とする説である。薩摩にも、どういうわけか同じ田布施の地名がある。

この説の根っこにあるのが、「明治天皇替え玉説」である。明治天皇の即位に際して、即位すべき孝明天皇は伊藤博文らによって暗殺され、大室寅之祐という田布施村に住んでいた人物が替え玉になって明治天皇として即位したというのである。大室寅之祐は南朝の光良親王の子孫とされ、長州藩はこの人物を擁立したというのである。

祖先や本人が「田布施」に繋がる政治家や財界人は多くいる。大室寅之祐の他、松岡洋右、安倍源基、岸信介、佐藤栄作、安倍晋太郎、安倍晋三、小泉純一郎、宮本顕治、河上肇、鮎川義介（日産コンツェルン創始者）、久原房之助（日立鉱山など久原財閥の総師）、現代では柳井正（ユニクロ）などである。この人たちは百済系の渡来人たちの後裔だということになる。

とにかく、現代の天皇家を石原は認めていないのかもしれない。


いずれにしろ、暴言、妄言を吐き散らし、中心気質者と断ぜられて浮かれるこの男の真の精神状態は那辺（なへん）にあるのか。単に言葉の傾奇者（かぶきもの）を装っているのか。あるいは、婆娑羅（バサラ）を気取って時代の最先端を突っ走り、伝統的価値観を食い破っているつもりか。奇矯（ききょう）な表現、態度、表情は、計算づくの結果なのか。それらを諸々の言葉の汚物から読み取ってみよう。暴言・妄言を余すところなく書くには、紙幅に余地がない。それでも、その万分の一を以って試みることにする。

先刻述べたように彼は植松聖についてこともなげに、「僕は『ある意味』であの犯人の気持ちは理解できるんですよ」と言った。「ある意味」とは何か。その後のナチスの医師についての発言を念頭に置けば、ヒトラー的「優生学」思想を意味する発言かと思われるが、なるほどこの男は、この「ある意味」的観念を容赦なく、処構わず吐き散らしてきた鉄壁のヘイト主義者である。世にも稀なる極悪人にシンパシーを感じる神経は、「ある意味」さえあれば、三島由紀夫の『金閣寺』の学僧、林承賢の放火にもシンパシーを覚えるのであろうか。

身体的、知的障碍者は言うに及ばす、ジェンダー・フリーへの批判、同性愛者への嫌悪は確固不動である。

石原はかつて都議会において、「最近、男女の違いを無理やり無視するジェンダー・フリー論が跋扈（ばっこ）している」、「男らしさ、女らしさは差別につながるとして否定し、雛祭や端午の節句の伝統文化まで拒否する極端でグロテスクな主張が見受けられる」、「男女は同等であっても、男女の区別なくして家庭、社会が成り立たないのは自明の理だ」と強調し、ジェンダー・フリー教育を批判している。しかも、「女は、生殖能力がなければ、人間としての任が終わった」かの如き発言までして、女性への攻撃に「更年期障碍」を持ち出すありさま。

さらには、東日本大震災の津波に関して、都知事時代に蓮舫議員と日本人の我欲について話したあと、「津波をうまく利用して、我欲をうまく洗い流す必要がある。積年にたまった日本人の心の垢を。これはやっぱり天罰だと思う」と発言している。「被害者に天罰が下った」とは言っていないが、耳を疑う暴言である。

ノーベル賞作家の大江健三郎の子息で、知的障碍者で作曲家・ピアノ演奏家として活躍する光（ひかり）さんを「不幸」呼ばわりするなど、優生学思想に加えてある種の嫉妬・劣等感の発露も見られる。その反作用で、際立って奇矯なノーベル賞級の暴言を撒き散らしているとも考えられるが、不思議にも、これを世間（メディア）では「歯に衣着せぬ爽快な発言」として受け止めており、ＩＱの低い私はとんと理解できないでいる。

二〇一二年には実効支配している尖閣諸島を寝た子を起こすように東京都で買い取ろうとす暴挙に出た。自己防衛のためなら、国家的毀損も平然と実行する男である。

以上、暴言のほんの一部を述べたが、縦、横、斜めのすべての角度から、心の働きが普通でない、つまり異常であると断じざるを得ない。心の働きとは、もちろん精神の状態である。

加齢による脳の萎縮は誰しも避けられないが、それによってますます社会に精神虐待的な言葉の汚物を喰わせることになるであろう。尤も、ある種の人たちには、それは歯に衣着せぬ爽快な暴言ともなるのだ。

瓦解するイリュージョン

時間の残酷性は、万人に平等に振り下ろされる。この男には、その痕跡が強烈に刻印されている。一九五五年当時から、周りの飾り立ても相俟って、縦横無尽に傲岸不遜を恣にしてきた。何人も異を唱えず、同意、称賛、喝采。時には感嘆を以って憧憬とも見紛う眼差しで迎えられた。負の本質を悟られることなく衆人に受容され、メディアもまた、新貴族的行動スタイルの創造者、時代の先駆者と扱い抗うことを放念した。

だが時なる魔王は、刻み・犯し・剝ぎ取り・予定調和を大いに無視し、天と地の動転を演出していた。鎌首を擡げたのである。好事魔多し。塞翁が馬でもある。

都知事時代の施策のなかに、「豊洲」なる爆弾が仕掛けられていた。十八年後に起動するよう仕掛けられた、時限式のそれである。爆弾は炸裂し、すべてが粉砕され、ガラス細工は音を立てて崩壊した。幻惑され続けてきた衆人も、さすがに顎骨(がっこつ)が抜け、口あんぐりである。

豊洲問題が東京都の主要課題になって以降、石原慎太郎の言動は、太陽族的無軌道を貫いている。中央市場を築地から豊洲に移転を決めた事情説明を、当時の都知事であった石原は小池知事から求められた。この質問に対する石原の回答書は、無責任で卑怯であるばかりか、上から目線と逆切れの始末である。事の重大さが呑み込めないのか、とぼけているのか、未だに往時の振る舞いが罷(まか)り通ると錯覚している。

都知事として約十四年間に亘って石原に責務があったことは否めず、今日のこの男の行動はその本質を余すところなく衆人の目に焼きつけた。都知事時代の専横は、もはや伝説であり、週三日の執務は、彼の特権意識の典型であった。舛添前知事などは足許にも及ばぬ都政の私物化である。舛添が乙姫さまに会いに行ったことなど実に可愛いもので、比較するほうがおかしい。

都政壟断(ろうだん)男・石原は、四男延啓(のぶひろ)のためにＴＷＳ（トーキョーワンダーサイト）プロジェクトを立ち上げた。若手芸術家支援事業との触れ込みである。年間五億円の血税を投じてのプロジェクトであった。しかも、自称画家の四男・延啓を外部役員に迎える念の入れようであった。さらに念に念を入れて、館長には延啓の遊び友だちの今村有策を抜擢した。さらにさらに、副館長には今村夫人の家村佳代子を配置するという布陣である。

著書『スパルタ教育』などで厳しい教育論を嘯(うそぶ)いているが、テメェの子どもには大甘の底の割れた好々爺である。事あるごとに支那(しな)との戦争を叫んでいるが、いざ一戦交える段になると、子孫(こまご)は絶対に応召させないであろう。国際的な口だけ番長である。

思い起こせば、一九七五年、美濃部亮吉と争って敗れた知事選があった。腹の出っ張りを隠すことも恥じる風もなく、白いブレザーに赤いネッカチーフの出で立ちで飾り立て「颯爽風」を演出し、年寄りには任せられないとして美濃部に立ち向かったのだが、みごと落選。また国政に戻った。

そして二十年後の一九九五年四月、議員在職二十五年表彰を受けての衆議院本会議場での演説のなかで、「日本は国家としての明確な意思表示ができない、去勢された宦官のような国家になり果てている。官僚の政治支配のせいというならば、その責任はそれを放置している政治家にこそあるのではないか。自身の罪科をあらためて恥じ入り、今日この限りにおいて国会議員を辞職させていただく」。

そう涙して、国会を去ったのである。

しかしそれまでも、太陽族の跳ねっ返り代議士としてデビューしたものの思うように事は運ばず、地位を死守すべくその生き方は一貫性・公正性を欠いていたように見える。一度は石原の公設秘書が逮捕される事態にまで発展したのである。

若手の論客として知られた新井将敬という政治家がいた。二〇一〇年四月二〇日付けの「東京新聞」の解説によると、大阪で在日韓国人として生まれ、十六歳で日本国籍を取得した新井は東京大学経済学部を卒業し、一九七三年に旧大蔵省に入省のキャリア官僚出身のエリートであった。

一九八三年には衆議院旧東京二区から初出馬するが落選。このとき、選挙ポスターに「元北朝鮮」などと書いた黒シールを大量に貼られた。シールを貼って歩いたのは、同じ選挙区の現職だった石原の公設第一秘書らだった。

この黒シール事件では、新井は石原を告訴するが、後に告訴は取り下げている。石原は当初、「秘書が勝手にやった」と発言していたが、民族的出自を誹謗したことについては、「選挙民は立候補した人のパーソナル・ヒストリーを知る権利がある」と反論した。しかし、評論家の尾山太郎も、石原のこの態度を「卑怯者である」と厳しく糾弾している。

新井は、一九八六年の次の衆議院議員総選挙で自民党から出馬して初当選し、以後連続四回当選している。しかしその後、借名口座による株取引や日興証券（現ＳＭＢＣ日興証券）に利益供与を要求するなどの疑惑が浮上し、一九九八年二月、衆議院議員運営委員会で証券取引法違反容疑で逮捕許諾決議案が可決された。これに続く本会議で逮捕許諾決議案が採決される直前に新井は、「最後の言葉だけは聞いてください。私は潔白です」と発言。しかし翌日、東京都港区のホテルで首を吊った状態で発見された。衆院が逮捕許諾を議決する直前に自ら命を絶ったのである。

石原は国会議員を辞職したものの、四年後の一九九九年四月には東京都知事選挙に立候補し、並み居る政治家を尻目に圧勝したのである。以降、四期十四年の長期政権を築いた。

ところが、二〇一一年に四期目に入ったころから、石原は国政の政権与党である民主党の混乱のなかで「次の首相」候補として名前が取りざたされる。すると二〇一二年一〇月、四期目途中で知事職を辞任し、国政に復帰するのである。再び総理大臣の椅子を夢想したのであろう。しかし現実は衆人から嘲笑され、夢から覚める結果になる。

都知事時代の石原は、永住外国人への地方参政権付与に反対する集会で、「（帰化した人や子孫が）国会は随分多い」などとも発言している。築地の中央市場を土地が汚染された豊洲に移転する問題の種などを無責任に撒き散らしていた時代でもある。

そのような都知事時代の石原の政務の実態も、その結果が引き起こした「豊洲事件」（あえて事件と記す）が抉り出すことになった。

国会議員から都知事に衣替えしたのは、国政にも小説家としての将来にも限界を悟ったからに他ならない。それでなお、週三日ほどの出勤で他の時間は駄作の執筆に専念していた。お友だち施政で都政を壟断しつつ、己は執筆三昧、小説の他にも怪しげなネタに味付けをして「産経新聞」の紙面で衆愚に心地よくアジテートするのに心を砕いて自己陶酔し、さらには己の心さえ欺瞞で自己完結させるスパイラルを繰り返した。

それにしても、彼は知事選出馬にあたって、知事の何たるかを事前に考えたことがあったのであろうか。都知事の職責の重さ、義務、使命について学習したことが有りや無しや。都知事は「特別職地方公務員」であること、公務員は常勤であることを自覚していたのか。常勤とは、「毎日業務に携わる立場にあり、それを本務として専任であること」である。

都議は報酬であるが、知事は給与であり退職金までついている。同じ公選でも、非常勤の都議とは区別せねばならぬことなどをどう理解していたのか。

なかでも築地市場の豊洲への移転は、その財政規模、千三百万都民の食の安全の基盤の確保、膨大な関係業者数の存在など、多方面に多大の影響を及ぼす大プロジェクトである。石原に現場監督をしろとは言わないにせよ、局面、局面では重大な関心を寄せるべき事案である。契約書に押印するとき、汚染に関して如何なる関心と対応を示したのか。まさか、盲判ではあるまい。ましてや十四年間の任期の中で最大の事業が豊洲問題であったはずである。週三日の出勤をせめて週四日にしてでも、将又月に一日関心を寄せればこと足りる。専門的知見の万分の一の知恵、即ち想像力があれば解決できることではないか。想像力とは頭の努力のことである。それを惜しんで他に注力して放置した罪は大である。

今になって、盛り土が地下空間になかった事実に関しては、「私は騙された」との主張。ただ漠然と、「騙された」と言いわけをしているにすぎぬ。大事業であり己の功績たり得る「豊洲」に関して、「何ら思い出せない」のセリフは絶句モノである。金箔のメッキは剝がれ落ち、舌先三寸の言い逃れ、開き直り、白を切る、のオンパレードである。

一句、「記者の群れ 去って天下の 秋を知る」

いったい全体、この石原なる男は政治の世界で何をしたかったのか。その政治哲学は那辺にあったのか。驕慢の誇示か、権力行使の快楽か。如何に頭を振り絞っても、世のため人のために力を尽くしたとは思えぬ。政界引退のとき、己の航跡を振り返り放った言葉が「快哉だ」そのようにぬけぬけと吐き出した。では「快哉」の中身は何か。背徳の拡散か、自己顕示欲の充足か。

怠慢だけではない。都知事時代に癒着が指摘された大手ゼネコンのグループ会社に所有する別荘を売却した件は、官民癒着の典型と言える。

この乱脈ぶりを見て見ぬふりするメディアは、いったい何を恐れているのか、何を基準に「タブー」を作っているのかと、私は尋ねたい。

姿の見えない絶対の権力者の妖刀は、決して刃毀れしない。彼を小粒と断ずるのは、それが妖刀ではあるが刃毀れが著しいからである。

ジャパニズムの在り方

賞味期限の切れた食品のように脳に黴が生え、さらに酸素不足症候群の衆人に絶大な人気がある最新の日本教の布教者を料理してくれとの要請があるが、『日本国紀』なるとんでも本に吐き出される言の葉は支離滅裂であり、「受験生諸君には、私百田尚樹の本の地雷を踏むな」との宣伝文句、これをまっすぐこちらから要請せざるを得ない。

百田は、足許のクレヴァスに吸い込まれそうな現代の、不確実な世相に浮き足立つ衆生の不安や恐怖心につけ込んで、無理筋の負の同調圧力の誘発を画策している。油断ならぬピエロである。

バテレン（神父・宣教師・キリスト教徒）を日本教に改宗せしめ、排外的活動をさせて成功していると自慢し、それをビジネスにして隣家の火事が格別好きな騒動屋がいる。そのような輩の共振もあって、今が盛りの男である。この男は、日々の鬱積の捌け口を求めて悶え苦しむ少しネジの緩んだ衆愚の単細胞に、オブラートで包んだ悪性のフェイクをリベットで打ち込み、塑性加工して悦に入っている。煽り洗脳型の知性派無頼漢である。

彼の目的を善意で解釈すれば、日本人が矜持を持ち、誇りを認識し、その存在価値を世界に知らしめようとする行為であると言えよう。然らば、彼の思考は完全に朽ち果て、周回遅れのランナーでしかないのである。真逆の視座でパラダイムを変える知恵が求められるのである。ジャパニズムを正しく昇華・跳躍させて、世界に王道を示すべきである。

日本には、他国の追随を許さないハード、ソフトが山ほどある。鮮やかな四季、豊富な自然、山海の恵み、皇室をはじめ多彩な歴史と文化、すべて独自性がある。しかも人々は勤勉である。エネルギーや鉱物資源を除いて、他国を羨(うらや)むものは何もない。

静かに自信を持ってそれらの資産、ヘリテージ（遺産・伝統・継承物）を育めば充分に事足りることであり、声高に雄叫(おたけ)びをあげる必要性はない。それらの短慮は、かえって尊敬、憧憬に傷を付けるだけである。外には、ジャパニズムを眩(まぶ)しく見つめている者がたくさんいることを心すべきである。

第七章　仰ぎ見る日本人の群像

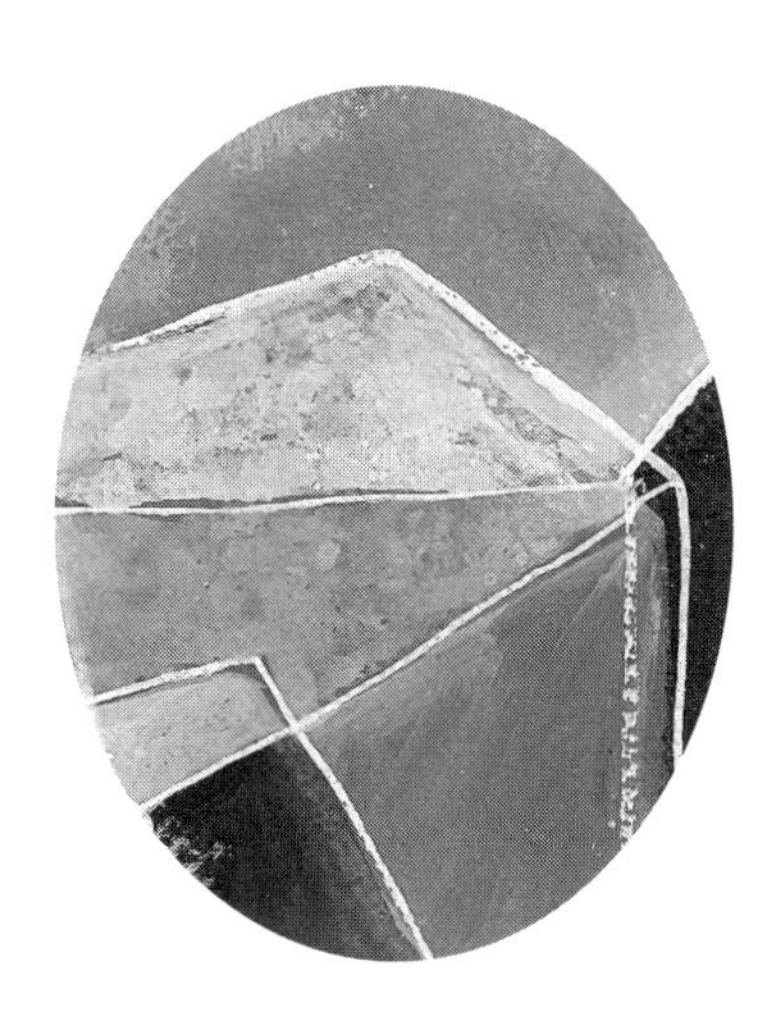

第七章から

私は在日二世であるが、これから紹介するのは、私が仰ぎ見、尊敬し、感謝し、シンパシーを感じた日本の方々である。

残念ながら、このような感覚を抱いた朝鮮人同胞は、父母、妻、兄弟以外には誰一人としていなかった。対象の絶対数に段違いの差があると言ってしまえばそれまでだが、なぜかいなかった。

私が感謝せずにいられない日本人との心温まる、懐かしく思い浮かぶ風景を記述することにする。これは単なる日本人礼賛、迎合、そして卑屈の物語ではない。卑屈に思うどころか、私は先祖に強い畏敬の念と誇りを持っている。尊敬してやまない大勢の日本人に出会ったが、さりとて日本に帰化しようと思ったことは、唯の一度もないのである。

母国の誇り

私が母国を誇りに思う根拠として朝鮮半島に生まれた偉人・英雄の存在がある。

そのなかにまず高句麗（コグリョ）の第十九代の王である広開土王（クワンゲトワン）（好太王・在位は三九一年—四一二年）がいる。鮮卑系の遊牧騎馬民族の前燕の攻撃を受けて衰退していた高句麗を中興し、領土を大きく拡張した傑出の人物である。

六世紀後半から七世紀初頭にかけての高句麗の将軍で、隋軍に偽りの降伏を申し入れ、撤退を開始した隋の軍に追い討ちをかけ大勝利を収めた乙支文徳（ウルチムンドク）も高く評価されている。

乙支文徳については、少し詳しく説明しよう。

隋の大軍が攻め込んでくることを知った高句麗は萎縮し、民は絶望的であった。群臣は尻ごみし、面を上げる者はいなかった。その中で一人だけ動揺を顔に出さなかった男が、乙支文徳であった。

大将になったばかりの乙支文徳に、嬰陽王はすべてを託すことにしたのである。結果乙支文徳は、知略の限りを尽くして随の二代皇帝の煬帝に破壊的敗北を与えたのである。

六三六年から六五六年にかけて完成した「帝紀」五巻、「志」三十巻、「列伝」五十巻からなる『隋書』は「九軍、遼河を渡り、凡そ三十万五千人、遼東城に還り至るに及び、唯二千七百人、資儲器械巨万をもって計らうも、失蕩す……」と記している。乙支文徳の奇策に弄ばれ、実に三十万余の軍兵を失ったのである。当初から、乙支文徳は隋軍を平壌におびき寄せ、絶滅させる作戦を立てていたのである。

両軍は国境の遼河で一度激戦を交えている。そのうえで高句麗軍は、直線距離にして五十キロメートル後退し、鴨緑江東岸に陣を構えたのである。そこで高句麗の軍使が敵方に出向き、乙支文徳が隋の大将軍于仲文と会見したい旨を伝えた。

これが隋軍には請降使、つまり和睦を請う態度に見えたのである。しかも、両者の会見は行われたものの、乙支文徳は和睦の内容をはぐらかし、敵情視察だけで帰ってしまったのである。

そのころ、隋の水軍は平壌城に迫っていた。本来は、水陸両軍が同時に平壌を衝く計画であった。だが緒戦に簡単に勝利した水軍は、高句麗軍を甘くみて単独で平壌城に攻め込んだのである。そして罠に掛かり、袋の鼠となった大将の来護児はほうほうの体で逃げ帰り、大惨敗した。

一方、乙支文徳にあしらわれた陸上軍の于仲文は、水軍の応援を信じて部下の回車（転進）の勧めに耳を貸さなかった。しかも、曖昧な態度の乙支文徳に怒った于仲文は、全軍に鴨緑江の渡河を命じたのである。すると、乙支文徳は高句麗軍を出動させ接触するが、すぐに兵を引いた。

平壌郊外十二キロメートルに到るまでの間に、高句麗軍は七度戦って七度敗れている。血気にはやる于仲文は、薩水（清川江）を渡って平壌郊外にまで迫った。水軍の応援を信じ、勝利を疑わなかったのである。このとき、乙支文徳の有名な五言絶句の詩をしたためた高句麗の軍使が于仲文の許に到着した。

神策究天文　妙算窮地理　戦勝功既高　知足願云止

優れた戦略は天の理を究め、知略は知の理を窮め、戦勝の功名は既に高まり、足りるを知って戦いを止めるよう願う。さらに何を望むことがあろう。

手柄も立てたことであり、このあたりで引き揚げては如何かという多少皮肉めいた文言である。続いて、乙支文徳が遣わした別の使者が、隋軍の陣営に届いた。

その使者は、高句麗軍の疲労は極みに達し、将士は皆降参を願っていると述べた後、「もし隋軍が兵を回されたならば、嬰陽王を奉じて、煬帝に朝貢する」と乙支文徳の口上を伝えた。隋軍は愁眉を開き、戦塵の苦痛から解放されると思った。

隋軍の陸軍の回軍はすばやく、たちまち薩水の江岸に達した。しかし、乙支文徳は先廻りして、隋軍の帰着を待ち受けていたのである。

隋の全軍が河原に降り立った直後、高句麗軍は背後から矢を放ちづめに射放った。一方で、僧衣姿の七人の兵に、川の水面下に隠されていた一筋の石づくりの道を渡らせ、ここに隋軍を誘導した。隋軍はそこに浅瀬があると思い殺到したのであるが、兵は奔流に飲み込まれた。薩水の水は飽くことなく隋兵を呑み続けたのである。

薩水で隋軍が大敗北を喫したのは六一二年七月二四日である。これを契機に、隋は僅か二代で滅亡している。

乙支文徳に関して長文になったのにはわけがある。最近の朝米関係である。朝鮮民族が当代随一の帝国と対峙する構図は同じだからである。

しかし、内容は真逆である。乙支文徳が智謀の限りを尽くして隋帝国を滅亡に追い込んだのは、正義である。大英雄として、民族の誇りとして異論がないのは至極当然である。

しかし、侵略する隋帝国に立ち向かった高句麗と異なり、今の朝米関係の発端は一九五〇年六月二五日に突然、金日成（キムイルソン）が南に攻め込んできたことに始まる。侵略者として烙印されるのが金日成である。この押込み強盗に抵抗する韓国側にアメリカが付き、曲折を経て現在に到るのであるが、大国アメリカに対する金王朝の行為は戦略にあらず、単なる騙しであり、換言すれば犯罪である。しかし、見てのとおり、何度騙されても同じ轍を踏むアメリカも間が抜けている。

そういえば、過去には、「戦略的忍耐」などと述べたわけの判らない「ええカッコしい」の大統領もいた。トランプも北朝鮮の核に対するＣＶＩＤ（完全で検証可能かつ不可逆的な非核化）の条件をあっさり引っ込めたが如く、にこやかに握手を交わしたのである。親分（中国）を光背に虚勢を張り、あらん限りの人権蹂躙（じゅうりん）を恣（ほしいまま）にしたことが広く知られた男に、トランプは免罪符を与えるかたちになった。

いずれにしても、侵略者に対してあらん限りの知略を以って戦い、祖国と民族の誇りを守り通し、聖戦に勝ち抜いた人物が過去の朝鮮にいたことを言いたかったのである。他にも、唐に降伏することなく徹底抗戦を続けた高句麗末期の淵蓋蘇文（ヨンゲソムン）と楊萬春（ヤンマンチュン）、渤海国を建国した初代王・大祚榮（テジョヨン）、李氏朝鮮の第四代国王で朝鮮文字のハングル（訓民正音）を創製し、儒学や文化、技術を振興した世宗大王（セジョンテワン）、李氏朝鮮の将軍で文禄・慶長の役において朝鮮水軍を率いて日本軍と戦って活躍した李舜臣（イスンシン）等々、あまたいる。

第二十三代高麗王の高宗（ゴジョン）もいる。モンゴル帝国によって一二三六年に焼き尽くされた『高麗八萬大蔵経（こうらいはちまんだいぞうきょう）』を戦乱の下で再興する意思を示し、十五年の歳月をかけて八万枚を超える版木を彫らせている。初版は、高麗に攻め込んできた契丹から国家防衛を祈願するために、十世紀の「蜀」版の『開宝大蔵経』を元に製作したと言われる。日本にも室町時代に持ち込まれて現存する。

人間社会を衝き動かす原理の本質

それはさておき、在日として永年生活し、邂逅と別離の連鎖のなかで、日本人を仰ぎ見るだけが私の人生ではなかったことは言うまでもない。強烈で陰湿ないじめ、迫害、対立、闘争、果ては国家権力による不法な身柄拘束を度重ねて経験した人生である。無念、失望、孤独を心底味わってきた。すべてバラ色のはずはなく、その色は多様であることは言をまたない。ついては、どす黒い体験、現実のありさまを先に吐き出しておきたい。

心を思いっ切り痛めつけられたことは、ある程度既述した。私に関わった司法関係者は、例外を省いてほぼ全員が有害物質を吐き出している。実体験ではないが、外から考察するとメディアでは新種の犯罪者、二の句が継げない口あんぐりの日本人がデビューしていることも承知している。流行りのハラスメントとか、利益供与がらみの犯罪は、その人の社会的地位に比して低級にして割の合わない、哀れみさえ感ずるものである。

引きこもり、孤独の境遇からくる犯罪の多さも気になるのである。ネットの功罪極まれりの罪が空恐ろしい。顔も知らない同士が手を結び、人を殺める。ネット上で「バカにされた」との恨みを晴らすために、千キロメートルも離れた人を殺める。砂を嚙む何とも殺伐とした時代である。未来の人が、「あの時代はよかった」と思える要素は、昨今は思い当たらない。

政治の劣化は留まるところを知らずである。大派閥の領袖が、座右の書であるが如く漫画本が愛読書とのことである。それで国の舵取りができるとは、大した応用力である。そこから得た尖(とん)がったセリフを選挙カーの上で披瀝(ひれき)し、若者に受けたと喜ぶ姿はまさに漫画を地で行く感がある。

私の若いころの政治家は、「大名、大将の如く」であった。今は、足軽、雑兵(ざっぴょう)が保身に汲々として、竹光(たけみつ)でじゃれあっている風景である。この様子では当分の間「真剣」は出てきそうもない。劣化はしても、復活はしないであろう。

政治の劣化は即、民度の反映であることは紛れもない。今後もさらにネット上で放埒を撒き散らし、正邪善悪、歴史の事実に正面から向きあうことはないであろう。自己防衛本能は異常に肥大し、鬱憤(うっぷん)を晴らすためにネット上で暴れまくりもする。戦前、食いあぐねた者どもが一旗揚げるべく大陸に渡り、匪賊(ひぞく)、馬賊(ばぞく)、大陸浪人として跋扈(ばっこ)したのと同じ役割を果たすであろう。因みに、大陸の傀儡(かいらい)国家の満州国成立の大立者が安倍晋三の祖父、昭和の妖怪こと岸信介である。

帰結するところは、元のモクアミ、日本教に落ち着く。私のように感謝せずにいられない日本人の存在を牧歌的に吐露する間抜けは、お伽噺(とぎばなし)になるであろう。

さて、毒は先に吐き出した。とはいえ本題に入る前に、夢の中の出来事のような美しい出会い、感謝、そして尊敬せずにいられない人々に何も報恩できずに無残に散ろうとしている私の人生に、これまで不足していた知恵は何であったのかせめて答えを出したい。

私が今日に到るまで辱めを受け、無念を託つのは、どこに弱点があったからか？　人の心の働きを甘く見た、勉強不足であったことも歴然として論をまたない。もう少し人の行動心理を把握していたら、今のぶざまは回避できたはずである。

それでも一九九〇年の「不動産融資総量規制」は、素人の私に予見できることではなかった。総量規制は、金融機関の不動産向け融資の伸び率を総貸出しの伸び率以下に抑える制度のことで、一九九〇年三月に当時の大蔵省が金融機関に行った行政指導である。一九九一年一二月に解除されるまで、約一年九か月続いた。行きすぎた不動産価格の高騰を沈静化させる政策であったが、予想を超える急激な景気後退、いわゆるバブルの崩壊をもたらし、その後の「失われた二十年、三十年」を日本経済に招来する要因の一つとなった。

私は、この総量規制の発令と購入する土地の支払い時期とがわずか一か月の違いで重なり、落とし穴に吸い込まれた。吸い込む力の正体は何であったのか？　人間社会の何が私を斯様に追い詰めたのか？

人間社会を衝き動かす原理の本質は何か。その原理をひと言で言い表せば、「欲」である。この原理はどの世界、どの社会においても、いつでも、どこでも、現在も機能している。様々な欲があるが、ここで問題としたいのは組織人たちに蓄積された、集合的無意識としての自己防衛本能である。自己保存欲求とも言えるこの欲が強烈な攻撃性を持っていたのである。

人間がこの世で一番恐ろしい生き物であることを忘れていた。ライオンは満腹になると、それ以上の獲物を望まない。しかし、人間の欲望には際限がない。集団になるとそれが顕著に現れることを失念していた。私に資格はないが、無知無能は棚に上げて、私の誇りを語ることにしよう。

私の心の宝物

私の人生行路で出会った心の宝物を語る前に、ひと言断わっておく。私は在日二世であるが、これから紹介するのは、私が仰ぎ見、尊敬し、感謝し、シンパシーを感じた日本の方々である。残念ながら、このような感覚を抱いた朝鮮人同胞は、父母、妻、兄弟以外には誰一人としていなかった。対象の絶対数に段違いの差があると言ってしまえばそれまでだが、なぜかいなかった。

私の宝物であり誇りである日本人との交流と逸話を中心に語ろう。

絶えぬ微笑に明晰な頭脳を隠す島田信夫先生

やはり、何を差し置いても塚本達夫先生のことから話すべきだが、先生については、真っ先に紹介した。その塚本先生を紹介していただいたのが島田信夫先生である。塚本先生の友人であった。

私の生涯で、この友人以上に頭脳明晰な人に出会ったことがない。しかも、その明晰の光は、絶えぬ微笑に隠されていた。博識はもちろんのこと、英語、ドイツ語は通訳係を務めるほど長けていらっしゃった。京都大学薬学部出身の奥様ともども、薬局と鍼灸院を経営されていた。医療関係者を引き連れて、よく渡独されてもいた。

他方、ご母堂を大切にし、手を引いて散歩から帰る先生によく出会ったものである。お会いするたびに全身が和む感じで、離れがたい精神安定剤のようなお人柄であった。

私が帯状疱疹の痛みで一睡もできないとき、鍼灸術で助けてもいただいた。

千葉に移り住んだ直後から飲食をともにする仲になり、四十年来の畏友（いゆう）となった。

大地主で豪傑の増島與吉先生

次に紹介するのは、サムライであり豪傑でもあった大地主の増島與吉先生である。若いころは町会議員も務めた名士であり、ある種、突き抜けた人であった。若かりしころの武勇伝は数知れず、正月に挨拶に伺った折には、そんな話をよく聞かされた。

私を可愛がってくださり、千葉健康ランドに隣接する田を所有されていたが、その土地を駐車場として譲ってもいただいた。不動産業の実の甥が建売住宅の物件として所望されていたが、それを差し置いて私に土地を譲ってくださったのである。

最後にお会いしたのは、亡くなる直前の正月にご挨拶に伺った折である。すでに話をする体力は失せ、顔を反対側に向けて横臥されていた。手招きで私を側に呼んだが、話されることはなかった。ご子息と共に先生の横に座り、私たちがする思い出話を静かに聞かれている風であった。

先生の突拍子もない話の一つに、東京電力との遣り取りがある。先生が所有する田に送電用の鉄柱を立てる折衝に東京電力の東大出の社員数名が来たのだが、少し話が合わなかったのだという。先生は思わず、「お前たちは人間じゃねぇよ、何だか判るか?」と問うたとのことである。先生は「人間じゃなくて神様だよ」とからかって呵々大笑（かかたいしょう）されたという。

そういう思い出話などを、床に伏した先生の側でするのだが、すでに先生は大きく反応することはなかった。そして、数か月後にお亡くなりになった。驚いたことに、「どの親族よりも早く、私に連絡した」とご子息が話されていた。「お前さんのことを、息子のように思っていたよ」と。

私も亡くなられた先生の年齢に近くなり、色々と思いを馳せ、黙想する日々である。

「感謝する」では充分ではない。「感謝せずにいられない」と言うべきであろう。

土地と用水路の払下げに尽力の長島善五郎氏

次に紹介するのは、千葉健康ランドに隣接する土地を所有しておられた町内の長老の一人、長島善五郎氏である。日本人の典型の一つ、静謐（せいひつ）の人である。穏やかで、物静かであった。

酒好きで民謡好きという共通項もあって、二人でよく温泉旅行に出かけた。酒が入ると民謡をよく歌われ、人が変わったように盛り上がったものである。

長島氏は、千葉健康ランドの敷地の元の所有者の一人であった。しかも、水利組合の役員もされていて、私が買い取った土地を流れていたかつての農業用水路の利用や払下げにも尽力していただいた。私の事業に物心両面で大いに助けてくださった大恩人である。

人間性に富んだ顧問弁護士の北村哲男先生

単にお世話になったからではない。北村先生親子には、麗しき日本人の姿、家族を見る思いがするのである。

大先生（おおせんせい）は、衆議院議員を一期、参議院議員を一期務められた経歴のある弁護士先生である。私が二〇一七年三月に京都の下京署に銃刀法違反の疑いでブチ込まれたときも、翌日の夕方には遠路東京から出向いてくださった。すでに七十八歳という高齢であったにも拘わらずである。しかも、「友人として支えるから頑張れ」と、誠にありがたい言葉まで戴いたのである。

大先生に頭が下がるのは、経歴、能力よりもその人間性である。離婚した私の元妻が大先生に同行して下京署に出向いた際に目にした光景に、元妻は大変感銘を受けたのである。曰く、大先生が下京署に入るとき、帽子をお取りになって丁寧に一礼する姿を何度も見たとのことである。つまり、「相手が誰であろうと礼は尽くす」の心構えであろう。

大先生はしかも、同じく弁護士であるご子息にも、決して上から目線でなく、同じ弁護士として尊重する態度を見せられるのである。この生き様を見るたびに、感じ入るしだいである。

さらに、ご子息の晋治先生からも、深く御父上を尊敬していることが伝わってくるのである。晋治先生も大先生同様、誠に真摯な先生である。

下京署に接見に来られた日が、私が拘置所に移送される日と偶然に重なってしまったことがあった。そのために晋治先生は七時間も京都に留まり、夕刻になってようやく拘置所に接見に来ていただけたのである。その間、私が証言した状況の検証のために市内を丹念に歩き、確かめたとのことであった。

私は、ヤメ検の代理人にこれまで随分酷い目に遭ったが、弁護士として、人間として、そして惚れ惚れとする親子関係の姿に眩しい思いがした。韓国においてなら、親子が共に弁護士であっても、父親は尊大に構えるであろうに。

北村弁護士親子は、互いに一定の距離感を以って接し、その姿は節操のある美しさである。

仕事の仲間であり友人であった三人の仲間

次は、やはり四十年来の出入りの業者であり、友人でもあった三人を紹介する。三人は今も現役として活躍中である。余計な波紋をつくらないために、あえて匿名にする。

まず、K氏である。謙虚で穏やかな人であり、私としては特に気の置けない男であった。単なる謹厳居士(きんげんこじ)でなく、その場を和ませる徳を備えた男でもある。とはいえ、私の妻を交えて談笑しているときに限って、作り話で私をからかって困らせるのが常であった。

四十年来変わることなく低姿勢であったが、さりとて私に特段の遠慮はなかった。それでも、彼の部下で私の会社を担当する社員が、「うちの社長は、川島会長（私のこと）のことをオヤジと呼んでいますよ」と言うほどの仲であった。彼の生業は広告関係であったが、私も絶大な信用で接し、四千万円をかけた千葉健康ランドの鉄塔看板製作時も、相見積をせずに特命で発注したものである。

次は、電気設備業のC氏である。私が千葉に移り住んで以来の付きあいで、朝銀の友人の紹介であった。千葉健康ランドの建設に当たっても、電気設備関係の下請工事を受託してくれるようC氏に親切心で提案した。しかし、彼の返答は、「やんねえ」。あっさり断わられた。字面だけ見ると心ない感じであるが、決してそうでないことは、日頃の付きあいのなかで理解している。悪意のまったくない男である。

彼の誠実な性格は、自分が関わっていない健康ランドのオープン時のトラブルでの対応で明白になった。オープン直後の正月二日深夜二時に、全館停電のトラブルが発生したのである。施工業者とは連絡が取れず、万事休すの状態であった。

そこで頭に浮かんだのがC氏である。C氏の自宅に架電したところ、夫人が電話に出られたので、事の次第を話して急遽来てほしい旨懇請した。すると、奥様ともども車で駆けつけてくれたのである。奥様が運転してきたのは、本人にアルコールが入っていたからとのことであった。この一事を以ってしても、四十年以上も尊重しつつ付きあってきた甲斐があったというものである。

そのお礼ではないが、第二次オープン時のホテルの約百室のテレビ設置は彼に発注した。メーカーの代理店をしていたので、彼に発注できたのである。

次は、他人を楽しませる天賦の才能を備えたF氏である。

友人同士の旅行で心に残っている旅行は、F氏なくしてはあり得ない。人生を楽しむ達人であった。羨ましいが、私にはその能力がない。友人同士の絆を深めるうえで不可欠の男であった。他人を楽しませる天性の才能を備えていたのである。その異能ぶりは、中央大学法学部卒の硬いイメージとはかけ離れていた。

箱根湯本の旅館での集いは人生最高の思い出である。ゴルフに親睦会と、大いに楽しんだ。F氏は健康問題に精通し、教わることが多々あった。特にラジウム鉱石の効能について詳しく、その関係で秋田県の十和田湖と田沢湖に挟まれた玉川温泉を知ることになった。健康ランドでは、健康食品として「カニ黄帝」を製造・販売していたが、これはF氏と共同開発したものであった。

とにかく、無条件で愉快な気分にさせてくれる男であった。

総括と私の血槍の穂先

これまで私は、感謝、尊敬、親和を感ずる人々との実体験を披瀝(ひれき)してきたが、私がたびたび不思議に感じることを述べることにする。識見も充分身につけていると見受けられる人の場違いな、意味不明な笑いである。例を挙げよう。

加計学園が獣医師を育成する大学設置に関連して、愛媛県に対して「嘘を言った」とか、「聞いていない」と応酬した事件である。その虚実が国会でも取り上げられたスキャンダルである。騒ぎは、加計学園の事務局長が謝罪会見をしたことで一応の幕となった。謝罪会見で加計学園の事務局長は、「獣医学部申請の促進を図るために私が愛媛県庁に対し、総理大臣の名前を出して嘘の話をしました。申しわけありません」と釈明した。問題は、そのときの彼の事務局長の顔付きである。言葉では、申しわけありませんと謝っているが、顔は歯を見せて笑っていたのである。私にはとうてい謝っている顔には見えなかった。悪いことをした、あるいは嘘を言ったと謝る顔には、とうてい見えなかった。一言突っ込みたいところであった。

しかし、不思議なことに記者連中の誰一人として、これを指摘する人間も、ましてや咎める記者もいなかったのである。謝罪会見ならぬ、自慢会見に化けていたのには、呆れてものが言えなかった。周辺も奇妙に納得したが如き、不思議な会見風景であった。

そういえば、日本大学アメリカン・フットボール部にフェアでないプレーがあった。しかも、大学当局がこれに曖昧な対応を見せたことで、社会問題にまで発展した。大学職員も、大学の上層部に抗議する記者会見をしたのである。しかし、深刻な事態にも拘わらず、職員組合のある女性は白い歯を見せて、まるで緊張感のない抗議会見であった。能面の増女（ぞうおんな）の面のように、摑みどころのない奇妙な笑みをこぼしていたのである。

曖昧な日本語に、「どうも、どうも」がある。NHKの名物アナウンサーであった高橋圭三の名セリフでもあった。この言葉をすんなり皆が受け入れ、視聴者の高橋アナウンサーへの好感度は抜群であったのだから、文句のつけようがない。しかし、私には理解できないのである。

色彩では中間色を好み、それを粋として侘（わび）・寂（さび）の世界に親しみ、言葉では俳句の五七五で想像力を育み、それで「忖度力」を培ったのか？　結局、太平洋戦争の責任もうやむや、憲法解釈もご都合主義ではぐらかしている。最近では、二百名以上の人命が失われた西日本豪雨災害への政府の対応にしても、「万全を期した」のペーパー読みがまかり通る世の中である。

斯様な曖昧模糊（あいまいもこ）とした日本人の行動や振る舞いには、通底する何らかの合理性とか知恵が含まれているのであろうか。私の知りたいところである。私には摩訶（まか）不思議である。

在日二世として、個々の日本人に多くの恩顧を賜った体験を記述したが、日本人を語るときに、三百名を超える社員との関わりは外せない。しかし、それを話す前に、私の罪と罰を正直に吐露せねばならない。三百人の社員を束ねるために、卑怯にも狡猾な手段に手を染めたことを。

私は健康ランドでの全国制覇を目指していた。そのために有効と思われる猛烈な方法で社員を教育していたのである。それは、社員教育に名を借りた洗脳であった。

研修、セミナー、実習、そして社訓・社歌の強制等は、すべて個の判断力を奪い、無条件に会社に従わせるツールであった。異論を挟む者は、はじき飛ばされるまでである。

これら一見学習と見える行為は人格改造、洗脳を目指すものである。無条件同調と帰属、強迫観念と帰依、これは宗教に共通する手法である。否、宗教から生まれた手法と言ったほうが正しい。確信的反宗教者にも拘わらず、私は安直な有効手段としてこれを積極的に活用したのである。

社訓は、心理学、法則論、哲学をゴチャ混ぜにした文言が並ぶ。多分、日本で一番長い社訓であったであろう。それを清掃係の従業員まで、全員が暗唱していたのである。二十四時間、三百六十五日休みなしで運営するには、それくらいしなくては規律が保てなかったのである。サービス業であり、顧客と直接接する業務であり、徹底は必須であった。

教育（洗脳）の目的は、愛されよ、されど怖れられよ!! であった。落ちこぼれはゼロではなかったが、各自が実に従順に役目を果たし、顧客の評判も上々であった。宗教が生み出したツールは、今も世間の到るところで健在ということである。

私は、「サービス（サーブ＝奉仕）は一方通行にあらず。提供者側が喜び、認知欲求を満たす姿が本来あるべき姿である」と説いた。一人一人の思念が集まり、それが集合的無意識の総意となり、ひいては社風と呼ばれることになると説いた。

心を弄ぶ（もてあそぶ）のは気が引けるが、社員を束ねるには心の誘導が手っ取り早いのである。そして如何に顧客に心地よくリピーターになってもらうかは、以心伝心、真心を伝えることであると説いた。

その以心伝心の好例を示すのに、ある書籍を教材にしたことがある。だがそのことをきっかけに、私は奇妙なシンクロニシティ（共時性）の体験をしたのでもあった。

毎週水曜日に各セクションの責任者が集まり、定例の幹部報告会議を開いていた。そこでその日私は、世界的ベストセラー、ライアル・ワトソン著の『生命潮流』を教材にしたのである。宮崎県幸島の猿が芋を洗う話である。「百匹目の猿」が芋を洗うと、全島の猿が一斉に芋を洗うようにり、その後日本各地の猿にその習性が拡がったという架空の物語である。

その日の夕食時、何気なしにテレビを見ていたら、関口宏の『わくわく動物ランド』という番組で大分県の高崎山自然動物園の猿が映し出されていた。しかも番組の中で、「この猿たちは何をするんでしょうか?」との問題が出されたのである。答えは芋を洗うであった。

私が以心伝心を判り易く伝えるためにその日の朝の会議で話題にした事柄である。しかも、その番組を見た後、食卓の上にある水曜日配達の『週刊朝日』をパラリとめくったところ、何とグラビアの巻頭でライアル・ワトソンが紹介され、記事は『生命潮流』であった。

それほど話題になった書籍であり、その内容への反応があちこちで同時に表れたと解釈できようか。しかし私自身が目に見えぬシンクロニシティに取り込まれていたかのようで、薄気味悪い思いをした。

ともかく百匹目の猿の話は、今では「とんでも本」の類らしい。しかし、スピリチュアルを持ち出すと人は容易に信じ、詐欺にも引っかかるのである。それを私も利用してきた。

奇妙な体験をもう一つ語ろう。俗にいう「虫の知らせ」である。千葉健康ランドを営業していたときのことである。私が眠りに就いた真夜中、午前二時ごろだったであろうか。実際は映像でしか見たことがないのだが、夢の中で稲荷神社の鳥居の根元にろうそくの火が段々になって灯っていたのである。しかも、それが一瞬にして下段から上段まで燃え上がり、真っ赤な火の塊と化したのである。これに驚いて目が覚めてしまい、何となく気になって健康ランドに架電したところ、つい先ほど火災が発生し、消防が来て事なきを得たとのことであった。階段の踊り場でカーテンと壁が少し燃えたが、大事に到らなかったとのことであった。

なぜこの一文を書いたのか？　偶然は掃いて捨てるほど転がっていると言いたいのである。祈りとか呪文によって願いが叶うのであれば、この世の中は少しはまともになっていたであろう。瞬間、刹那すら、未来は予測不能の只中にいることを強く実感する今日このごろである。

スピリチュアルだの、宗教なんぞ、詐術なくしてあり得ない。オウム真理教の麻原彰晃は、空中浮遊などの荒唐無稽で信者を誑かした。

キリストは麻原同様、水上を歩いただの、水をワインにしただのと民衆を誑かし、騒乱を引き起こし処刑された。わずか二千年前の大スキャンダルである。

つまりは、オウム真理教が五百年後に大教団にならない確証は、どこにもない。

宗教に殺られた私には、日本社会は宗教の異臭が、牙が、そして落とし穴が、到るところに仕掛けられていると見て取れるのである。

私をここまで陥れた日本の司法・行政への怒り、民族差別、そして日本人の価値観と行動を支配する日本教との闘いを、長々と書き綴ってきた。では、強固な日本教と陰の支配者の正体は何か？　民族差別の一つとして、「朝鮮人は常習的に脱税する」とのフェイクが巷間伝わっている。子どものころから私に浴びせられた蔑視でもある。

社会に出てからそれなりに成功した途端、その烙印は私を奈落の底に落とす端緒となった。東京国税局の強制査察も、朝鮮人常習脱税なる僻見、蔑視を根とするものである。不当な強制捜査のために、取引銀行、取引業者など関係者に多大な迷惑をかけたうえ、私の会社も風評で激震が襲ったのである。大いに揺さぶられながらも、耐震力があったために耐え抜くことはできた。

しかし後年、常習的脱税論を敷衍したかの如き詐欺破産宣告を受け、国家権力は強制捜査なる魔の牙を再び剝いてきたのである。

これも法的には不起訴で終わり、私の潔白は証明された。とはいえ私も傷を負い、全てを失ったのである。

それはさておき、これまでの叙述では私の苦難の原因が「日本教」に起因しているとの偏重感がある。本質的にはもっと深いところで、名伏し難い苦悶があり、人生が暗転する転機は何であったかの尽きぬ自問がある。

内的要因として、私の自身への過信、経験と勉強不足、それによる人間の本質の見誤りがあった。外的要因としては社会的変動、つまり予期し得ぬ時代の世紀末的激変があった。脱税朝鮮人の烙印、金融機関の背信、立ち位置（国籍）のハンディキャップ等、諸々が複合的に重なって、時代の転轍機（列車のポイント切り替え）で仕分けされ、奈落に落ちたのである。

また私の無念の境涯は朝鮮人差別と嫌韓デマゴーグに端を発していると主張したが、その反対側には、「韓国教」化したと言える反日も存在するのである。私はそのどちらに与する者でもない。反日も嫌韓も心から軽蔑すべき浅薄極まる考え方と確信する者である。

憚りながら私は、大恩ある日本人、尊敬する日本の友人・知人を得たことが、人生の最高の宝物であると自負している。私は、そういう在日である。

終章

巻末に寄せる遺書

終章から

私の八十年は、貧しい一介の在日の男ががむしゃらに働いてきた人生だった。その結果、広い土地を所有し、食べる、飲む、泊まる、楽しむの複合施設を経営し、美術館を運営する準備をも進めるまでに成功していた。私一人の力ではなかった。日本の人たちの善意と支援のおかげを以って、私は押し上げられたのである。そういう日本社会に、私は物心両面でお返しをしてきた。社会貢献に努めたつもりである。

それがたった一つの政策変更、時代と社会の動きとほんの少しズレただけで、私は犯罪人扱いされるまでに転落してしまった。妻にも幸せな人生を送らせてやることはできなかった。

なぜなのか?! 人生の後半はずっとこれを自問自答し続けてきた。

やはり、「欲」のなせる業であった。私のすべての行動は「欲」がベースになっていたからである。後悔してもはじまらない。しかし、人生は取り返しがつかない。

ならば、せめて私の人生の一端を記しておきたい、日本社会への憤怒と感謝の気持ちを遺言しておきたいという気持ちになった。祖国の発展と安寧のために一言、書き記したいとも思った。そうすることで、私の気持ちは少しは収まり、人生に納得できるかもしれないと考えたのである。

私の人生八十年、実に永かった。

人間稼業に少々厭きた感がある。

僥倖と奈落が、端末を指でなでるが如く、早送りの残像となって浮かんでは消え、消えては浮かんでくる。

身に余る僥倖の最たる思い出は、仰ぎ見る日本人に出逢えたことである。文中で繰り返し述べたが、なかんずく塚本達夫先生に賜わった恩顧への感謝の念は深く重い。先生を仰ぎ見る機会を得たことは、私の心の勲章である。

八十年の走馬灯の始まりは、戦時下での市街戦に備えての兵隊の訓練。それに米軍の焼夷弾直撃を受けた貨物列車が先頭貨車から最後尾の貨車まで、仕掛け花火のように一直線に、しかも一瞬にして燃え散った記憶。

戦後の食糧難の時代のコッペパンの何とも美味しかった思い出。

続く青春時代は、三章に書いたように、迷路にはじき飛ばされた時代であった。「闘争の時代」とでも言っておこう。

故あって日本で生まれ、青春時代のトンネルをくぐり抜け、社会人として生きてきたが、いずれの時代にも畢竟、日本人との関わりが自然と生じたことは自明である。皇国史観に脳が冒された軍人たちは、言うなれば組織人の典型であった。思い起こせば、私は子どものころから組織人としての日本人に、理不尽な目に遭わされてきた感がある。級友にしても中学の担任の先生にしても、個々人には感謝の念しかないが、組織人としての日本人には鞭打たれるが如き痛恨があった。

それらの大事を忘却とか絶念で片付ける前に、些(いささ)かなりとも諦視を試みることにする。

現代日本人の精神形成には、必ず背景があるはずである。それは神々しくも美しい自然であり、また日本流の神の観念を招来させる、自然の脅威である。

前者の下では豊作と豊穣を皆で共有し、後者の下では荒ぶる暴風・台風に対して共同作業をせざるを得なかった。一朝有事の際は、個人では太刀打ちできぬことがＤＮＡに深く刻み込まれ、一方向へとポイントが切り替わるようになっているのである。

潮流に海藻が靡(なび)くが如しである。

なぜ私は在日であらねばならなかったのか

社会生活を営むうえにおいて私と日本人との関わりは欠かせず、必然の帰結として身近で起こった日本人との関わりを通しての、私の人生の航跡をこれまで書き綴ってきた。

そもそも、私がなぜ八十年あまりも在日であらねばならなかったのか？

父は一八九六年に朝鮮で生を受けた。一九一〇年、十四歳の多感な時代に、朝鮮は日本に併合された。

父は文武両道の人であり、酒とタバコを生涯止めることはなかった。漢文をよく諳(そら)んじ、盲目になった晩年は、私が読めない漢字を対座した父の掌になぞると、その意味を教えてくれた。父は二十六歳で結婚し、すぐ日本に渡り、懸命に働いて小さな陶器の工房を営むまでになった。しかし一九三八年、独立運動家で韓国初代大統領になった李承晩（イスンマン）の配下であったとの嫌疑をかけられて特高（特別高等警察）に逮捕された。否認するも、苛烈な拷問に爪を剝され、果ては視力まで奪われる酷さであった。父が四十二歳のときである。

斯様な背景に生きた父の被害者意識は、若いころに学んだ朝鮮の歴史と重なり、強固なものになっていったのである。一九一〇年の日韓併合時の大韓帝国の学部大臣（文部大臣）で第二次日韓協約を推進した李完用（イワニョン）を特に憎んでいた。

この第二次日韓協約の調印に賛成した五人の大臣いわゆる乙巳五賊（いっしごぞく）、李氏朝鮮第二十六代国王で後に大韓帝国の皇帝となった高宗（コジョン）の退位を推進した七大臣で、後の丁未七賊（ていびしちぞく）、日韓併合条約の締結に賛成した八人の官僚の庚戌国賊（こうじゅつこくぞく）など、日韓併合条約に調印した政治家の中でも、李完用はすべてのトップに名を挙げられる男である。

さらに過去に遡れば、一六世紀後半の壬辰倭乱（じんしんわらん）（文禄・慶長の役）がある。倭寇侵攻は、朝鮮では猖獗（しょうけつ）の略奪として恐れられた歴史である。略奪された米穀は運ぶ途中でこぼれ、道々に米が山をなしたほどであると、父は大げさに憤慨していた。

逆に、日本に侵攻した元寇（一二七四年の文永の役と一二八一年の弘安の役）は、日本の一部では高麗が率先して日本に侵攻したが如く主張されていることに、「事実に反する」と父は憤慨していたものである。実態は、高麗にそんな余力のあろうはずもなかった。モンゴル帝国との六回に亘る総力戦の結果、国土は荒廃し、率先して日本に侵攻する余力も零であった。

モンゴル帝国との闘いでは、高麗王朝の軍事組織、三別抄（さんべつしょう）が日本に救援を求めたが、無視された過去がある。三別抄は一二七三年まで、モンゴル帝国に刃向かっていた。しかし、その高麗の三別抄が敗れたことで、翌一二七四年にモンゴル帝国は日本に攻め込んだのである。

「高麗が率先して日本に侵攻した」との説はあり得ない言いがかりとして、父は憤慨していたのである。日本と朝鮮の「罪と罰の五分五分説」のための言い逃れであるとしていた。つまり、朝鮮が大日本帝国によって侵略併合されたことと、高麗が率先して元寇の兵士となって日本を攻めたことで、日本と朝鮮とはお互いさまの五分五分だという論理だ。しかし、朝鮮軍はモンゴル帝国の手先として日本を攻めたにすぎないというのが実態であった。

元寇の背景について、井上靖は歴史小説『風濤』のなかでもの悲しく綴っている。モンゴル帝国はその版図を世界一にまで拡げたが、内陸の人であり、水・海を怖がった。江華島に都を移した高麗を攻めあぐね、屈服させるのに王族の一人サルタクを戦死させるなど手間取っている。日本に侵略するために造船を命じられた高麗が如何に苦しんだか、想像を絶する物語が『風濤』の全編に綴られているのである。

父は、己の受難と過去の国難を軸を一にして、日本に対して激しい憤りを持っていた。私は、父の無念さはよく判るが、我が国が受けた辱めは、我が国にも大いに反省すべき点があったと思っている一人である。とはいえ、そのような発言をしたために総理大臣になれなかった人物が、最近の韓国にはいる。

父に対する特高の嫌疑は、李承晩に加担したというものであったが、日韓併合時の父は十四歳で多感な青年時代であった。学生運動の過程で独立運動家の李承晩に共鳴し、連判状に名を連ねたことは充分にあり得る。それにしても、特高の取調べは行きすぎである。非国民の烙印を押されたら、

「色の濃淡に拘わらず徹底的に芽を摘み取る」との方針が、当時の狂った国家精神（日本教）の実情であった。

父を障碍者にした日本も酷いが、父が去らざるを得なかった祖国の政治家や官僚の責任はさらに大きかったと断言できる。

朝鮮よりはるかに安定していた江戸時代の日本が果敢に維新を成し遂げたのに比べ、朝鮮は桎梏（しっこく）から逃れられず、ただただ迷走したのである。その結果、大韓帝国の総理大臣李完用は大日本帝国の軍門に下り、売国奴となったのである。売国奴の李完用が大日本帝国の侯爵の礼服を着て得意然とした図は、民族の心に消えることのない痣（あざ）として、深く刻み込まれたのである。

なぜ、我々が目を覆いたくなるぶざまな歴史を祖国が背負う羽目になったのか。これを他者のみの責任に転嫁するのではなく、内なる己にも問うべきである。

韓国を貶めた宗教と価値観から脱皮せよ

向かうべき、内なる己とは何か。思考、行動の規範であり、その背景にあるものの正体である。国民的規範となるべき素材を選び、型を整えて万民に周知させた目的と、その結果は如何。李氏朝鮮は仏教を廃し、あまつさえ弾圧し、李退溪が儒教を元に精妙に仕上げた朱子学に転向放下したのである。上位者を尊ぶ精神を植えつけ、偽政者が容易（たやす）く政治をするために好都合であったからである。

儒教の教えは、生活の隅々にまで徹底浸透し、今もその影響を強く見ることができる。

為政者は儒教（朱子学）を植え付けるため、廃仏毀釈を徹底し、人民は儒教の大波に抗えず、洗脳され、やがて膠着に到ったのである。

人々を溺れさせ、新しい思考をニューロンにめぐらせることを阻む悪玉菌の役割を果たした儒教は、為政者に都合よく作用した。「人生は心一つの置き処」と言うが、今の北朝鮮同様、パラダイムを変える革命であった。この教条的宗教を五百年間叩き込まれ続けた朝鮮民族は、世界の潮流に完全に乗り遅れたのである。その点、北宋の程頤と南宋の朱熹によって儒教を再構築することで生まれた朱子学を、日本は武士道に巧みに取り入れて昇華させている。

西洋文明は、百五十年前に隣国の日本において澎湃と表出しているのに、儒教のぬるま湯に溺れきったDNAはこれを危機と認識することなく、四十年後に国ごと日本に乗っ取られたのである。

その乗っ取りに、韓国側から貢献した李完用であったが、その裏切りの系譜を一五代大統領の金大中はしっかり引き継ぎ、北朝鮮、金王朝の核・ミサイル開発を大いに手助けしたのである。おまけにノーベル平和賞なるものまで、薄ら笑いをしてチャッカリ受けたのである。

すべて、同族が我欲に衝き動かされ、遣らかしたことである。今にして思えば、李王朝の制度と慢心、そして感度の鈍さは哀れでさえある。

今日に到り、元駐韓大使に、かくも辱しめを受けるありさまに成り下がったのである。

「私は、韓国人に生まれなくて本当に良かったと思う。韓国は過酷な競争社会である。大学の受験戦争、就職難、結婚難、老後の不安、ＯＥＣＤの中で最も高い自殺率……。加えて女性が虐げられた社会である……（中略）……。

私は、日本で試験に合格して外交官になり、最後には大使にもなった。しかし、韓国に生まれていたなら、その過酷な競争社会のプレッシャーに勝てなかったかもしれない。家族全員で、子どものために大変な犠牲を払っても報われない現実。しかし、一部のエリートはそうした競争を回避していい思いをしているとの羨望。そうした不満が鬱積しているのが韓国社会である」

高麗をクーデターで掠め取った李成桂は、一三九二年に李氏朝鮮を建国した。英明な王も出なくはなかったが、ほぼ惰眠を貪っていた。外戚・寵臣による腐敗政治、王に代わって政権を独占する勢道政治、地域による反目等々、国を思う政治とはまるで言えない。

世界の情勢を見誤り、遅れをとった怠惰は、完全に朝鮮民族自身の責任である。朝鮮は日本に文化を伝える側にいたが、この時期を境にして立場は逆転したのである。

このことは、日本に先進文化を伝えた朝鮮通信使の足跡を辿れば明白である。李氏朝鮮が日本に送った朝鮮通信使が通る道々は見物する人々や、漢詩を求める日本のたくさんの文化人で溢れ、大歓迎されたとのことである。その日本に併合される情けない姿に朝鮮は成り下がったのである。「儒教、敗れたり」である。

しかも、儒教の範疇である朱子学を批判的に継承した王陽明の陽明学さえ弾圧したのである。「朱子学、敗れたり」である。

その徹底ぶりは、他思想への耐性の脆弱さを露呈するものである。こうして、世界の潮流、西洋化への遅れをとり、敗れたのである。自業自得は、現在の政治にも受け継がれている。

以上、人によっては怪訝とも感じる率直な言回しで述べてきた。母国を他人ごとのように突き放した表現であったり、同族への傲慢とも、ひいては自己卑下ともなっていたりすることは、百も承知である。

私は、せめて切り刻まれた我が魂を慰撫（いぶ）するためにも、死を前にして風変わりな人生の体験者として、すべての想いを吐き出さずにはいられない。否、吐き出すだけでは、無責任の誹（そし）りは免れ得ない。ない知恵を絞り、戯言（ざれごと）を捻り出してみよう。

まず、法則性を軽視しないことである。法則性を軽んじると、必ずしっぺ返しに遭う。法則のレンズを通して見ると、より遠くの、より明確な回答を得ることができる。

試みに、「はずみの原理曲線の法則」を取り上げよう。

一の倍は二、二の倍は四、四の倍は八と、三十回加算すると、実に五億以上の数となるのである。つまり、父方・母方の祖先を三十代前まで辿れば、莫大な血脈が連綿と流れていることが判る。如何に多様な血脈が繋がっているか、想像もつかないくらい多いのである。私のルーツは、日本かもしれない。案外、そんなものである。

文禄・慶長の役でも、朝鮮に出兵し、まるごと帰順して住み着いた日本の部隊もある。任那（みまな）日本府もあったし、前方後円墳も昔の百済のあたりには存在している事実がある。先祖がどこの馬の骨か、分かったもんじゃない。風貌も、四角、丸、三角と多彩である。

私が言いたいことは、己のアイデンティティは心の隅に大切に秘めておけばよいということである。殊更（ことさら）それを顕示したり、周りの人たちに心理的バリアを張ることなどは無用であるということである。アイデンティティとはそもそも自然と形成・表出されるものであり、それは近しい人同士が同調周波を無意識に発することによる。

この現象は、C・G・ユングの「集合的無意識の総意」で置き換えられる類のことと、私は考える。集合的無意識というのは、個々人の無意識よりもさらに深いところに存在するもので、個人の経験を超える先天的な構造領域である。人間は、そういう普遍的無意識と呼ばれる概念を共有しているという説である。これはＤＮＡに刻まれた記憶、とでも言うべきかもしれない。ユングは、フロイトの精神分析学では説明のつかない深層心理の力動を説明するため、この無意識領域を提唱したという。そんな無意識の領域であるから、どこかの馬の骨が私の先祖にいても、何の不思議もない。

一方で私はなぜ、一瞬たりとも日本に帰化することを考えなかったのか？　やはり、父親の薫陶を受けたことが影響している。気の遠くなるような時が流れる間、祖国の山河は荒れ果て、しかも国や故郷の大地を守ろうとした先人たちの多くの血にも染ったであろう。このことを思うと、その大地から逃げるには忍びない気持ちがあったのであろう。無意識のうちに……。

父親を尊敬する私は、祖国の山河に思いを寄せる心は強くある。それでいて、日本でめぐり合い、恩恵を受けた多くの日本人たちは、私が崇める対象にまで到った。そのような誇りと至福の気持ちは一見矛盾した心理の表出であるが、私の心のなかでは整合しているのである。

ほんの少し、朝鮮の気配が強かっただけの話である。

停滞・劣化する政治

朝鮮民族が未だに二つに分かれている不幸な状況は、大国の干渉に責めがあることは言うまでもないが、我が民族が政治制度の維持に過度に重きを置いた思想の敗北を、私は厳しく指摘した。我が民族を正しく写す鏡として、隣国は否応なしの存在であることも述べた。

そんな隣国の中国・日本は後にして、まず我が国と民族が他国から爪を立てられない、侵すべからざる国であるための手立てを考えてみる。

まず、歴代の大統領が私腹を肥やし、片端から辱めを受けているぶざまが韓国の現実である。歴代の大統領がそれなりに志を掲げ、時には身を削ってまで獲得した栄誉も、民族全体に染み込んだ儒教の呪縛から逃れられずにいるのが韓国である。身内の依怙贔屓にしても、徳目の一つであると肯定される国である。この桎梏が現代の世界の標準的美徳・価値観にそぐわない根源的弱点であり、このことに心を配ることをしなかった浅薄さによって、多くの元大統領が汚名を刻印されたと嘲笑した私である。しかし、省みるに私もその軛に絡め取られた一人である。

私は幼いころから父母や兄姉の会話、私への接し方を、家族愛のあり方の問題として大仰に考えることもなく過ごしてきた。そのなかで、韓国人として自然に身についた慣習がある。

十歳年長の次兄は、野球のチームができるくらいのユニフォーム他の用具を、帰省するたびに私に買い与えてくれた。八歳違いの長姉は、通学の身支度を細々としてくれた。物資の乏しいなかで、サージ（綾織）で仕立てた洒落た身なりで私は通学していたのである。サージなんぞは、昨今はとんと耳にしない生地であり、今風には何と言うのかも知らないが。

父は盲目であり、子どもに手が回らない母に代わって兄、姉が面倒を見てくれていた。当時は、そういう家族のありがたみを特段なものとして受け止めた記憶はないが、後年思い出すと、柔らかな綿で包まれたような、時には胸が熱くなるような思い出となっている。特に、次兄が早世したことも重なり、ありがたみ以上の申しわけなさが残る。

私には五歳違いの妹がいるが、顰に倣い、私はおのずと親代わりの真似ごとをした。私が二十七歳のときに、ささやかであるが結婚式と嫁入り道具一式を妹のために整えた。

三十二歳のときには、二千万円強の建売り住宅を二十五年ローンを組んで妹に提供した。私の事業はトントン拍子で行くはず、とのとんだ慢心でローンを組んだのである。

しかしその後、社員の給与に事欠き、高利に手を出す苦境の時代が訪れた。当時は千葉に住んでいて、友人が高利貸しをしていたが、彼に知られると恥ずかしいので、わざわざ東京の上野の業者から借りたのである。ところが、その日のうちにこの友人の知るところとなった。人のネットワークに驚いた予期しない事態でもあったが、頑張り通して私はローンを完済した。妹に抵当権を抹消した無垢の権利証を渡すとき、自分の財産だから取扱いに気をつけるように言い聞かせ、自分なりの役目を終えた。

同胞の話として、私以上に近親者に経済上の援助をしたという話はよく耳にする。しかし、受益者が感謝感激したという話は、あまり聞いたことがない。悪意のない「当然感」が、受益者に蔓延（はびこ）っているのが実態である。人間が如何に難物であるかを示す一例である。双方の物差しの単位が違うのであろう。「報酬減衰」の法則が働くのも自然の摂理、と片づけておこう。

受益者の対応によっては、付与する側の自己重要感、得心度が弥が上にも充足され、付与する側はさらに献身する気になるであろうに、もったいない話である。

因みに、故郷の北朝鮮に錦を飾った代表格が、牛千頭を連れて訪朝して金正日に寄贈した現代（ヒョンデ）財閥の創業者、鄭周永（チョンジュヨン）である。南北関係が改善の兆しを見せた一九九八年のことである。彼の名前を刻んだ体育館「平壌柳京鄭周永体育館」があることからも、故郷を離れた者が繋がりに光明を見出さんとする姿がそこにある。

韓国では、富める者が親類縁者に施しをしないと、理不尽な後ろ指を指されかねない。息苦しい社会である。縁故者に利益誘導することの罪悪感が希薄であるのも宜（むべ）なるかなである。
北朝鮮はその上を行き、人間を物質の如く成分で分類することで統治が可能かどうかと、目下世襲の独裁者が実験中である。

私は、多くの善き日本人にめぐりあったことが、在日としての誇りである。私が接した善き日本人は賛美の対象であり、見習うべき基準値であると考えてきた。しかし、最近の韓国の負の根源について首を傾（かし）げながら、人生の軌跡をつらつら思い起こすことがあり、翻って目の前の日本に目をやると、こちらでも耳を疑う現象が噴出していることに気がつき、胸くそ悪く思う昨今である。

その原因が一つや二つでないことは自明であるが、その筆頭は間違いなく日本の政治の劣化である。私が未成年のころの政治家のほうが、記憶もはるかに鮮明だから話にならない。その最大の原因は、北朝鮮の独裁国家同様、世襲にあると断ずるのは飛躍しすぎか。日本では選良であり、民主的手続きで選ばれた人たちであり、同一視は野暮である。しかし、どう贔屓目（ひいきめ）に見ても看板・地盤がなくては先生たり得ない連中ばかり。ましてや、総理大臣なんぞは、夢のまた夢という連中である。「善き日本人の集合体が日本社会だ」という私の思い入れは、夢想だったのか?

最近、引越しのために業者に話を聞く機会があった。その会社の内実、惨状に私は唖然としたのである。私の信頼している主治医も事も無げに、「医者にもキリストみたいな人がいるが、ヤクザみたいな奴もいるよ」と切り捨てた。これに驚いた私は、幼いのか?! 私の頭がお花畑なのか、恥じ入る気分であった。

右派系の民族主義団体、一水会の元最高顧問の鈴木邦男は、「愛国心は内に秘めるものであり、声高に叫ぶものでない」と言い切っている。「人の弱みは、つるむことからくる」とも断じている。

なるほど、今の一強政治を言い当てている。政治の劣化に花を添えているのが、高位の政治家の令夫人たちの振る舞いである。外国においても高位者の連れあいを揶揄する報道はよく耳にするが、日本のそれは、今だからこそ表出した新種の貴重な事象である。大向こうから思わず、「今でしょう」と声を掛けたくなる奇矯な薄笑いである。

子どものころ、町内には必ず常人とは違う奇態でザワザワさせる女人がいたものである。悪童たちがおちょくる、もってこいの対象であったことを彷彿とさせる。

中学生のころの我が町には映画館はなく、夏休みの浜辺で感度の悪い野外映画を見る機会が年に一度くらいある程度であった。私は隣の町まで、電車で一時間ほどかけて映画を見に行くのが楽しみであった。

ある日、イブ・モンタン主演の『恐怖の報酬』(一九五二年)を見て、学校新聞に観劇記を連載したことがある。中米で、危険なニトログリセリンを崖また崖の悪路を運ぶ仕事を請け負った男たちの物語である。

今の日本の政権の現状はこの映画同様、目先の欲望のために後先考えず、無謀運転しているさまである。私は、韓国の政治を未熟の極みと蔑んできたが、日本の政治もこれに負けじと拮抗している。私が羨望した範としての姿は消えた。長命も罪なもので、ひび割れた国家の品格のさまを見る羽目となった。

追い打ちをかけるように新種の、わけのわからない時代、心ならずも現場の警察を観察する機会に出くわした。私の見たところ、警察の脱線は病的である。パワハラはほぼ趣味か精神安定剤的に、偏執狂的に行われている実態がある。

日本社会は、想定を超えたスピードで、ある意味で退屈させない話題をてんこ盛りにして進んでいる。三・一一は想定外の天災であったが、今度は想定外の人災の連発が必至の気配である。その水先案内人が、誰あろう総理大臣閣下と見立てるが如何か。周りを何やら気が触れたような言動の布陣で固めた異様さである。最近では、NHKの解説委員までが、「良質の独裁者は受け入れるべきだ」とテレビで堂々と語るほど、毒に麻痺した状態である。

本来は世界のリーダーたるべきアメリカの大統領の幼児性、ディール（取引き）最優先、無気味な言動が世界を不安に陥れている。最初に言葉ありきであるはずの言葉を弄び、軽んじ、しかも比類なき厚顔が世界標準化するにまでに到っている。日本もこれに倣っている感が否めない。

北朝鮮の住民は、洗脳の結果といえども、金正恩を崇めている。トランプと安倍総理に国民はNOが多数派であり、国民に信頼されているとは言いがたい。すると、「金正恩は世界で一番国民に信頼されている」、そういう独裁者のパラドックスが成り立つのである。

諸々考えると、少なくとも日本は民主主義を誇れる国としての評価からはほど遠く、言論の闊達さは政道の後進国・韓国にも及ばない。韓国は、そのような一連のものを血を流して獲得したが、与えられた安住が何よりも大切な日本には、無理な話かもしれない。

私の日本愛は蜃気楼だったのか？　高位の人たちが国権の最高の舞台であからさまな虚言を撒き散らし、それを支えるバイプレーヤーが花を添え、一幕の芝居の如く演じられるさまを、マスコミが垂れ流す毎日である。

正直、こんなに均整のとれていない、虫食い状態の日本は見たくなかった。私の心の大切なイメージが壊され、修復されることなく私は終焉を迎えることになりそうだ。「すべては歴史の必然」と、己の心の景色を静かにサンドペーパーで消すことにしよう。

人も国家も宇宙もみな「ゲシュタルトの法則」に包括される

「人間は、諦めることにより完成する」と昔、耳にしたことがある。蓋し名言だ。見るに堪えない、聞くに忍びない民族の悪弊を洗い流すための連帯の力を、揺ぎないものにすべきであろう。その異のない立脚点の一つとして、祖国の山河を有機体として捉え、有機論に依拠して見つめることから始めるがよかろう。「法則性を軽んずるな」と既述したが、所詮、人間も国家も宇宙の法則の手中にある。

「ゲシュタルトの法則」がある。人を愛さずして、愛は得られない。「作用・反作用の法則」など、すべての法則がゲシュタルトの法則に包括される。

「因果応報の法則」もまた然りである。生き方には応報が待ち構えている。その点、今の韓国の政情の認識の甘さには、危惧を覚えずにいられない。近未来が判っているのであろうか?

金王朝が七十余年もの間、何をしてきたのか、承知のうえでの風潮か? 金一神教に帰依する者までいる現状は正気か? 武装革命を主張する国会議員団まで蔓延り、逮捕される韓国社会の宿痾を抱えた信じられない現実がある。

今の韓国で上昇気流に乗れないだけの理由で、世にも恐ろしい金王朝に同調するとは付ける薬がない。太平洋戦争終結時に思考回路が一時的に逆巻きになったことはある意味理解できるが、反動に対するゼンマイが正常に戻らず、未だに狂った思考回路が作用しているのが韓国社会である。
自省を無条件に拒否し、終戦時の余熱が覚めない「アメリカ憎し」の教師に誘導された若者の徒党は、情報が溢れるなかで正邪が判断できない摩訶不思議な様相を呈している。斯様な連中は、お好きなように北朝鮮に行って、あの非生産性の最たる人文字に参加し、愉悦に浸るべきである。さもなくば、入隊して人夫として人民に奉仕すべきである。そうして事故に遭ったら、まとめてコンクリート埋めにして処分してもらうがよい。

脱北者の情報を承知のうえでの彼の者らの言動には、尋常でないものを感じざるを得ない。アメリカ憎しで米軍撤退を声高に叫ぶデモをし、駐韓米国大使の顔を切りつけた事件は、まだ記憶に生々しい。仮にも米軍が撤退した後は、赤い朝鮮半島が出現し、金王朝が絶頂期を迎えるであろう。されど、そのようにして、その後にきたるべき事態は、民衆の蜂起（ほうき）であろう。情報を永年に亘って自由に享受した者が、情報の遮断に耐えられるはずがない。権力に抗う性向も、消えるものでない。

北の現状は、戦中の日本がそうであったように、戦時下故に政府の喧伝を真に受けて身構えているにすぎない。北の民衆は、踊らされて敵愾心（てきがいしん）と強迫観念に凝り固まっている。これが新しい半島の住民にすんなり通用するわけがない。かくして、金王朝は終焉を迎えるであろう。

朝鮮半島が赤くなろうが、青くなろうが、すべて因果応報である。朝鮮民族は一人立ちせねばならない。平昌（ピョンチャン）オリンピックを契機に南北の融和が始まり、米朝会談が進展するかに見えたが、結果を左右するキーワードは、ずばり「時間」である。

この「時間」は津波に似て、すべてを押し流す魔力がある。時間は緩慢だが、残酷で成り行きに一切配慮しない。予知不能の「まさか」の逆戻しをしない。人の寿命、政権の寿命に融通は利かない。

まさかは予知できぬが、論理的に予測することは可能である。その一つに、金正恩が裸になることはあり得ないということがある。核を全廃し、ミサイルを捨てるとは、とうてい考えられぬ。祖父の金日成は朝鮮戦争時、自分に加担する革命、暴動が南にも起こって統一できると誤算した歴史がある。しかも、この誤算の責任を朴憲永(パクホニョン)一派、つまり南労党に負わせ、処刑したことは先に述べたとおりである。この史実があるだけに、孫の正恩が裸になるとはとうてい思えないのである。「時間は我にあり」と考え、ありとあらゆる手練手管を使い、有効活用するであろう。

金王朝はいずれは消える運命にあるが、祖国の独り立ちの処方箋を考えてみるべきである。法則性を再三取り上げたが、過去の朝鮮に当てはめればすべて説明できる。

まずすべきは、思考回路を一度ご破算にする、パラダイムの転換をすることである。周辺を大国に囲まれて地政学上において不利であるとの嘆きを捨て去り、そのことを逆に誇らしく思うべきである。周辺の蛮族国家に大部分の国土を強奪されたが、粘り強く独自の文化を堅持し続けたことは、大いに誇らしく思うべきである。

ただし、我が民族には、他民族に乗せられて同胞を滅ぼした拭い去ることのできない歴史がある。歴史の通過点で、我が国は他国に膝(ひざ)を折ったこともあったが、治乱興亡は世界の常であり、ローマ帝国さえ滅亡している。ローマ帝国人と現在のイタリア人とは民族的にまるで関係がないことを考えると、我が民族の独自性は誇るべき歴史遺産である。

無敵艦隊スペインは大英帝国に敗れ、その帝国はアメリカに敗れ、アメリカはベトナムで敗北したのである。盛衰はこれまた、法則の手の内にある。

我が国に大いに関わりのある中華帝国なるものも、漢族以外の民族が長く支配してきたのが実態である。共産主義なる一神教の中華人民共和国は、習近平が大中華の復興を目指すと騒いでいるが、大陸最後の王朝は清であり、満州族（女真族）が支配していた土地である。これ以前も永きに亘り、他民族の鮮卑（せんぴ）、蒙古族等が支配していたのが実態である。

国土も半分以上は元来、蒙古族、ウイグル族、満州族、チベット族など、漢族以外の民族の土地であり、漢族はよそ者であった。ところが、あの大清国に君臨した満州族は、現在の人口は約一千万人で、漢族に埋没して国の影すらなくしてしまったのである。

そのような事実に照らしても、日韓併合の三十六年間を除き、国権を奪われたこともなく、粘り強く七千五百万人が独自の文化を守り通したことは、誇らしい。厳しい地政学上のハンディを背負って生き永らえた奇跡を誇ってよい。

日韓併合時代の三十六年間については学習をし、心に寸分の隙を入れてはならないが、過剰にそのことを卑下すべきではない。恨む前に、我が方の落ち度を認め、奥歯を食い縛って我に鞭打つべきである。屈辱の教訓を糧（かて）にして、強靱な思想を打ち立てるべきである。これを成し遂げるバックボーンは具備している。

その一つが、世宗大王（セジョンテワン）によるハングルの創造である。朝鮮族が誇るハングルは、「性理学」（朱子学）を元に科学的に裏付けられた、とてつもない発想から生まれた文字である。この偉業の達成には、内なる敵と外なる敵に目を凝らしつつの並々ならぬ苦難と努力があった。民族共有のレガシーである。

信じがたいことであるが、国内では世宗大王の方針に対し、代表的知識人が率先してハングル創造に強硬に反対して、王に盾突いた事実がある。こうして幾多の困難を乗り越えたハングルは、一日もあれば世界の諸民族の言葉を表記できる唯一の文字となったのである。

世界には、未解読を含めて数百の文字があり、ローマ帝国が使ったラテン語は今ではほぼバチカンでしか使われない。そういう言語のなかで、ハングルの存在は偉大である。しかし、その反面では、時代の副作用が大きすぎたのである。

この五百年の儒教の呪縛の一つに、今日に到るも民族の精神性に確固不抜に深く食い込んだ大罪がある。その大罪とは、人が額に汗して働く営みを貶める思想である。働くことは卑しい行為であり、支配層の両班は手を汚すことなく勉学に励むことが至高の務めであるとした思想である。労働は下賤な行為であり、手を染めてはいけないという思想である。

凝り固まったこの思想は、精神作用に影響のないはずがない。形而上の学問に重きを置き、「四書五経」ばかりを重用し、隘路を作り、結果、自然科学を蔑ろにすることとなったのである。

そんな朝鮮を横目に、日本では好奇心旺盛な九州の辺境の薩摩藩が先端技術を採り入れ、長州藩などとともに中央政府たる徳川幕府を倒し、新生日本を立ち上げたのである。

手に汗することを誇る精神の一例を挙げれば、和牛の育成のしかたがある。ＷＡＧＹＵとしてオーストラリア、驚くことにスウェーデンにまで浸透している。これには驚き脱帽だ。

ヨーロッパに目を移せば、二度の大戦から立ち直ったドイツは先端技術の雄である。中世からマイスター制度が手工業を手厚く保護し、大切にした賜物である。

韓国の大学進学率は世界でトップクラスであるが、卒業後は肉体労働を避ける傾向が色濃い。韓国人の労働観には、今も解きほぐせないしこりがある。支配者たる両班は、文臣と武臣で構成され、文臣が上位とされた歴史がある。シビリアンコントロールといえば尤らしいが、要は頭を使う側が上等で、「力仕事は下々の役割」であるとの思想である。

この両班制度は、高麗時代からの伝統であり、実に千年に亘って刷り込まれてＤＮＡ化したが、李朝時代には女性蔑視も強化され、身分制度はより峻別されて労働価値も退行して今に到る。現代の解き放たれた下々は自由なる武器を手にし、数にものを言わせて、過去の不条理に新たな不条理で反撃するのである。

伝統に対する反動が顕在化したのが現在の韓国の労使関係である。渦の中心にいては、その何たるかを知り得ないであろう。渦の外側にいる在日の私だから、その危うさがよく判るのである。「力ある者は悪である」として研ぎ澄まされた下々の心は、ここにもルサンチマンの力が働いているのである。いうなれば、「下克上教」が似つかわしい。

韓国の労使関係では、労働者側は経営者を敵対視することが基本になっている。妬みがベースにある。使用者側には、使用人に対する昔ながらの奴婢の感覚が残っている。

最近、韓国陸軍の将官が部下を召使い同然に、夫婦で家事に使っていた事件が報じられた。労使関係、上司と部下との関係に儒教の忠孝、公私が絡むから事はややこしい。

国の大事より、父母を大切にしたことが王様から誉められる国柄である。父母をはじめ、一族郎党を大切にすることは悪いことではない。しかし、度が過ぎるから歴代の大統領が辱めを受ける一因ともなっているのである。

北が軍隊を人足代わりにするのは論外であるが、韓国では労働組合の執行部にまで経営者側が給与を支払う取決めがある。どちらも一線を越える。醜悪で人間性の無視、規範の無視である。

その点、日本の労使の関係は絶妙で、節度を守りつつせめぎ合っている風を演じている。特にバブルがはじけた後、そしてリーマンショック後の日本の労使の抑制した関係は、生存のための知恵である。

過度に労組がゴリ押しして、卵を産む親鳥まで潰した国が無残な最後を遂げたことは、歴史が物語っている。韓国は英国病が乗り移り、その轍を踏みつつある。

朝鮮は、数えきれない外敵の侵略に遭い、その痛みは骨身に染みついているはずである。それでも懲りないのは、よくよく視野狭窄症に陥っているからである。己を省みても心当たりがあるが、明日を恐れない刹那的人種である。日本人の高い貯蓄率を見るまでもない。敵に隙を見せる余裕は、ラテン系と揶揄される天性か？　朝鮮人は、ややもすると磊落を器の大きさと取り違えるが、怜悧がベースにない磊落は単に調子者にすぎぬ。

おわりに

こうして、あれこれと書き、推敲を重ねているうちにも、歴史は動いている。二〇一九年二月二七日、二八日、トランプ大統領と金正恩委員長はベトナムのハノイで会談し、そして決裂した。トランプは、金正恩に一杯喰わせたと思う。しかも計画的にである。何故なら、真に合意することを目指していたのであれば、事前の協議段階で問題の核関連施設の詳細を北朝鮮に示すのが筋だからである。ベネズエラの経済破綻と大統領をめぐる問題で韓国訪問を直前にキャンセルし、国内にいるはずだったボルトン大統領補佐官が同席した時点で、そのことはバレバレである。

対峙した人数が、アメリカ側に一人多いことも外交的には非礼である。しかも、核関連施設の衛星写真など詳細な情報を、ハノイで突きつけられた北朝鮮は驚愕してしまったというのである。最初から合意するつもりがなかったとしか思えないやりとりである。

核関連施設の建物の周りの雪が溶ける怪しげな動きがあることは、最近の報道ですでに知っていた。しかし、ハノイ会議で明らかになった問題施設の数の多さは、衝撃的であった。しかも、操業時間、車の車種、人員の移動、さらに核廃棄物の搬出経路まで、アメリカは把握していたとのことである。金正恩のパニックはいかばかりか!! 自国での専横がアメリカにも通用すると甘く見た金正恩の誤算である。トランプの「金正恩と恋に落ちた」、「非核化は急がない」、「北朝鮮は経済大国になる」などのおだてに乗った観は否めない。

しかし、金正恩の裏表の使い方、猫のかぶり方は、韓国ではそれなりに通用している。笑える話がある。金正恩が韓国で、「歴史」をハングルで表記したことが何度かあった。そのうちの一つを、「金正恩は韓国式の表記にした」と、韓国の政府高官が大喜びしたのである。韓国に配慮した金正恩の心根を韓国高官は絶賛したものの、実態は文字を崩したために韓国式の表記に見えただけのことであった。とんでもない間抜けな話で、嘲笑の対象となった。

（参考）「歴史」のハングル

韓国　역사

北朝鮮　력사

「文在寅（ムンジェイン）の前でタバコを吸わなかった配慮ある指導者」との評判であったが、妊婦や子供のそば、化粧品工場でも、あたりかまわず喫煙する暴君である。その暴君の騙し手も結局アメリカには通じなかった。

北朝鮮が核を死守する理由の一つに、親方中国の脅威もある。イスラエル同様、敵を騙すしか生き延びる方法はないのである。イスラエルは八百万弱の人口、四国ほどの国土で、周囲の四億人のアラブ系イスラム教徒と敵対している。それでも、核を保有していると見られ、武力ではむしろ優位に立っている現状にある。

金正恩が保持する核の量が、二十から六十個と幅があることでも判るとおり、申告する数はいくらでも操作できるのだから、完全な核放棄はあり得ない。ハノイ会談の事前協議の段階でカンソン（降仙）の施設を指摘されていたのであれば、隠し通せるはずもない。その指摘は、ニョンビョン（寧辺）、カンソン、そしてＩＣＢＭ、これだけは「廃棄せよ」とのアメリカの信号であったのであろう。

アメリカは、遠い朝鮮半島には興味はなく、自国の面目が立つのであれば、北朝鮮の核保有を知りながらも、黙認したかったのであろう。経済的に朝鮮半島を支配し、大陸の盾にしたいのである。大陸の漢民族等への朝鮮民族の警戒感は、ＤＮＡにがっちりと組み込まれ、骨の髄まで染み込んでいる背景がある。金正恩にとっても、それは乗り易い展開であり、アメリカがそのことを読み込んでいたとしても不思議ではない。

金正恩があまりにも幼く見えるのは、私だけであろうか。彼の真の深慮があれば、石橋を叩けとは言わないまでも、少なくとも核開発は一時的に止めたであろう。会談直前まで、ニョンビョン以外の核施設を稼働していたことは、世界に知られていたのである。大胆を通り越して、頭がお祭り状態のままで、神輿の上でしか物ごとを見ないの図である。

トランプの顔を立てながら、核の一部だけを廃棄して、あとは黙認させる千載一隅の機会を逃したのである。若い女性通訳官の能力不足を失敗の理由にする体たらくである。後世の史家は「長旅の果ての墓穴掘り」と嗤うであろう。

韓国の三・一独立運動記念日に、北朝鮮は今回同調した。彼らの建国の根幹部分で初めて自らの節を曲げ、南北共同歩調を取ったと言えよう。これまでの北朝鮮は、「独立はパルチザン金日成の功績である」とし、三・一独立記念日はブルジョアの記念日であると無視してきたのである。この変節は、文在寅に対するエールでもある。今後は、トランプの再選に一番良いタイミングで、文の協力も得、例の暗黙の核保持に繋がる猿芝居を打つ展開となるであろう。双方めでたし、めでたしである。

日本は目先の現象に浮かれていないで、先手を打つべきである。先手とは、非核三原則の破棄を宣することである。核を実際に持つことを棚上げすればすむことである。北朝鮮のミサイル飛来で、政府は日本人の危機感を煽ったではないか。その手を使えば、こと足れりである。日本のレジームを変えると大ボラを吹いたついでに、金正恩を中国に排除せしめ、金王朝をレジーム・チェンジしてもらいたいものである。米朝合意後にその宣言をすれば世界から批難を浴びることは必至。その前に手を打つべきである。

アメリカは、自国のシェール・オイルの産出を確立し、中東からの石油輸送の確保のためのルート保全と安全、秩序維持に関心を寄せなくなった。ロシア、中国に睨みを効かせればこと足れりである。ついては、日本に最新の兵器を買わせて、日本をアメリカの防波堤にすれば一番安上がりである。付録で朝鮮半島に経済なる餌を与えて、大陸に対する体の良い番犬代わりにするのである。

この流れは、トランプが変えたわけではない。自然と言うべきであろう。トランプ以前の大統領も、「アメリカは世界の警察官の役割は捨てた」と宣言したではないか。朝鮮半島は、綱渡りに乗り出す覚悟をせねばならない。しかも強風の中で……。

私は戦後間もないころの大人達の会話の断片を思い起こしながら、ハノイ後の朝鮮半島の状況と将来を、私なりに考えてみた。

過去、突発的事変が歴史を刻んできたことは、言をまたない。まして、近未来朝鮮半島の賽（さい）の目は、知る由もない。一寸先は闇である。半島が赤化される趨勢は見えなくもないが、変数が多すぎて何者が石に蹴躓（けつまず）くか、見当がつかない。

翻ってハノイ米朝会談決裂は、金正恩の超未熟と文在寅の浅薄さに主因があったと見てとれる。文在寅は、北の数々の惨状という目の前の現実に敢えて目を瞑（つむ）り、南北融和という願望（妄想）に舞い上がり、金正恩の猿芝居に飛びついたのである。文在寅は、金正恩に核・ミサイルの全面廃棄を受け入れる振りをするよう進言する知恵と度胸がなかった。

金王朝という一神教の特技の一つに、相手の懐に飛び込んで持ち上げ、懐柔する術がある。小賢（こざか）しく、体がむずむずする手法の一つである。一九四八年の韓国単独の選挙に反対して、南北共同選挙を主張する民族主義者、金九（キムグ）がピョンヤンに乗り込んで談判した時の人情話もそれである。

三十代の金日成が、老齢の金九の宿泊先を訪ね、ベッドに手を差し伸べて「寒くないですか？」と労らったと伝聞されている。当時の大人達は金日成の情の深さにたいそう感激していたことを、はっきり覚えている。その話を側で聞いていた私は、逆に寒気がしたのである。

金日成の孫の金正恩も、文在寅とハグをして好青年を演じたのはつい先日である。文をはじめとして、韓国では正恩の芝居に頭がクラクラした連中が大勢いたようである。朝鮮民族には、その手のマジックに抗体が希薄とみえる。

ピョンヤンからハノイまでの中国経由の四千五百キロメートルの遠征を自国民に誇示し、成果を確信してハノイでの会談に臨んだが、アメリカに軽くあしらわれて手ぶらで帰った。金正恩が、遠路とぼとぼと帰国することなく凱旋するには、ボルトンが出席した時点で外交的に非礼であると先手を打ち、凄んでみせるべきであった。カンソンの核施設は会議前から取り沙汰されて、世界が知っていたのに、頭がお祭り状態の金正恩はそれを無視して通るつもりでいた。そうであるなら独りお祭り状態を貫徹し、決裂しても主導権を握っておくべきだった。それが、彼らの言う主体（チュチェ）思想の真髄であるはずである。

この裸の王様を除去するには、中国が息の根を止めるべきである。その特効薬は日本が非核三原則を投げ捨てる表明をすることが有効と考えるが、如何（いかが）なものであろうか？

国家・民族の憂いはさておき、火だるまになった我がことに再び話を戻して、この一文を締めよう。私は人生の敗者である。頸（くび）の皮一枚残して社会と繋がり、生きながらえている。しかし、この皮一枚は意外に強靱で、何人（なんぴと）が裁ち落とそうとしても刃がたたぬ。

先にも述べたが、私をこんな立場に追い詰めた力とは何だったか、私は考えてきた。到った結論は、「私という人間に潜む本能、本性である欲望、心の深層にある欲求表出の結果」というものであった。具体的には、金銭、名誉、優越、支配への深い欲望、そして立身出世の成就を通して、社会貢献、奉仕（サーヴ）さらには救済を行い、承認欲求＝自己重要感に浸ることである。

次に群居本能がある。孤立を恐れ、集団に属したいという同調圧力である。そしてエゴイズム、つまりは独善の強要と、殖財、長命、死後の安寧への幻想である。

一意専心の追求もある。理想、夢を追い求める行動である。さらには、自己破壊願望などもある。人それぞれの境遇、時代による強弱の違いはあれども、誰もがこれを背負って生きている。この原理は、個々人のみならず、社会や国家のレベルでも当てはまる。社会・国家レベルの欲望は、多大な残滓を撒き散らすことになるが、それらもやがて時間なる魔王によって押し流される。なかには歴史、そして未来を構成するパーツ、理念として残るものもあるが、そこに到るまでには、それ自体が振り廻され、また歪められもする。

この一連の現象を一言で表すとすれば、「五蘊盛苦（ごうんじょうく）」が最も当てはまると考える。

五蘊盛苦はブッダの教えとされる。反宗教の私が、ブッダの言葉を拝借するのは如何なものかと叱られそうだ。だが、哲学者、思索家としてのブッダの言とすれば、反論の余地はない。

五つの蘊とは、人間でいえば体と心のすべての働きを分けて示したものと述べている。即ち、「色」（すべての物質）、「受」（事物を感受する感覚）、「想」（心の中に浮かぶ像）、「行」（欲求・意志）、「識」（意識・認識）を指している。

盛苦とは、これら五蘊があまりにも勝っていると苦労を招くとの意味深長な、反論できない、うなずける指摘である。平素、我々は、「この達成に四苦八苦している」などと表現することがある。四苦は承知の如く、「生」、「老」、「病」、「死」の根本的な苦である。八苦は、四苦に「愛別離苦（あいべつりく）」、「怨憎会苦（おんぞうえく）」、「求不得苦（ぐふとく）」、「五蘊盛苦」を加えたものである。「怨憎会苦」は、言ってみればテレビに嫌な奴が出てくるとチャンネルを変える類のこと、「愛別離苦」は字の如く親・兄弟・妻子など愛する者と別れる苦しみ、「求不得苦」は求めるものが得られないことだが、私の場合は逆にすべて剝ぎ取られた。

以上のすべてを含めて、ブッダが説いた総括が五蘊盛苦に到るとの哲理である。言われてみれば納得するしかない。このように、心に湧き上がってくる事象と苦しみを言うのである。そのような心の働きが、私の人生を左右したのである。

これまで、私が被った悲劇を省みるために諸々述べたなかで、人間が行動するときのトリガー、人が普遍的に具備している本能のうち、特に曲者の承認欲求＝自己重要感について考えてみる。

日本に限らず、創業者の苗字や名前を企業名にしている会社は、数多くある。そういう企業は近年、企業としての公器性から社名を変更することが多くなっているが、どこかに創業者の姓を残していたりする。京都だと、京セラの稲盛財団であるとか、オムロンの立石科学技術振興財団などがその例である。これも立派な承認欲求＝自己重要感の発露である。松下電器産業の社名は消えたが、松下政経塾は残っている。

今の社会には、より手軽な承認欲求＝自己重要感が氾濫する。貧者が成り上がると、真っ先に手中にしたいのがこれである。

自分が安全圏に立つと、途端に周辺を見下し、権力に媚び、自らの立場を誇示・顕示したがるのである。承認欲求＝自己重要感は、富める者、高位の者、思慮深い者には、自然に身に付いて消化されているから、ことさらに強調されることはないが、成り上がり者は妄信的に貪るのである。

最後に、冒頭に述べた頸の皮一枚についてその意味を明かす。

欲望が時には蹉跌の引き金になることは、疑いのないことであり、そのことを法則性やら仏法を以って記述してきた。頸の皮一枚は、それを承知のうえで保持する私の強靱な欲望であり、それを捨てることは断じてあり得ない。

私は、すべてをもぎ取られて、何の希望もないことは縷々述べた。電車の最前列にあえて乗り、万が一の時は単なる巻添えの不慮の死で一生を完結することもありと、腹を括っていることも述べた。一種の自己破壊願望である。しかし、自ら命を絶つことは、敗北であり自分を許せない。そして何よりも、元妻に些かでも精神的負担をかけることは、決して許せない。それこそが何を犠牲にしても固守・貫徹する、不可侵の欲望である。これを放棄したら、瞬殺に値する。

頸の皮一枚とは、私に残された最後のプライドである。彼女が生きんとしているのに、それに水を差すことだけは、どう考えても為すべきでないというのが結論である。

ハエの命に等しい私であるが、元妻のためなら歯を食い縛って生きざるを得ない。天が元妻のためとして命ずるならば、喜んで命を差し出すであろう。何人も不可侵の守護すべき元妻が万が一先立つようなことがあれば、私は即座に命を絶つ覚悟を繰返し自問自答する日々である。

以上が頸の皮一枚である。

老子に「知足不辱」という箴言がある。訓読すれば「足るを知れば辱めを受けず」である。自分の分を知り、満足することを知れば辱めを受けることはないという箴である。

京都の龍安寺には、「吾唯足知」と刻んだ蹲踞の役石がある。「吾、ただ足るを知る」と読むが、随分粋な仕組みになっている。この四つの漢字の旁や偏などには、すべて口の字が使われている。

そこで、丸い蹲踞の中央にこの口の字の姿を掘って、ここに水を溜めるようにしているのである。そして、その口の字の周りの四方に、「吾」、「唯」、「足」、「知」の旁や偏などを置いている。口の字と組み合わせることで「吾唯足知」と読ませるのである。禅の教えであろう。

私の八十年は、貧しい一介の在日の男ががむしゃらに働いてきた人生だった。その結果、広い土地を所有し、食べる、飲む、泊まる、楽しむの複合施設を経営し、美術館を運営する準備も進めるまでに成功していた。私一人の力ではなかった。日本の人たちの善意と支援のおかげを以って、私は押し上げられたのである。そういう日本社会に、私は物心両面でお返しをしてきた。社会貢献に努めたつもりである。

それがたった一つの政策変更、時代と社会の動きとほんの少しズレただけで、私は犯罪人扱いされるまでに転落してしまった。妻にも幸せな人生を送らせてやることはできなかった。

なぜなのか?! 人生の後半はずっとこれを自問自答し続けてきた。

やはり「欲」のなせる業であった。私のすべての行動は「欲」がベースになっていたからである。後悔してもはじまらない。しかし、人生は取返しがつかない。

ならば、せめて私の人生の一端を記しておきたい、日本社会への憤怒と感謝の気持ちを遺言しておきたいという気持ちになった。祖国の発展と安寧のために一言、書き記したいとも思った。そうすることで、私の気持ちは少しは収まり、人生に納得できるかもしれないと考えたのである。

とはいえ、私を悪者として追い詰めた千葉地検の検事は、私との戦いに敗れて一旦は左遷された。それほど自己中心的で愚かな男であったが、本書を書き進めるうちに、既に返り咲いて東京地検で検事をしていることが判明した。権力という名の化け物を一度は撃沈せしめて得心したつもりになっていたが、何のことはない。復活を遂げているのである。日本の官吏システムの閉ざされた仕組み、互恵主義的な官僚機構のなせる業である。民族への憂いも賛美もあるが、韓国も日本も、人為だけではどうにもならないのである。もはや私に言うことはあるまい。

あとがき

本書は、二〇二〇年（令和三年）十月に、北斗書房より刊行した同タイトル『自爆検事&号泣刑事』を底本とし、一部修正加筆したものである。

北斗書房刊では、裁判関連資料なども掲載し、偽らざる記述であることを証明する意味でも、登場人物を実名で記述しているが、ここでは一部仮名とした。

本書では、実在の方を直截に批判する文面も多々ある。名誉毀損にあたるのかどうかの判断は、弁護士の北村哲男先生、北村晋治先生父子に一読していただき、助言をいただいた。「乱暴な言葉遣いや表現解釈は多々見受けられるが、その対象は公的立場の者であって、そこに金さんの命を賭して闘う姿を見ることができる。運命に翻弄されながらも一歩も引かないその姿は、個を尊び社会を憂う人間として、学ぶべきところもあり、とても大切なことである。金さんが一生懸命生きて、しっかり責任を持って書かれていることなので問題ないでしょう」とのことであった。

本書出版に関しては多くの方にお世話になった。ここに心よりの感謝を申し上げる次第である。

金泳春

二〇二五年　春

金泳春（キム・ユンチュン）　日本名・川島四郎

一九三八年 愛知県瀬戸市に六人兄姉の五番目として生まれる。父・金聲振（村人に文字を教える儒学者）は一八九六年、慶尚南道に生まれる。母・崔文任（新羅王族の末裔慶州崔氏）は慶尚北道の両班の家系の生まれ。漢文の素養に富んだ父は二六歳で結婚し、勉学のために一九二三年に日本に。父は瀬戸市で陶磁器類の磨きを生業にする小さな下請け工房を営んでいた。しかし、金泳春が生まれた翌年、父はのちに韓国初代大統領になる李承晩の反日活動に加担したとのスパイ嫌疑で特高（特別高等警察）に拘束され、拷問をうけて失明する。工房をたたみ、知多半島の河和町（現・美浜町）の貧民窟に身を寄せ、母の商売で生計を立てる。一九四五年町立河和小学校に入学、中学までを河和町で過ごす。半田高等学校に進学するも学歴を武器に人生を切り拓く展望が開けず、一七歳で高校を中退。義兄（次姉の夫）の鋳造工場の見習工に。やがて早世した次兄の資産を元手に運送業を立ち上げる。二三歳で南相八と結婚。一九六五年、千葉県に転居。一九六八年には、斬新な郊外ファミリーレストラン「千成レストラン」を千葉市に開業。一九七八年に向かいの土地に「浜野サウナ」を開業。一九八六年には、健康と食がテーマの娯楽施設「千葉健康ランド」を開業。スーパー銭湯の草分けとして盛況をきわめ、日本各地から視察が訪れる。本書の物語と、暗転した人生はここから始まる。

監修：北村哲男　北村晋治

協力：桝田豊

装幀：シングルカット社デザイン室

金泳春『自爆検事＆号泣刑事』

発行日　2025年4月28日

著　者　金泳春

発行者　鳥居昭彦

発行所　株式会社シングルカット

東京都北区志茂1-27-20　〒115-0042

Phone: 03-5249-4300　Facsimile: 03-5249-4301

e-mail: info@singlecut.co.jp

印刷・製本　シナノ書籍印刷株式会社

 ISBN978-4-938737-74-0